헤밀라

해피바라

조창인 장편소설

위즈덤경향

제1장

1.

사람들은 뿌리가 없어서 몹시 어렵게 살고 있어.

〈어린왕자〉에 나오는 볼품없는 꽃의 말이다.
볼품없는 꽃은 잘난 척을 하고 싶었던 모양이다. 바보 같은 말이다. 왜 볼품없다는 소리를 듣는지 알 만하다.
사람에게도 뿌리가 있다. 집이 사람의 뿌리다.
사람들이 어렵게 사는 이유는, 뿌리가 없어서가 아니다. 뿌리를 싫어하기 때문이다. 남의 뿌리는 더더욱.
내 뿌리는 해피빌라다.
해피빌라에 살아요, 라고 하면 고개부터 흔든다. 불쌍해 죽겠다는 듯 말한다.
— 전기는 들어가니? 수도는? 그런 데서 어떻게 살아?
불쌍히 여기는 것까지는 참겠다. 엉뚱한 이야기를 만들어내 해피빌라를 무시한다.

─ 끔찍한 살인사건이 있었다는데, 무섭지 않아?

해피빌라 어른들에게 몇 번이나 확인해봤다. 그런 일, 없었다. 허긴 살인사건은커녕 도둑조차 얼씬대지 않는 곳이다.

어쨌든 해피빌라 이야기만 들어도 개똥을 피하듯 눈살부터 찌푸리는 사람들은 정말 웃긴다. 체체파리와 독거미가 득시글대는 정글로 보내 한 달만 지내게 했으면 좋겠다. 해피빌라도 그렇게 나쁜 곳이 아니었군, 하고 반성하도록.

401호의 아저누나는 말했다.

─ 난 이해해. 해피빌라는 백합 속에 잘못 끼어든 맨드라미야.

주위는 온통 논과 밭이다. 들판 가운데 뜬금없이 끼어든 맨드라미가 바로 해피빌라란다. 논과 밭 너머 인구 60만 명의 도시가 백합인 셈이다.

'깨끗한 도시, 발전하는 미래 도시'

곳곳에 붙어 있는 표어를 볼 때마다 미안한 생각이 들긴 한다. 솔직히 해피빌라가 깨끗하진 않다. 발전할 가능성이 없는 것도 사실이다.

해피빌라를 지은 사람은 도대체 무슨 꿍꿍이였는지 모르겠다. 들판에 건물만 달랑 세워놓으면 끝이라고 생각했을까.

원래는 8가구가 사는 4층짜리 연립주택을 여러 동 지으려고 했단다. 공사하다 만 흔적이 아직 남아 있다. 중간에 망하고, 또 망하는 일이 되풀이되었다.

처음 살던 사람들은 모두 떠났다. 건물 주인도 여러 차례 바뀌었다. 한동안 버려진 채 있다가 새로운 사람들이 모여들었다. 엄마도 그중의 하나였다.

해피빌라가 도시 사람들에게는 골칫거리인 모양이다. 선거 때만 되면 철거 이야기가 들려온다. 해피빌라에 살고 있는 우리는 크게 걱정 안 한다. 선거가 끝나면 번번이 흐지부지 사라지고 말았으니까.

누나는 해피빌라를 떠나고 싶어 한다.

— 여기서는 절대로 해피해질 수 없어.

행복까지는 모르겠다. 해피빌라여서 좋은 점은 얼마든지 있다.

누구도 현관문을 잠그지 않고 지낸다. 아무 집에나 불쑥불쑥 들어가도 뭐라지 않는다. 식용유가 떨어지면 옆집이든 윗집이든 가져다 쓰면 된다. 401호에서 쿵쾅댄다고 301호에서 불평하는 일도 없다. 302호 변기가 고장 나면, 201호 천장에서 물이 새면, 202호 벽지를 새로 바르면 다들 모여서 돕는다. 고함치고 다퉈도 그때뿐이다. 남들이 뭐라든 우리끼리는 엄청 잘 뭉친다.

그러면 됐다. 이대로의 해피빌라가 좋다.

— 다른 곳에 살아보지 못해서 그래.

내가 뭘 몰라서 하는 소리란다. 칫, 건물 이야기를 하는 게 아니다.

해피빌라 식구.

102호 붕어빵할아버지는 우리 모두를 그렇게 부른다. 식구라는 말은 듣기만 해도 어깨가 으쓱해진다. 추운 날 꽁꽁 언 손을 녹여주는 모닥불처럼 따뜻한 말이다.

나는 해피빌라에서 태어났다.

열두 살인 지금까지 뿌리가 되어 나를 키워줬다. 문어머리 외계인에게 지구를 넘겨준대도 해피빌라만큼은 꼭 지켜야 한다. 적어도 엄마가 돌아올 때까지는.

지금 엄마의 뿌리는 해피빌라가 아니다.

파라과이. 6년째 거기서 살고 있다.

우리 반 아이 대부분은 파라과이가 아프리카의 어느 나라일 거라고 생각한다. 바보들.

3학년 때 담임선생님은 파라과이에 실제로 가봤다고 했다.

— 사람보다 당나귀가 더 많더라. 어디를 가나 온통 당나귀 똥이고, 똥 냄새 때문에 돌아와서도 한동안 머리가 아팠다.

선생님은 파라과이가 아니라 엄마를 깔봤다. 그날 이후 나는 숙제를 하지 않았고, 준비물도 일부러 빼먹었다. 선생님에 대한 복수라고 생각했다. 그래봤자 손해 보는 쪽은 나였다.

엄마는 하필이면 파라과이를 택해 뿌리를 내렸을까. 일본이나 미국, 축구 잘하는 스페인이라면 얼마나 좋을까.

파라과이에게는 미안한 소리지만 사실 별 볼일 없는 나라다. 게다가 너무 멀다. 두더지가 되어 땅을 수직으로 뚫고 들어가 지구 반대편에 도달해야 겨우 닿을 수 있다.

온통 당나귀 똥인 파라과이에서 엄마는 잘 지낼까.

나는 잘 지낸다. 당나귀 똥 대신 바퀴벌레가 우글대는 해피빌라지만 매일매일 즐겁다.

해피빌라의 마스코트다, 나는.

해피빌라 식구들 모두 나를 좋아한다. 아껴준다. 내가 있어야 해피빌라에 웃을 일이 생긴단다.

파라과이 사람들은 엄마를 좋아할까.

엄마를 생각하면…….

내 기분을 정확히 설명할 수 없다. 꼬챙이로 가슴팍을 마구 찔러대는 듯하다. 높다란 나무 가지에 아슬아슬 매달려 있는 것 같다. 추수가 끝난 어두운 벌판에 홀로 서 있는 느낌이기도 하다.

그게 외로움이라고, 누나가 말했다.

— 외롭다는 건 슬슬 어른이 되어간다는 증거야.

누나는 어른이 되고 싶어 하지 않는다. 어른으로 산다는 건, 새로 산 옷을 입고 시궁창에 뛰어드는 꼴이라고 했다.

— 만약에 내가 하나님이라면 나이를 거꾸로 먹게 만들겠어. 노인으로 태어나서 청년으로. 다시 아이로.

그래야 살기 좋은 세상이 된다나.

별로다. 황당한 일이 벌어지겠지. 예를 들면, 코홀리개가 할아버지한테 이렇게 말할 것이다.

이마 주름이 자글자글한 걸 보니, 자넨 아직 철부지로군.

하지만 정말 그렇게 되길 바랄 때가 있다. 지금부터 거꾸로 나이가 자꾸 줄어들다 보면 어느덧 여섯 살, 엄마가 늘 내 곁에 있던 바로 그때로 돌아가고 싶다.

쿵쾅, 쿵쾅.

벽 하나 사이 302호에서 들려오는 소리다.

삐턱이할머니.

턱이 삐뚤어져 붙여진 별명이다. 왼쪽 위아래 이가 몽땅 빠져

턱까지 왼쪽으로 틀어졌다. 치과에 가면 쉽게 고칠 수 있단다. 돈이 문제다. 할머니는 생긴 대로 살겠다며, 치과에 갖다 바칠 돈이 있으면 떡이나 사 먹고 말겠다나.

쿵쾅, 쿵쾅.

나를 찾는 신호다.

소리쳐 부르는 법이 없다. 벽을 향해 발길질 서너 번이면 끝. 그때마다 벽과 천장이 심하게 흔들리며 시멘트 가루가 와르르 쏟아진다. 저렇게 마구 발길질을 해대다간 언젠가 벽에 구멍이 뚫리고 말 거다. 차라리 그랬으면 좋겠다. 할머니가 부르면 뚫린 구멍으로 머리만 쏙 내밀면 될 테니까.

양치질부터 해야겠다. 할머니처럼 되지 않으려면 열심히 이를 닦아야 한다.

세면대 위 나란히 놓은 칫솔 두 개를 바라본다. 파란색 대신 분홍색을 집는다.

엄마의 칫솔.

엄마가 기분 나빠할 이유는 없다. 엄마는 자기 칫솔이 있는지조차 모른다. 두 개를 사서 내 맘대로 정해놓았다.

아침에는 내 꺼, 밤에는 엄마 걸 사용한다. 번갈아 쓰지만 먼저 닳아버리는 건 언제나 엄마 칫솔이다.

아침엔 웬만해선 엄마의 칫솔을 사용하지 않는다. 낮에는 되도록 엄마를 생각하지 않으려 노력한다. 밤에는 다르다. 엄마 칫솔로 이빨을 닦으면 엄마 꿈을 꿀 것만 같다. 그동안 잘 통했다. 요즘은 아무리 길게 양치질을 해도 좀처럼 나타나지 않는 엄마다.

오늘은 특별한 아침이다. 엄마의 칫솔을 써야겠다. 그래야 마음이 놓일 것 같다.

생태공원 그림 대회.

우리 반 대표로 수애와 내가 뽑혔다. 최우수상을 차지하면 상으로 자전거를 받을 수 있다.

나는 자전거가 필요하다. 엄마가 제발 도와주길 바란다.

"쥐방울만 한 불알이 무거워 재깍 못 오냐?"

302호로 돌아서는 나에게 악부터 쓰는 삐턱이할머니.

"죄송해요."

"비루먹은 똥개 콧구멍에 낀 밥풀을 빼먹고도 미안하달 놈이로구나."

웃음이 절로 나온다. 콧구멍에 밥풀이 낀 강아지를 실제로 본다면 굉장히 웃기겠다.

"또 어기적대고 건너오면 그때는 마른 땅에 소나기 내리듯 볼기를 패줄 테다. 알아먹었느냐, 썩을 놈아?"

할머니는 욕쟁이다.

쉬지 않고 욕을 쏟아낸다. 욕쟁이를 뽑는 대회가 있다면 세계 챔피언은 할머니 차지가 될 거다.

"밥은 처먹었냐?"

나는 정직하게 고개를 젓는다.

할머니가 끙, 하며 몸을 일으킨다. 엄청나게 뚱뚱하다. 배가 특히 그렇다. 〈어린왕자〉에 나오는, 코끼리를 삼킨 보아뱀처럼 부풀어 있다.

할머니 말에 의하면 살이 아니다. 오줌이다. 몇 날 며칠 오줌을 빼내지 못한 탓이다. 오줌보만 터지면 금방 홀쭉해질 배란다. 그렇다면 하마처럼 커다란 엉덩이에는 뭐가 들어 있단 말인가.

할머니가 전기밥통에서 밥을 푼다. 평소에는 알아서 내가 차려 먹는다. 뭔가 시킬 일이 생긴 게 분명하다.

공짜는 죄다. 거지 근성이다. 공짜를 좋아하다간 평생 바닥을 기어 다니며 빌어먹어야 한다.

할머니의 믿음이다. 그렇지만 할머니 자신에게는 예외인 듯하다.

며칠 전 할머니는 흥부마트 아저씨와 한판 붙었다. 동태 두 마리를 사면서 한 마리를 덤으로 주지 않는다는 이유로 싸웠고, 결국 동태로 아저씨 코를 후려쳐 난리가 났다.

"방바닥에 있는 편지 좀 읽어봐라. 간밤에 쥐새끼가 눈깔에다 물똥을 싸갈겼는지 침침해서 도통 뵈지가 않는구나."

거짓말쟁이.

할머니는 글씨를 모른다. 오래전에 눈치챘다. 계속 시치미를 떼고 있다. 그래야 할머니의 마음이 편할 테니까.

할머니의 아들에게서 온 편지다.

지봉구.

얼굴은 본 적이 없다. 할머니가 형이라 부르라고 했다. 엄마와 비슷한 나이지만 아직 결혼을 하지 않았으니 형이라고 해야 옳단다.

봉구형은 감옥에 있다.

무슨 죄 때문인지는 모른다. 심각한 건 확실하다. 오래전부터 감옥에 있었고, 앞으로도 마찬가지라고 했다.

봉구형은 어쩌다 편지를 보내온다. 그때마다 읽어 주고 답장을 쓰는 건 내 차지다.

싫다. 짜증난다. 편지를 보내는 이유 때문이다.

돈, 돈, 돈.

해피빌라 어른들은 가난하다. 할머니가 특히 그렇다. 어쩌자고 매번 돈을 보내 달라는지, 참 양심도 없다.

편지를 읽기 전 마음먹는다. 돈 이야기가 나오면 슬쩍 건너뛰어야겠다.

"그리운 어머님께……."

"고래고래 악을 써서 동네방네 소문낼 참이냐. 귓구멍은 아직 생생하니 조곤조곤 읽어라."

못난 아들 하나 바라보면서 이때껏 고생하신 어머님. 어서 죗값을 치르고 사회에 나가 어머님을 편히 모시는 게, 저의 소원입니다. 그러기 위해서 급히 상의할 일이 있습니다. 빠른 시간 내 면회를 와주십시오. 꼭요. 두 손 모아 어머님 뵐 날만 기도합니다.

"그게 다냐?"

고개를 끄덕이자 할머니의 목소리가 높아진다.

"뭔 지랄로 면회를 오라는지 까닭이 있을 거 아니냐? 눈알에 힘주고 찬찬히 살펴봐라."

내 생각에는 지난번 편지 때문이다.

어김없이 돈을 부쳐 달라는 내용이었다. 할머니에겐 너무 큰 액수였다. 읽지 않고 건너뛰었다. 할머니는 알아차리지 못했고, 나는 끝내 말하지 않았다.

편지를 다시 읽는다. 곧 할머니 스스로 이유를 찾아낸다.

"징역살이 면할 방법이 생겼는가 싶다."

"갈 거예요?"

"원수 같은 자식이지만 어쩌겠느냐, 가야지."

"혼자서는 못 가요."

그렇다. 할머니는 다리가 아파 오래 걸을 수 없다. 글씨를 읽지 못하니 무슨 버스를 어디서 타야 하는지 모른다. 게다가 남에게 물어보는 걸 아주 싫어한다.

"걱정도 팔자다. 똥떵이가 있잖냐."

"똥떵이가 아니라 동동예요."

"그래, 똥떵아! 미역국은 어쩔 테냐, 처먹는다면 덥히고?"

졌다. 누구도 할머니를 당해낼 수 없다. 할머니는 욕쟁이, 거짓 말쟁이에다 우기기의 명수다.

우동동.

엄마가 지었다. 동쪽 아이라는 뜻이다. 태양이 동쪽에서 떠오르듯, 옛날부터 훌륭한 사람들은 동쪽에서 태어났기 때문이란다.

사람은 자신의 이름대로 살기 마련이라고도 했다.

사실일까?

별로 중요하지 않다. 먼 훗날보다 지금이 문제다.

이름만 똑바로 불린다면 쩨쩨한 사람이 된대도 괜찮겠다. 이름 불리는 것만으로 무시당한 기분이다. 이런 이름이라면, 쓰라린 발목으로 모래밭을 통과하는 것과 비슷하다. 정말이지 괴로운 이름이다.

똥동이, 똥통이, 똥떵이.

동을, 똥이라 하지 않으면 큰 탈이라도 날 것처럼 부른다. 같은 반에 동규도, 동민이도 있다. 똥규도, 똥민이도 아니다. 나만 똥이다.

똥동이와 똥통이는 그럭저럭 참을 만하다. 똥떵이는 정말 끔찍하다. 불리는 순간 재깍 똥이 되어버린 듯하다. 실제로 커다란 똥덩어리를 한입 가득 물고 있는 기분이다.

그나마 다행이다. 똥떵이라고 부르는 사람은 할머니뿐이다.

할머니가 밥상을 방바닥에 내려놓는다.

미역국, 새우젓, 총각김치.

햄, 계란말이, 불고기. 아니다. 멸치볶음이라도 있었으면……

절로 한숨이 새어나온다. 할머니가 숟가락을 집어 내 머리통을 내리친다. 별로 아프진 않다. 그래도 항의는 해야겠다.

"먹는 걸로 머리를 때리면 어떡해요?"

"지랄 염병. 그럼 콧구멍을 찔러주랴?"

할머니가 숟가락을 내려놓고 젓가락을 든다. 나는 얼른 손가락

17

두 개를 펼쳐 콧구멍을 틀어막는다.

겁은 우라질 나게 많다며, 할머니가 젓가락을 상 위에 던져놓는다. 힘겹게 무릎을 짚으며 일어선다. 두 다리를 한껏 벌린 채, 개펄을 기어 다니는 게처럼 어기적어기적 냉장고로 다가간다.

할머니는 계란을 밥상에 내려놓는다.

"밥에 넣고 썩썩 비벼라. 하여간 주둥이는 정승판사라니깐."

숟가락으로 한 방 더 얻어맞으면 계란 말고 다른 것도 줄까. 가망 없다. 할머니는 욕쟁이고 거짓말쟁이고 우기기의 명수이자, 해피빌라 최고의 구두쇠다.

할머니가 등을 돌린 사이 재빨리 계란을 주머니에 넣는다.

아저누나는 라면에 반드시 계란을 넣어야 한단다. 나는 반대다. 계란이 라면 원래의 맛을 망쳐버린다. 짜장면을 짬뽕국물에 담갔다 먹는 기분이랄까. 누나가 좋다니 내가 양보하는 수밖에.

들켰다. 할머니가 숟가락을 다시 집어들 기세다. 나는 재빨리 숟가락을 입 안에 넣는다.

여느 때 같으면 주먹으로라도 머리통을 쥐어박았을 할머니가 사뭇 다정한 목소리로 말한다.

"사나흘 뒤에 봉구한테 다녀오자."

"학교 가야 돼요."

"눈만 뜨면 가는 학교, 이 할미를 위해 하루도 못 빠지겠다고 주둥이를 놀리는 게냐."

"결석하면 선생님한테……."

"냅둬라. 의리라곤 똥파리 코딱지만큼도 없는 놈일세. 퉤퉤, 더

18

럽고 치사하다. 늙은이 혼자 가다 길바닥에 고꾸라져 팍 죽어버
리면 끝이지."

2.

덥다.

달리기에는 너무 덥다. 이런 날을 위해서 자전거가 필요하다.

자전거는커녕 말짱 꽝이었다. 수애는 우수상을 받았다.

— 바보 아냐? 생뚱맞게 웬 복어?

엄마와 아이가 복어의 지느러미를 나눠 잡고 걸어가는 그림이
었다. 그리고 싶은 걸 맘껏 그렸다.

잘난 척의 명수, 수애가 말했다.

— 복어는 바다에 사는 어류야.

다른 건 그러려니 넘어가겠다. 하지만 복어를 두고 나한테 이
렇다 저렇다 아는 체하는 건 곤란하다.

복어는 전 세계에 320종류가 있다. 인디언복어, 콩고복어, 나
일복어, 메콩복어 등등은 민물에 산다. 바다에서 지내다 강으로
돌아오는 황복, 밀복도 있다. 초록복어는 어항 속에서도 잘 자
란다.

수애가 입술을 삐쭉 내밀었다.

— 그렇지만 생태공원 호수에는 복어가 없잖아?

— 그림은…….

진심이 담기지 않으면 가짜다.

화가아저씨의 말을 해주려다 포기했다. 수애처럼 잘난 척하는 꼴이 될 테니까.

복어를 그린 걸 후회하지 않는다. 자전거는 두고두고 아깝다.

엄마는 복어를 보면 저절로 기분이 좋아진다고 했다. 자주 내 뺨으로 당겨 복어를 만들곤 했다.

나는 복어가 싫었다. 복어 꼴이 되는 게 창피했다.

언제부터인가 복어를 좋아하게 되었다. 엄마가 떠났기 때문일까? 어느 정도는.

통통한 볼, 덩치에 비해 너무 작은 입, 입 전체를 차지하고 있는 입술, 구슬을 박아놓은 듯 반짝이는 눈알, 옆구리에 달려 있는 아기 손 같은 지느러미…….

1분만 골똘히 복어를 쳐다보면 누구나 좋아하게 될 것이다. 하지만 사람들은 복어에게 쏟는 1분이 몹시 아까운 모양이다. 복어를 좋아하는 사람이 드물다. 아니 엄마와 나 빼고는 없다고 봐야 한다.

"또 뜀박질이냐?"

102호 붕어빵할아버지다.

"몸을 괴롭힐 일이라도 생겼느냐?"

"튼튼해지려고요."

대답하며 나는 활짝 웃는다. 할아버지가 해준 말이 생각난다.

— 마음이 아플 때도 마음으로 고치려 들지 말거라. 몸을 부지

20

런히 움직여라.

할아버지는 굉장히 유식하다. 또 해피빌라에서 가장 점잖다. 할아버지의 말은 일단 믿어도 좋다. 몸이 힘들면 마음의 아픔은 확실히 가벼워지긴 한다.

할아버지가 리어카를 덮어놓은 천막을 벗겨낸다. 재빨리 다가가 건어낸 천막을 반듯하게 접는다.

"역시 동동이가 최고구나."

할아버지가 내 어깨를 두드려준다.

해피빌라에서 할아버지는 강영감님으로 통한다. 나와 아저누나에게는 붕어빵할아버지다.

할아버지는 젊을 때 나랏일을 했단다. 지금은 붕어빵 장사다. 리어카에 붕어빵 기계를 싣고 도시로 나가 늦은 밤까지 붕어빵을 만들어 판다.

할아버지는 스스로를 가리켜 붕어빵 인생이라고 했다. 맘에 들지 않는 말이다. 할아버지 식대로라면 만물고물상 장사장님은 고물 인생이고, 흥부마트 아저씨는 마트 인생인가.

— 붕어빵에 붕어 없듯이 이 할아비 인생도 딱 그 짝이구나.

어른들의 말을 모두 이해하려 들었다간 머리가 터져버린다. 그냥 넘어가는 게 머리도 안전하고 속도 편하다. 또 어른들과 잘 지내는 방법이기도 하다.

할아버지의 붕어빵은 맛있다. 도무지 질리지 않는다. 붕어빵 속에 붕어는 없어도 특별한 무엇이 들어 있는 듯하다. 그러나 도시 사람들에게는 인기가 없다. 리어카 안에는 팔리지 않는 붕어빵이 늘 수북하다.

할아버지와 함께 리어카를 밀고 해피빌라를 나선다. 할아버지는 도시 쪽으로, 나는 감물저수지로 향한다.

"너무 무리하진 말거라."

할아버지가 엄지와 새끼손가락을 펼쳐 손을 흔든다.

할아버지의 인사법이다. 하와이에서는 그렇게 인사를 한단다. 할아버지는 하와이에 가서 살고 싶어 한다. 나중에 실수하지 않기 위해서 미리 연습하는 셈이다.

왜 하와이일까.

외동딸이 하와이에 있다. 그러나 할아버지는 아직 하와이에 가보지 못했다.

나는 돌아서 할아버지를 바라본다. 할아버지의 뒷모습이 점점 작아져 아주 사라질 때까지 생각한다. 할아버지의 하와이, 그리고 나의 파라과이에 대해서.

시계의 스톱워치 버튼을 누르고 달리기 시작한다. 엄마가 생일 선물로 보내준 시계 덕분에 달리기가 훨씬 재미있어졌다.

26분 43초.

어제 세운 최고 기록이다. 6학년이 되기 전까지 25분 내로 달리는 게 목표다.

최고 기록을 세운다고 누가 알아주진 않는다. 나 자신이 꽤 괜찮은 아이가 된 듯한 기분이 좋다.

솔직히 내 달리기 속도는 별로다. 원래 운동에 소질이 없다. 피구를 하면 일찌감치 탈락하고, 축구 경기는 매번 수비만 본다. 그래도 아이들은 나를 자기편으로 삼고 싶어 한다. 열심히 뛰어다니긴 하니까.

겨우 10분을 달렸다.

숨이 턱밑까지 차오른다. 속도가 자꾸 떨어진다. 두 다리는 그만 쉬라고 아우성이다.

꾹 참고 달린다. 할아버지의 하와이 인사법처럼 나는 참을성 연습을 해둬야 한다.

며칠 전 수업 시간이었다. 선생님이 자신의 장점을 하나씩 발표하라고 했다.

수애는 시간을 잘 지킨다고 했다. 프로야구 선수가 꿈인 기호는 야구를 꼽았다. 동규는 스스로 썰렁 개그의 일인자라고 했다.

내 순서가 되었다. 잘 웃어요, 라며 아이들이 먼저 나섰다. 선생님도 굳이 확인해볼 것도 없다는 듯 고개를 끄덕였다.

모두 틀렸다. 내가 제일 잘하는 건 따로 있다.

참는 것. 보고 싶어도 참고, 화가 나도 참아 넘기고, 울음도 꾹 눌러 참아내고…….

참는 일은 매일 갈아입는 팬티와도 같다. 앞으로도 계속 참아야 한다.

오래전 깨달았다. 참지 못한 채 울고 투덜대고 떼를 써봐야 나만 손해였다. 웃기로 했다. 일부러라도 명랑한 어린이가 되려고 노력했다.

지금은 너무 자주 웃어 탈이다. 혼자 있을 때는 제대로 웃지도 못하면서.

송장메뚜기 한 마리가 날개를 파닥여 날아가 저만치 내려앉는다. 내가 다가가면 날아가고 또 날아간다. 길을 벗어나면 간단한 걸, 왜 모를까. 미련하다. 참을성도 어쩌면 미련한 짓일지 모른다는 생각이 든다.

아이들이 부러울 때가 있다. 아이들처럼 엄마에게 떼쓰고 멋대로 굴고 싶어질 때가 있다.

엄마가 오면, 그동안 밀렸던 것들을 몽땅 쏟아내겠다. 엄마는 단단히 각오해야 할 것이다.

둑을 따라 실개천이 감물저수지로 이어진다. 저수지 한쪽에 기대 동산이 펼쳐진다. 동산 가장 깊숙한 곳에 화실이 있다.

오늘은 저수지 제방에서 멈춘다. 뭉치를 만나기 위해서다.

제방 여기저기 흩어져 있는 낚시꾼들의 모습이 보인다. 저수지 물이 오염된 탓인지, 낚시꾼들은 붕어를 낚아 입만 찢어놓고 돌려보낸다. 마음 같아선 한마디 해주고 싶다. 입 찢긴 붕어들이 물속에서 입술을 깨물며 울고 있을지도 모른다고.

뭉치는 어디에 있을까.

내 마음대로 이름을 지었다. 자그마한 몸 전체가 긴 털로 덮여 있다. 특히 머리털이 실 뭉치를 함부로 풀어놓은 것처럼 엉망진창이다.

집을 잃은 걸까. 아니면 주인이 일부러 버렸을까.

사흘째 연속으로 눈에 띄었다. 어제는 낚시꾼의 떡밥을 훔쳐 먹다 낚시 받침대로 호되게 얻어맞았다.

배수구 근처에 뭉치를 찾았다.

주머니에서 식빵을 꺼내 흔든다. 뭉치가 한동안 나와 식빵을 번갈아 보더니 고개를 돌린다. 나를 믿을 수 없다는 뜻인가. 자존심이 상한 건지도 모르겠다.

삐턱이할머니는 입버릇처럼 말한다.

— 자존심이 밥 먹여 준다더냐.

밥은 확실히 못 먹여준다. 그래도 내가 나인 것 같은 기분은 들게 해준다.

식빵을 바닥에 내려놓는다.

"여기에 둘 테니, 와서 먹어."

다시 화실을 향해 달린다. 슬쩍 돌아보니 뭉치가 한껏 게으름을 피우듯 식빵 쪽으로 다가가고 있다.

집을 잃었다면 빨리 집을 찾기를 바라. 일부러 버린 거라면 주인이 반성하고 돌아왔으면 좋겠어.

☆

급한 일이 생겨 나간다.

늦을 듯하구나. 샌드위치 만들어놨다. 맛있게 먹으렴.

화실 문에 붙은 화가아저씨의 메모다.

거의 매일 화실에 온다. 하루라도 건너뛰면 불안하다. 휴지가 떨어진 화장실에 앉아 있는 기분이다.

아저씨는 혼자 산다. 찾아오는 사람도 거의 없다. 웬만해선 외

25

출도 하지 않는다. 아저씨는 스스로를 두고 세상을 병 주둥이처럼 좁혀놓고 사는 사람이라고 했다.

왜일까?

대놓고 묻지 않았다. 사람에게는 누구나 대답하기 곤란한 부분이 있다. 나에게 엄마의 문제가 그런 것처럼.

문 옆에 세워둔 신발장을 연다. 아저씨의 등산화 안에 손을 밀어놓는다. 아저씨와 내가 열쇠를 숨겨두기로 약속한 곳이다.

화실 안으로 들어가 아저씨의 작업부터 확인한다.

이젤 위 캔버스는 며칠째 그대로다. 어젯밤도 아저씨는 팔짱을 끼고 의자에 등을 붙인 채 캔버스만 노려봤던 모양이다.

크게 걱정할 일이 아니다. 어느 순간 단숨에 그려낼 테니까. 그럴 때의 아저씨 모습은 정말 멋지다. 온몸에서 불길이 활활 솟아나오는 것 같다.

재떨이와 휴지통을 비운다. 싱크대에 쌓인 그릇들을 설거지한다.

고맙다. 앞으로는 하지 말거라. 아저씨는 줄곧 말하지만 내가 원해서 하는 일이다.

크로와상 샌드위치가 접시 위에 놓여 있다.

내 주위에는 좋은 사람들이 수두룩하다. 엄마가 자신 대신 좋은 사람들만 골라 보내준다는 생각이 들 정도다.

작년에 아저씨를 만났다.

여름방학이었고, 달리기를 시작한 지 얼마 되지 않았을 때였다. 산책하는 아저씨와 세 번째 마주쳤던 날이다. 그동안 열심히 인사를 해서일까, 아저씨가 생수 한 병을 쥐어줬다. 따지도 않은 새것을 일부러 가져온 셈이었다.

아저씨도 달리기를 한 적이 있다며 내 자세를 봐줘도 되겠느냐고 했다. 달리기에도 방법이 있다는 건 그때 처음 알았다.

턱을 가슴 쪽으로 당겨라. 팔을 겨드랑이에서 떨어뜨리지 마라. 뒤꿈치부터 땅을 딛어야 부상을 당하지 않는다. 다리를 벌리지 말고 무릎과 무릎이 스친다는 기분으로 내딛어라.

이튿날 더운 날씨 탓에 나는 일찍 지쳐 있었다. 다시 아저씨를 만났다.

— 이런 땡볕에는 개미도 자기 굴속에서 나오지 않는 법이다. 좀 쉬어야겠구나. 빙수를 만들 참이다. 나눠 먹자꾸나.

오로지 빙수 때문에 아저씨를 따라간 건 아니었다.

나눠 먹자.

그 말이 마음에 쏙 들었다. 나를 단지 꼬맹이 취급하지 않는, 믿어도 괜찮을 어른이라는 생각이 들었다.

오솔길로 따라 동산 깊숙이 외딴집에 가서야 아저씨가 어떤 사람인지 알았다.

— 정말 화가예요?

— 화가처럼 보이지 않니?

나는 정직하게 고개를 끄덕였다.

아저씨의 모습은 기대 밖이었다. 못생겼다는 뜻이 아니다. 화가라면서 도무지 화가다워 보이지 않았다.

어떻게 생겨야 화가다운 걸까?

딱 잘라 설명하긴 곤란하다. 그냥 느낌의 문제다. 아저씨는 뭐랄까, 철물점에서 좀처럼 오지 않는 손님을 기다리며 하품을 깨물고 있는 주인의 모습에 가까웠다. 배가 나왔고, 머리도 약간 벗겨졌다.

아저씨는 나에게 이런저런 것들을 물었다. 신경을 곤두세우지 않고 대답해도 되는 것들이었다.

새로 만나는 어른들은 어김없이 묻곤 한다.

어디에 사느냐, 부모님의 직업은 뭐냐, 공부는 잘하냐…….

왜 어른들은 하나같이 비슷비슷한 것들이 궁금할까. 대답하기 곤란한 것들만 골라서 골탕을 먹이는 듯하다. 다리가 불편한 사람에게 이런 식으로 물어보는 꼴이다.

다리를 저니까 기분이 어때?

기분이 굉장히 꿀꿀해요. 궁금하면 직접 다리를 분질러보시던지…….

이렇게 대꾸하면 원수가 되자는 소리다. 싫은 척하지 말아야 한다. 마음을 숨긴 채 최대한 상냥하게 굴어야 한다.

아저씨의 질문이 멈춘 사이 내가 물었다.

— 복어 그릴 줄 알아요?

— 그릴 수야 있겠지만 그려본 적은 없구나.

— 복어, 귀엽죠?

— 재밌게 생기긴 했지.

— 복어한테는 눈꺼풀이 있어요.

— 몰랐네. 복어를 특별히 좋아하는 모양이구나.

— 저는요, 기분이 별로일 때마다 복어를 그려요.

사실이다. 복어가 허파로 숨 쉬는 동물이었으면 좋겠다. 주머니에 넣어 다니고 싶다. 복어를 꺼내 들여다보면, 슬픔은 금방 사라질 것이다. 애쓰지 않아도 명랑한 아이로 지낼 수 있을 테고.

아저씨가 스케치북과 연필을 내밀었다.

복어라면 자신이 있었다. 그러나 힘들었다. 진짜 화가를 만나는 건 처음이었다. 게다가 화가 앞에서 복어를 그리게 될지는 상상도 못했다.

아저씨는 복어를 보고 한동안 고개를 끄덕였다. 잘 그렸다는 건지, 그저 그렇다는 건지.

나중에 알았다. 잘했다, 못했다. 아저씨는 내 그림에 대해 딱 잘라 말하지 않는다. 어떤 생각으로 그렸는지에 대해선 자세히 묻는다. 대답하면서 나 스스로 알아차리게 만든다.

— 복어 말고 또 뭘 좋아하지?

— 거울 보면서 이 닦기요.

— 보통은 싫어하는 일이잖니?

— 이 닦는 내 모습을 거울로 보면 마음이 편해져요.

— 글쎄. 잘 이해가 되질 않는구나. 대부분 거울을 보면서 이를 닦지. 나 역시. 그렇다고 특별히 마음이 편해진 적은 없구나.

설명하지 않으면 이상한 아이가 되겠지. 엄마의 칫솔을 쓰는 이유를 털어놓았다.

내 이야기를 다 듣고 아저씨가 빙긋이 웃었다.

— 우리는 친구가 될 수 있겠다.

29

그 순간, 나는 아저씨를 좋아하게 되었다. 아저씨는 나에게 친구가 되자고 한 첫 번째 어른이다.

샌드위치를 들고 소파로 간다.

소파 두 짝이 ㄱ자 모양으로 놓여 있다. 창가의 소파를 택한다. 동동의 자리. 아저씨가 이름 붙여준 이후 줄곧 내 차지다.

아저씨는 나를 친구로만 대해 준 게 아니었다. 그림은 물론 모든 것을 가르쳐주고 싶어 했다.

화실 주위에 피어난 들꽃의 이름, 구름의 흐름에 따른 날씨의 변화, 하늘의 별자리를 보고 방향을 읽는 법, 야구공을 잡는 손가락의 위치와 빠른 볼을 던지기 위한 어깨와 허리의 회전, 아저씨가 젊어서 돌아다닌 세상 곳곳의 이야기들……

특히, 아저씨는 생각하는 법을 가르쳐줬다.

생각한다는 것은 시간을 쏟는다는 뜻이다. 예를 들면 이렇다. 개미가 개미굴을 부리나케 드나드는 것을 유심히 살펴봐야 개미를 알게 되고, 알아야 올바른 생각에 이르게 된다.

아저씨와 지내는 게 즐겁다. 마냥 좋다가도 문득문득 머릿속이 복잡해질 때가 있다. 아저씨가 아빠로 바뀌는 상상 때문이다.

엄마의 짝이 될 수 있을까.

아저씨는 오래전에 결혼한 적이 있었다. 지금은 혼자다. 엄마도 같은 처지니까 문제없다. 다만 아저씨의 나이가 너무 많다. 스무 살이나 차이가 난다. 나야 괜찮지만 남들에게 웃음거리가 될지도 모른다. 어쨌든 나중에 엄마한테 물어보긴 해야겠다.

화실을 나온다.

오솔길이 시작되는 곳에 뭉치의 모습이 보인다. 저수지에서 화실까지는 잰걸음으로도 5분 거리다. 줄곧 나를 따라왔던 모양이다.

뭉치가 주춤 뒷걸음질을 친다. 달아날 기색은 아니다.

샌드위치를 다 먹어버린 게 후회된다. 뭉치를 향해 두 손을 펼쳐 보인다.

"미안. 지금은 아무것도 없어."

뭉치가 고개를 갸웃한 채 내 얼굴을 바라본다.

"내일 만나자. 그때까지 어떻게든 버텨봐."

3.

"낼 비온닥해요?"

202호 비온닥삼촌이다.

삼촌의 혀 짧은 소리를 처음에는 알아듣지 못했다. 내일 비 온다고 하나요, 라는 말이었다.

나는 이마에 손 그늘을 만들며 하늘을 올려본다. 구름 한 점 보이지 않는다.

"와요. 아주 많이 내릴지도 몰라요."

듣고 싶은 대답을 해줬다. 삼촌이 잇몸을 드러내며 활짝 웃는다.

누구를 만나든 묻고 또 묻는 삼촌이다. 아이에게나 어른에게

나, 겨울이나 여름이나, 대답을 들었거나 듣지 못했거나, 정작 비를 맞고 있으면서도 내일의 비를 궁금해한다.

삼촌의 머리는 정상이 아니다. 태어날 때부터 약간 고장이 난 상태였단다. 마음이 아프면서 더 심해졌다.

어른들 말로는 나도 삼촌이랑 비슷했단다. 엄마가 떠나고 나서 내 몸은 꼬챙이처럼 말랐다고 했다. 엄마를 찾으며 너무 울어댄 탓이라나.

비온닥해요, 비온닥해요…….

비온닥이 삼촌의 별명이 되어버렸다. 원래는 베트맨이었다. 하늘을 훨훨 날아다니는 정의의 용사가 아닌, 베트남 여자를 아내로 둔 남자라는 뜻이었다.

마이아줌마.

삼촌의 아내다. 3년 전 해피빌라를 떠났다. 그때부터 삼촌은 비 소식을 묻고 있다.

— 베트남에는 매일매일 한 차례씩 소나기가 온대. 고향에 내리던 소나기가 그립다고, 아줌마가 그랬어. 삼촌한테도 같은 말을 했겠지. 비가 그리워 고향으로 갔으니 이곳에도 비가 내리면 돌아오리라고. 삼촌은 믿는 거야.

아저누나의 말을 인정한다. 하지만 의문이다.

고향이 그립다고, 사람이 사람을 버릴 수 있을까.

처음에는 삼촌을 홀로 남겨둔 아줌마가 무척 미웠다. 시간이 지나면서 알게 됐다. 나는 아줌마를 미워하는 게 아니었다. 보고 싶은 거였다.

아줌마와의 마지막 순간을 또렷이 기억하고 있다.

저녁 무렵이었다. 아줌마가 쌀국수를 만들어 왔다. 쌀국수는 아줌마의 특기였다. 해피빌라 식구를 위해 자주 쌀국수를 만들곤 했다.

그날은 오로지 나만을 위한 쌀국수였다. 나는 평소처럼 한 그릇을 뚝딱 비워냈다. 아줌마가 갑자기 나를 얼싸안고 울기 시작했다. 내 목덜미에 뜨거운 눈물이 뚝뚝 떨어졌다. 한참을 울다가 웃으며 말했다.

— 이젠 혼자서도 잘하니까 안심예요. 아주 기뻐요.

아줌마가 떠나기 얼마 전, 3학년이 되면서 나는 301호에서 지냈다. 어른들이 결정했다. 밥은 아무데서나 먹어도 잠은 한곳에서 잘 때가 되었다고 했다. 그 전까지는 마음 내키는 곳에서 잠들었다. 202호 아줌마 곁에서 잠들 때가 제일 많았다.

— 오래 버텼다, 오랑캐 년.

삐턱이할머니의 말이었다. 누가 울며불며 잡을까 봐 낯짝도 안 보이고 꽁지를 끊어버렸네, 라고 덧붙였다.

그렇게 아줌마는 떠났다.

그렇게 삼촌은 베트맨에서 비온닥이 되었다. 아줌마가 돌아올 때까지 삼촌의 물음은 사라지지도 줄어들지도 않을 듯하다.

— 낼 비온닥해요?

어른들은 지겨워한다. 몰라, 하며 쏘아붙이기 일쑤다. 아예 듣지 못한 척한다.

나만이라도 열심히 대답하자. 거짓말이라도 아저씨가 듣고 싶은 쪽으로 말해주자고 결심했다.

착한 어린이가 되려는 게 아니다. 다른 사람들보다 삼촌을 더
많이 사랑해서도 아니다.

내가 바로 삼촌이었다. 나도 삼촌처럼 묻고 또 묻고 했다.

엄마 왜 안 와요? 엄마 언제 온대요?

어른들의 대답은 언제나 흐리멍덩했다. 동쪽이 어디냐고 물었
는데, 해는 서쪽으로 진다는 식이었다. 내가 듣고 싶은 대답을 꼭
집어 말해주지 않았다. 차라리 할머니처럼 윽박지르는 편이 나
았다.

— 진상 떨지 말고 진득하니 기다려라. 네 엄마가 물러터지긴
했지만 하늘이 무너져도 자식새끼만큼은 독하게 지킬 위인이다.

이제는 옛날처럼 묻지 않는다. 어른들도 제대로 모르고 있다는
생각이 든다.

삼촌이 계단이 시작되는 지점에서 허리를 굽힌다. 어서 업히라
는 뜻으로 자신의 허리춤을 손바닥으로 두드린다. 여섯 살 때부
터 나를 업어줬다. 3층까지 단숨에 뛰어오를 수 있을 만큼 컸는데
도 여전하다.

못 말리는 삼촌. 머리에 한번 새겨진 건 절대 양보하지 않는다.

삼촌에게 업혀야만 안으로 들어설 수 있다. 한동안 창피했다.
꼬맹이 취급을 하는 듯해 화도 났다.

붕어빵할아버지가 깨닫게 해줬다.

— 동동이한테 자기도 뭔가를 해주고 싶어서 그런단다.

내가 멍텅구리였다. 삼촌은 삼촌의 방식으로 나를 맘껏 사랑해

주고 있었다.

삼촌이 나를 업고 성큼성큼 계단을 오른다. 힘이 세서 다행이다. 해피빌라에 힘쓸 일이 생기면 모두 삼촌부터 찾는다. 안 해요, 싫어요, 못해요. 이런 군소리를 아예 배우지 못한 것처럼 당장 달려가는 삼촌이다.

301호 앞에서 나를 내려주고는 또 묻는다.

"낼 비온닥해요?"

"낼 비 와요."

삼촌이 돌아선다. 나는 급히 삼촌을 부른다.

"밥은요?"

"밥 많이, 많이 먹어요."

으흐흐, 삼촌이 괴상하게 웃고는 서둘러 계단을 내려간다.

삼촌은 밥을 짓거나 반찬을 만들지 모른다. 설거지는 무지무지 잘한다.

번개할머니로 통하는 삼촌의 엄마가 일주일에 한 번 꼴로 다녀간다. 밥과 반찬을 마련해놓는다. 별명대로 번개처럼 다녀가 좀처럼 만날 수 없다. 그게 삐턱이할머니는 불만이다. 번개할머니를 못마땅하게 여긴다. 제 속으로 낳은 자식을 창피하게 여기면 엄마 자격이 없다면서.

나는 그 마음을 알 것 같다. 삼촌이 우리와 함께 지내는 걸 굉장히 고마워하는 번개할머니다. 고맙고 고마워서 어느덧 미안해진 것이다.

삼촌이 요양원에 들어간 적이 있었다. 아줌마가 떠난 직후였다. 딱 1주일 만에 돌아왔다. 어쩔 수 없었다며, 번개할머니는 해피빌라 식구들을 향해 연신 머리를 조아렸다. 한겨울 굴속의 곰처럼 아무것도 먹지 않은 채 잠만 잤단다. 먹는 거라면 자다가도 벌떡 일어났고 꾸벅꾸벅 졸면서도 먹던 삼촌이 말이다.

삼촌이 해피빌라에서 계속 살게 돼 기뻤다. 어른들은 처음에는 한숨을 내쉬었지만 결국 반겨줬다.

우리는 식구다. 한 팀이다. 누구 하나 빠져나가는 것만으로 팀 전체가 무너지고 말 거다.

물론 예외가 있다. 101호.

이상하게시리 자주 바뀐다. 1년을 넘기지 못한다. 우리와 좀처럼 어울리지도 않는다. 우리가 받아주지 않은 건 아니다. 그들 스스로 해피빌라에 속해 있다는 자체를 불쾌하게 여기는 듯했다.

지금은 쌍칼형이 살고 있다. 이번만큼은 우리가 쌍칼형을 피한다.

석 달 전이었다. 매달 월세를 받아가는 해피빌라의 주인아줌마가 쌍칼형을 데려왔다.

― 앞으로 나를 대신해 이곳을 책임질 사람예요.

여덟 가구가 사는 해피빌라에 관리인이 생긴 셈이었다. 처음에는 쌍칼형을 환영했다. 계단의 전등도 갈아주고, 물이 새는 수도 파이프도 손봐주고, 해피빌라 주변에 널린 쓰레기도 정리해주겠거니 생각했다.

착각이었다. 쌍칼형이 가장 먼저 한 일은 101호를 차지하는 거였다.

이사 온 지 반년쯤 된 장애인 부부가 살고 있었다. 그들은 갈데가 없으니 차라리 죽겠다고 했다. 우리의 생각도 비슷했다. 무슨 수를 써서든 지켜줘야 한다고 입을 모았다.

무슨 수를 써보지도 못했다. 쌍칼형이 웃통을 벗어던지는 것으로 간단히 끝났다.

총천연색 문신이 드러났다. 용 두 마리가 금방이라도 서로를 물어뜯을 것처럼 입을 벌리고 있었다. 몸뚱이를 스케치북 삼아 온갖 물감을 쏟아부은 것 같았다.

— 나, 쌍칼이야, 쌍칼.

스스로 굉장히 유명한 사람인 듯 말했다. 쌍칼에 대해 듣지 못했다. 질문, 하고 손을 들어 물어보기도 뭐했다.

— 쌍칼인지 부엌칼인지 어디서 굴러먹던 개뼈다귀, 후레자식이야.

뻐턱이할머니가 혼잣말처럼 낮게 중얼거렸다.

할머니라면 쌍칼형과 붙어볼 만하다고 생각했다. 할머니를 믿고 내가 물었다.

— 왜 쌍칼예요?

기다렸다는 듯이 쌍칼형은 바지를 걷어 왼쪽 종아리 부근에서 칼을 꺼냈다.

— 내 몸 어딘가에는 이런 게 하나 더 있지. 그래서 쌍칼이다. 아직 두 개를 다 써본 적은 없다. 하나만으로도 충분했으니까.

쌍칼형은 또 이렇게 덧붙였다.

자신은 해피빌라 같은 구질구질한 곳에 있을 사람이 아니다.

말 못할 사정 때문에 왔을 뿐이다. 있는 동안 개판인 해피빌라의 질서를 바로잡겠다. 그 첫 번째가 악질을 쫓아내는 일이다. 본보기로 월세를 한 번도 내지 않은 101호다. 앞으로 누구든 예외 없다. 한 달이 밀리면 이자까지 두 달 치를 내야 하고, 두 달이 밀리면 곧바로 쓰레기로 간주해 청소해버리겠다.

사람을 미워하는 건 나쁜 일이다. 하지만 쌍칼형은 미워하지 않을 수 없다. 맨홀에 빠지면 건져주는 대신 뚜껑을 덮어버리고 싶을 정도다.

쌍칼형은 악당이다. 그나마 악당이 해피빌라를 떠나 있을 때가 많아 다행이다.

예전에 쌍칼형과 같은 악당이 해피빌라에 나타나곤 했다.

내가 아찌라고 불렀던 사람. 아찌를 생각하면 지금도 다리가 후들거리고 머리가 하얘진다.

4.

해피빌라의 해피타임.

미쑤노이모가 정했다. 이모는 말속에 영어를 끼워 넣기 좋아한다.

이모의 이름은 노하자. 다혜로 불러 달란다. 해피빌라 어른들에게는 그냥 미쑤노로 통한다.

이모는 엄마의 친구다. 이모의 말로는 목숨을 내줘도 아깝지 않은 친구 사이란다. 엄마가 없었으면 자신은 이미 세상 사람이 아니었을 거라는 말도 했다.

이모는 자주 해피빌라에 놀러 오곤 했다. 엄마가 떠난 직후, 아예 201호로 이사를 왔다.

해피타임.

내가 학교를 다니면서 시작됐다. 일주일에 한 번, 토요일 저녁에 맞춰 모두 한자리에 모였다.

102호 붕어빵할아버지, 201호 미쑤노이모, 202호 비온닥삼촌, 301호 나, 302호 삐턱이할머니, 401호 손씨아저씨와 아저누나, 402호 만물고물상 장사장님.

전원 출석.

싫은 소리를 듣거나 벌금을 내지도 않는다. 그래도 누구 하나 빠지지 않는다.

이모와 장사장님은 일찌감치 가게 문을 닫는다. 할아버지는 아예 붕어빵을 팔러 도시에 나가지 않는다. 흥부마트에 박스가 쏟아져 나오는 시간이라며 할머니는 투덜대면서도 언제나 자리를 지킨다. 지금은 허리를 다쳐 쉬고 있지만 공사판에서 일할 때도 손씨아저씨는 일당 절반만 받고 돌아오곤 했다.

오늘 해피타임 당번은 장사장님이다. 다음은 손씨아저씨, 그 다음은 할아버지…….

나와 비온닥삼촌은 언제나 면제다. 미안하지만 어쩔 수 없다. 엄마가 돌아오면, 우리가 1년 동안 해피타임 당번을 맡겠다.

당번이 책임지고 음식을 장만한다. 대단한 걸 준비하진 않는다. 평소보다 반찬 두어 가지 더 마련한다.

올해 들어 처음으로 건물 밖, 놀이터 자리에서 해피타임을 갖기로 했다. 돗자리를 깔고 밥상을 두 개 나란히 붙여놓았다.

장사장님이 한턱을 내기로 한 모양이다. 사람 숫자대로 닭을 삶았다.

덕분에 입이 호강일세, 라고 할아버지가 말한다.

만물고물상이 잘 돌아가는 모양이라며 손씨아저씨가 거든다.

삼계탕을 제대로 하셨다고 이모가 칭찬한다.

나라고 빠질 수는 없다.

"맛있어요. 너무너무."

할머니가 닭다리를 입에 문 채 말한다.

"질기기가 생고무 한 가지네. 폐계야, 폐계. 안 그래, 장씨?"

"6년산 알짜배기 삼 뿌리를 넣었으니 많이 드세요."

"염병, 삼 뿌리가 헤엄치다 빠져 죽었는가 싶다. 내 눈에는 무 뿌리 하나 안 뵈네."

장사장님의 얼굴이 금방 시무룩해진다. 하여튼 할머니는 분위기를 망치는 데 선수다.

"폐계면 어떻고, 영계면 또 어떠한가. 입에 달고 몸에 좋으면 최고지."

말해놓고 할아버지가 주위를 둘러본다.

"자, 우리 동동이가 일주일 동안 어떻게 지냈는지 들어보자고."

모두 내 이야기를 듣고 싶어 한다. 나에게 일어나는 일들을 낱

낱이 알아야 되고, 그래야 마음이 놓인단다.

귀찮을 때도 있다. 모두 다 털어놓아서 놀림감이 되기도 하지만 해피타임이 좋다. 행복하다. 나를 위해, 내가 혼자가 아니라는 걸 확인시켜 주려고 어른들이 일부러 마련한 자리이니까.

"이번에는 몇 등 했냐?"

손씨아저씨가 생태공원 미술 대회 결과를 물었다.

"꼴등했어요. 죄송해요."

그동안 대회에 나가면 어김없이 상을 받았다. 그때마다 나를 대단한 아이라도 되는 양 치켜세웠다. 시험 성적이 좋아도, 선생님한테 칭찬 한마디 들었다는 말에도, 축구 시합에서 어쩌다 한 골을 넣었을 뿐인데도 몹시 기뻐했다. 시시한 이야기도 엄청난 사건처럼 목을 길게 늘여가며 들어줬다.

"허어, 별일이로구나."

"원숭이도 나무에서 떨어질 때가 있단다."

"우리 동동이 실력을 못 알아보다니, 심사위원들 눈이 삐었는가 싶다."

"다음에 잘하면 되지."

앞다퉈 위로해준다. 할머니만은 내 머리에 꿀밤을 먹인다.

"똥떵이 이놈아. 계집애한테 곁눈 주지 말라는, 이 할미의 말을 똥구멍으로 들었더냐."

할머니가 말한 계집애에 대해 이모가 대뜸 물어온다.

"수애는 어땠어?"

"우수상 받았어요."

"동동이 자존심 좀 상했겠네."

어른들은 요즘 수애 이야기를 듣고 싶어 한다. 수애와 친해졌다는 말을 한 후로는 특히.

수애는 어떤 애냐, 공부는 잘하느냐, 얼굴은 예쁜가, 너를 어떻게 생각해…….

거기에서 그쳤으면 좋으련만 멋대로 충고까지 한다.

여자의 마음을 사로잡기 위해선 무조건 강해 보여야 한다. 관심 있어도 없는 척 굴어야 한다.

그런 사이 아니다. 그냥 친구일 뿐이다. 아무리 주장해도 소용없다. 신경질을 내면, 그런 내가 또 재미있어 죽겠다는 듯 더욱 심하게 놀려댄다.

평소라면 할아버지가 나서 점잖게 말려준다. 수애에 대해선 예외다. 어제는 붕어빵 한 봉지를 따로 담아줬다. 수애와 사이좋게 오순도순 나눠 먹으라면서.

나는 자리에서 일어난다. 뭉치 이야기를 꺼내기 위해서다.

사흘 연속 뭉치에게 먹을 것을 갖다 줬다. 식빵, 고구마, 만두를 허겁지겁 먹어치우고는 저수지에 앞발을 담근 채 물을 마셨다.

더 이상 나를 피하지 않았다. 어제는 아예 내 뒤를 졸졸 따라오기까지 했다.

나는 천천히 고개를 돌려 어른들을 둘러본다.

"키우고 싶어요."

"안 돼."

제일 먼저 딱 잘라 말한 건 이모다. 이어 한 마디씩 한다.

"개새끼는 배에 기름 낀 작자들이나 키우는 게다."

"버려진 개라면 다 그럴 만한 곡절이 있겠지. 병이 들었거나 워낙 골칫거리라 감당을 못했거나."

"돈은 또 얼마나 든다고. 사료 사다 먹여야지, 동물병원에 데려가 주사 맞혀야지……. 요즘에는 미용실에 털 손질까지 맡긴다더라."

어른들의 말이 끊어진 틈을 타 내가 말한다.

"나도 돈 벌잖아요."

사실이다. 할머니와 함께 폐지를 주워 만물고물상에 넘기고 돈을 받는다. 사료쯤은 살 수 있다. 또 뭉치가 워낙 작아서 먹어봤자 얼마나 먹을까.

저는요, 하고 아저누나가 말해놓고 잠시 망설인다.

"왜 키우고 싶은지, 동동이 생각이 궁금해요."

모두 내 편이지만 그중에서 누나가 최고다.

나는 할아버지처럼 흠흠, 헛기침부터 한다.

"그냥 놔두면 뭉치는 굶어 죽어요. 누군가 돌봐줘야 해요."

바로 나처럼요, 라고 혼잣말처럼 낮게 중얼거린다.

그렇다. 해피빌라 식구들이 곁에 없다면 나도 뭉치 꼴이다. 길거리에서 동냥을 하고 있을지도 모른다.

아무도 대꾸하지 않는다. 괜한 이야기를 했다는 생각이 들 즈음, 할머니가 뼈만 앙상히 남은 닭다리로 상을 두드린다.

"간땡이가 부어서 헛짓거리를 하고 싶은 모양이구나. 어디 멋대로 해봐라."

깜짝 놀랐다. 가장 심하게 반대를 해야 옳았다. 욕이나 실컷 얻어먹게 될 줄 알았다.

할머니의 말이 신호였다. 여기저기서 찬성의 목소리가 들려온다.

"적적한 참에 오히려 잘됐구나."

"한번 마음을 먹었으면 끝까지 책임져야 한다. 싫증난다고 중간에 나 몰라라 하면 혼쭐을 내줄 테다."

"개한테 너무 정신 팔려서, 우리가 동동이한테 개만도 못한 취급을 받게 될까 봐, 나는 그게 걱정이네요."

이모는 여전히 마땅치 않은 얼굴이었다.

"아예 강아지를 하나 사서 키우자. 그편이 더 낫지 않겠니?"

"꼭 뭉치여야 돼요."

"떠돌이 개를 키우게 했다간 너의 엄마한테 우리 모두가 욕먹는다고."

우리, 우리 모두.

듣기만 해도 마음이 편해진다. 혼자가 아니라는 사실을 또다시 확인받는 기분이다.

나는 우리를 천천히 둘러본다.

"편지에 뭉치에 대해서 쓰겠어요. 엄마도 알면 좋아할 거예요. 분명히."

그러길 바란다. 하지만 나는 엄마의 생각을 모른다.

엄마는 우리가 아니다. 예전에는 분명 우리였지만 지금은 너무 멀다.

★

해피타임이 길어지고 있다.

술 때문이다. 해피타임에서 술 마시는 일은 흔치 않다. 오늘은 안주가 좋다며 술판이 벌어졌다.

여자들은 일찌감치 물러났다. 해가 떨어지면 잠자리에 드는 비온닥삼촌을 빼고 남자들만 남았다. 나는 돗자리 한 구석에 누워 졸다 깨다를 되풀이하면서 버티는 중이다.

영감님, 하는 장사장님의 목소리가 들린다.

"노래 한 자락 뽑고 싶네요. 오늘 제가 너무 기분이 좋아서 그래요."

"노래야 밤새도록 한다손 누가 뭐라고 하겠는가. 술이 어지간히 됐으니 그만 들어가세."

"아뇨. 안 취했어요. 말짱해요."

내 생각에는 엄청 취했다. 혀가 꼬부라졌고, 무엇보다 말이 많아졌다.

장사장님은 원래 말수가 적다. 묻는 말 외에는 먼저 나서서 입을 열지 않는다. 이상하게 술만 취하면 수다쟁이가 된다.

"이 풍진 세상을 만났으니 너의 희망이 무엇이냐……"

노래가 뚝 끊어진다. 흑흑, 장사장님의 흐느낌이 들려온다.

어른이 운다. 그것도 남자 어른이 울고 있다. 이유를 모르겠다. 내가 깜박 조는 사이 무슨 이야기가 오간 걸까.

괜히 자리를 지켰다는 후회가 밀려온다. 나중에라도 내가 끼어 있었다는 걸 알면, 장사장님의 마음이 편치 않을 것이다. 지금이라도 일어나 들어갈까. 깊이 잠든 시늉을 하는 편이 낫겠다. 진짜 잠들어버리면 더 좋고.

"우리가, 우리가 잘못한 거예요."

장사장님이 울먹이는 소리가 이어진다.

"우리가 문제예요. 그렇게 보내면 안 되는 거였다고요."

할아버지가 헛기침을 하고는 대꾸한다.

"그때 그 수밖에 없었다는 거, 자네도 잘 알지 않는가."

"아뇨. 원하는 대로 해줬어야 됐어요."

"본인도 우리 뜻을 따르기로 동의했던 것이고."

"그게 어떻게 동의예요? 어쩔 수 없이 등이 밀렸던 거죠."

장사장, 하고 손씨아저씨가 화난 목소리로 부른다.

"그 등을 앞장서 밀었던 게 장사장이야. 난 그렇게 알고 있는데, 아닌가?"

할아버지의 한숨이 길게 이어진다.

"우리 모두 그랬어. 우리 모두 죄인일세. 지켜주지 못한 죄인. 하지만 돌이킬 수 없는 일을 자꾸 말해봐야 무슨 소용인가. 더 할 이야기가 남았으면 내일 날 밝아 맨정신으로 하세."

"맨정신으로 못하니까, 죽었다 깨어나도 못하겠으니까, 이러죠."

장사장님이 또 운다. 서럽게, 딸꾹질까지 해대며 운다.

"자자, 그만하시게. 잘 견뎌왔지 않은가."

"저는요, 몇 번이고 해피빌라를 뜨려고 했어요."

"쓸데없는 소리."

"지금도 동동이를 똑바로 못 쳐다보겠다고요. 가슴이 아리고 찢어져서……. 어젯밤 꿈에는 동동이 엄마가 나타나서 그러더군요. 어쩌면 자기한테 그럴 수 있었느냐고요."

"누군 안 그런가. 발 뻗고 편히 잘 사람 아무도 없어. 유난 떨지 마."

손씨아저씨가 손으로 밥상을 내려친 모양이다. 술병끼리 부딪혀 쓰러지는 소리가 요란하다.

장사장님과 손씨아저씨가 싸움을 벌일까 봐 무섭다. 아니다. 엄마 이야기 때문에 숨이 막혀 누워 있을 수 없다.

나는 자리에서 벌떡 일어난다.

어른들은 한순간 정지버튼을 누른 로봇처럼 꼼짝하지 않는다. 반쯤 입을 벌린 채 나를 쳐다볼 뿐이다.

"엄마가 뭐요? 뭐랬는데요?"

장사장님한테 물었다. 할아버지가 손을 내젓는다.

"술주정이야. 사람은 누구나 술이 취하면 헛소리도 하고 억지도 부린단다."

손씨아저씨가 장사장님의 겨드랑이에 팔을 껴 일으킨다.

"심하게 취했어. 그만 들어가서 쉬자고."

내 쪽으로 곁눈질을 하고는 곧 고개를 숙이는 장사장님이다. 똑바로 쳐다볼 수 없다는 말을 마치 증명하듯이.

장사장님이 심하게 비틀거린다. 부축하고 있는 손씨아저씨의 몸도 덩달아 비틀비틀 위험하다. 나는 재빨리 달려가 장사장님의

손을 잡는다. 장사장님은 확실히 술을 너무 많이 마셨다. 내 손을
아프도록 세게 쥔다.

"동동아, 동동아, 동동아."

세 번이나 이름을 불러놓고 허허허, 장사장님이 웃는다.

"너는 우리의 보물이야. 우리는 보물을 지키는 사람들이고."

5.

아저누나가 기절했다.

솜을 뭉텅 빼낸 곰인형처럼 바닥에 쓰러져 있다. 다친 데는 없
다. 벽에 등을 기대고 있다가 주르르 미끄러져서 다행이다.

툭하면, 누나는 기절한다. 하루라도 조용히 건너뛰는 날이 없
다. 보통 서너 차례 정신을 잃는다. 일주일 전에는 여덟 번이나
쓰러져 신기록을 세웠다.

짧으면 1분, 길면 10분.

그동안 누나는 깊이 잠든 상태다. 누군가 곁에 있든 없든, 코
밑에 매직펜으로 수염을 그려놓든 북두칠성 일곱 점을 찍어놓든,
갑자기 땅이 갈라져 해피빌라가 폭삭 무너지든 말든, 전혀 알아
차리지 못한다.

아저누나.

원래 이름은 손은주. 해피빌라 어른들에게는 아저로 통한다.

누나의 아빠, 손씨아저씨까지.

　아저야, 아저야!

　처음으로 부르기 시작한 사람은 누구였을까. 왜 아저라고 했는
지는 분명하다. 모자 때문이다. 누나는 머리 감을 때를 빼놓고는
늘 모자를 쓰고 있어야 한다.

　공사장에서 일하는 사람들의 머리를 보호하는 모자다. 플라스
틱으로 된, 가운데 십자 표시를 중심으로 '안전'이라고 쓰여 있었
다. '안전'에서 받침이 두 개가 떨어져 나가 '아저'가 되었다. 그때
부터 은주 대신 '아저'로 불렸다.

　누나는 기분 나쁠 것이다. 내가 뚱떵이를 싫어하는 것처럼 말
이다. 목숨이 왔다 갔다 하는 위험한 문제만 아니라면 내 편에서
모자를 벗겨주고 싶다.

　병에 걸렸다, 누나는.

　기면증. 아무 때나 잠이 드는, 깜박깜박 정신을 잃는 병이다.

　머릿속이 골칫거리다. 뇌 안에는 수많은 선들이 연결되어 있는
데, 그중 어느 한 부분이 끊어졌거나 잘못 이어진 탓이란다.

　누나는 해피빌라 주위를 벗어나려 들지 않는다. 항상 조심해야
한다. 언제, 어떻게 기절할지 모른다. 계단을 내려오다가도, 밥을
먹다가도, 화장실에 앉아 있다가도……. 선 채로 기절해 딱딱한
바닥에 머리를 부딪치면 큰일이다. 반드시 모자가 필요하다. 아
주 단단한 모자여야 한다.

　그렇다고 공사판에서 얻어온 안전모는 너무했다. 손씨아저씨
는 누나의 마음을 진짜 몰라준다.

누나를 위해 롤러블레이드 헬멧을 구해줄까. 쉽지 않다. 내가 나서도 될지 모르겠다. 손씨아저씨는 물론 누나의 자존심까지 엉망으로 만들어놓을 것만 같다.

누나는 중학교에 입학만 해놓고 다니지 않았다. 원래는 기숙사가 있는 특수학교에 다녀야 한다. 그러려면 이사를 가야 되고, 손씨아저씨가 부자여야 한다.

— 공부해봤자 써먹을 데도 없어.

오히려 잘됐다는 누나다. 하지만 지금도 혼자 공부를 한다. 책도 엄청 많이 읽는다.

누나의 기절이 길어지고 있다.

— 나는 불량품이야. 영원히 불량품으로 살 수밖에 없는 실패자.

실패자라니, 너무하다. 누나는 자신을 너무 얕본다. 아무것도 할 수 없다고 여긴다.

손으로 하는 건 뭐든지 잘해내는 누나다. 요즘은 그 손재주로 휴대폰 고리와 목걸이 등을 만들어 판다. 도시의 가게에서 재료를 갖다 주고 완성품을 받아가는 식이다. 손씨아저씨가 허리를 다쳐 일하지 못하는 탓에 누나가 나서서 돈을 벌고 있다.

파리 한 마리가 누나의 콧등에 올라앉는다. 손사래로 쫓아버린다.

요즘 누나의 기분이 별로다. 말수가 줄고 신경질이 부쩍 늘었다. 무엇인가에 정신을 빼앗긴 듯 내 이야기를 건성건성 들을 때가 많았다.

미쑤노이모는 사춘기라고 했다.

— 한때 세차게 부는 바람 같아. 시간이 지나면 사라져.

이모의 말이 사실이길 바란다. 예전의 누나로 돌아와 웃고 떠들고 정답게 지내고 싶다.

질질질, 슬리퍼 끄는 소리가 들려온다.

쌍칼형이다. 일주일 동안 보이지 않더니 어젯밤에 돌아온 모양이다.

쌍칼형이 턱짓으로 누나를 가리키며 말한다.

"또 갔네, 갔어."

쌍칼형 때문에 어서 자리를 피해야 한다. 누나를 흔들어 깨우고 싶다. 억지로 깨워봤자 다시 기절하겠고, 시간만 더 길어질 뿐이다. 누나 스스로 정신을 차릴 때까지 기다려야 한다.

쌍칼형이 앞니 사이로 찍, 침을 뱉는다. 쓰레기통이라도 들쑤셨는지 지저분한 머리카락을 손가락을 세워 북북 긁는다. 생긴 것처럼 하는 짓도 더럽다.

"담배 한 갑 사 와."

쌍칼형이 지폐 한 장을 내 앞에 떨어뜨린다.

"흥부마트 아저씨가 그랬어요, 아이한테 담배를 팔 수 없다고."

"아버지가 장애인이라서 어쩔 수 없다고 말하랬지?"

쌍칼형이 주먹으로 머리통을 때린다. 두 방 연속으로.

"내가 같이 가줄게."

어느 틈에 깨어났을까, 누나가 몸을 일으킨다. 나도 덩달아 일어선다.

해피빌라를 빠져나온다. 누나가 쥐똥나무 울타리 너머 쌍칼형

51

을 힐끔 돌아보며 말한다.

"저 사람이 죽었으면 좋겠어."

"별로 세게 맞지도 않았어."

"아빠가 다치지만 않았으면 가만 두지 않았을 거야."

과연 그럴까. 싸움과는 어울릴 성싶지 않은 손씨아저씨다. 바싹 마른 몸에 막대기처럼 키만 크다. 늘 헤벌쭉 웃는다. 화내는 법도 없다. 다 잘될 거야, 라는 말을 입에 달고 산다.

누나가 잔뜩 굳은 얼굴로 길게 한숨을 내쉰다.

"아빠는, 아빠는 바보야. 어른들도 마찬가지고. 한 식구니 하고 입으로만 떠드는 허풍쟁이들이야."

며칠 전 손씨아저씨는 쌍칼형에게 당했다. 멱살까지 잡혀 이리저리 끌려다녔다. 월세가 두 달 밀렸다는 이유였다. 붕어빵할아버지와 장사장님이 쌍칼형을 말리지 않았으면 더한 짓을 당했을 수도 있었다. 하지만 실망이었다. 왜 말리기만 했는지 모르겠다.

곁눈질로 누나를 바라본다. 누나가 잔뜩 굳은 얼굴로 길게 한숨을 내쉰다.

"만약에, 내가 없어져도, 동동이는 날 기억해주겠지?"

"어디 가?"

"이런 식으로는 더 이상 살고 싶지 않아."

누나가 갑자기 모자를 벗어 바닥에 던져버린다. 바닥에 나뒹구는 모자를 노려본다. 곧 두 팔을 휙휙 내젓으며 나를 앞질러 걸어간다.

나는 한동안 멀뚱히 서 있다 모자를 집어 든다. 서둘러 뒤를 쫓는다. 누나의 팔짱을 낀다. 기절을 해도 부상은 당하진 말아야 한다.

"다 잘될 거야."

손씨아저씨의 말이 나도 모르게 나왔다. 사실 다는 필요 없다. 하나만이라도 잘됐으면 좋겠다. 쌍칼형이 해피빌라에서 영영 사라져버렸으면.

누나가 혼잣말처럼 낮게 중얼거린다.

"꿈이 없으면, 하다못해 내일의 계획이라도 있어야 돼. 하지만 나는……."

우리는 네 살 차이다. 누나가 지금의 내 나이였을 때 말해줬다. 내 꿈은 헤어디자이너야. 누나의 손재주라면 그다지 어려운 꿈도 아니었다. 누나 스스로 포기했다. 기면증 때문이었다. 손님의 머리카락에 가위질을 하다 귀를 잘라버리게 될 거란다.

내 꿈은 엄마다. 장래의 희망을 조사하는 곳에 엄마 이름을 써놓을 수는 없어도.

엄마는 너무했다. 나를 계속 놔뒀다간 내 꿈은 점점 닳아 없어질지도 모른다.

요즘 자꾸 이상한 생각이 든다. 엄마는 세상 어디에도 없다. 나는 있지도 않은 엄마를 기다리는 중이다. 바보처럼.

미쑤노이모가 앉은뱅이책상 앞에 앉아 있다.

내가 들어온 것도 모른다. 뭔가를 쓰다 막혔는지 볼펜 꽁무니를 앞니로 문 채다. 어깨 너머로 편지 봉투가 보인다.

이모, 라고 부르자 그제야 알아차린다. 후다닥 책상 위를 정리한다.

"편지 쓰고 있었어?"

"어. 그냥……."

이모가 내 눈치를 살핀다. 광수한테, 라고 덧붙인다.

"매일 전화하잖아?"

"갑자기 편지가 쓰고 싶어져서. 쉽지 않네. 나는 머리 쓰는 건 영 소질이 없어."

광수삼촌은 이모의 고향친구다.

두 달에 한번 꼴로 생선과 미역과 멸치 따위를 잔뜩 싸 들고 온다. 남쪽의 외딴섬에서 해피빌라까지 여객선과 기차와 버스를 갈아타고 와야 하는 먼 길이다.

광수삼촌은 이모와 결혼하고 싶어 한다. 어렸을 때부터 이모를 짝으로 생각하고 기다려왔단다. 이모도 은근히 원하는 눈치다. 광수삼촌 이야기를 할 때 느껴진다. 목소리가 커지고 눈웃음이 끊이지 않는다.

이모는 엄마와 동갑이다. 서른네 살. 광수삼촌을 놓쳐선 안 된다고 어른들은 말한다. 내 생각도 그렇다.

이모가 이제껏 사귄 상대 중 괜찮은 남자는 없었다. 어딘가 구멍이 난 남자들이었다. 직업이 없거나, 성격이 괴팍하거나, 자기밖에 모르거나. 하나같이 이모를 이용해 먹었다. 마지막에 차이는 쪽도 이모였다. 사내를 보는 눈이 영 개판이다, 라는 삐턱이할 머니 말이 딱 맞았다.

광수삼촌이라면 믿을 만하다. 이모 역시 인정한다. 하지만 망설이고 있다. 열일곱 살에 도망쳐 나온 외딴섬으로 다시 돌아가기가 쉽지 않다고 했다. 도시 생활은 이제 넌덜머리가 난다면서도.

얼마 전, 광수삼촌이 진짜 이유를 말해줬다.

— 이모가 네 걱정을 많이 하더라. 너를 두고 떠날 수 없다네.

나는 거의 울 뻔했다. 울음을 참아내며 굳게 결심했다.

나 때문에 이모를 노처녀로 만들지 말자. 이모를 안심시켜야 한다. 혼자서도 알아서 잘하는 아이가 되려고 노력 중이다.

이모가 휴대폰으로 시간을 확인한다. 늦었네, 하며 옷장 문을 연다.

이모는 스킨케어 가게에서 일한다. 원래 주인은 엄마였다. 지금은 이모가 맡고 있다. 여자들의 얼굴을 예쁘게 만들어주느냐, 늘 지쳐 있는 이모다. 특히 손가락과 어깨가 아파 약을 입에 달고 산다. 이래저래 이모에게는 결혼이 필요하다.

나는 이모 뒤로 다가간다. 이모의 허리를 감싸 안는다.

"형이 되고 싶어. 빨리 결혼해서 아기를 낳아줘. 방학 때마다 섬에 가서 아기를 돌봐줄게."

"나랑 같이 섬에 가서 살까?"

이모가 돌아서 내 눈동자로 뛰어들 듯 빤히 쳐다본다.

"광수도 너만 좋다면 환영이래."

고개를 숙여 이모의 눈길을 피한다. 고맙다. 그러나 내 마음을 몰라줘서 섭섭하다.

갈 수 없다. 나는 해피빌라에만 있어야 한다. 벽에 박힌 못처럼 꼼짝 말고 엄마를 기다려야 한다.

"동동이가 중학생만 됐어도 웃으면서 시집가겠는데……"

슬프다. 이모의 말은 그러니까, 중학생이 될 때까지 엄마는 돌아오지 않는다. 앞으로 1년 6개월. 그때까지 아무런 기대도 하지 말라는 뜻이다.

이모의 발치를 바라보며 묻는다.

"중학생이 되면 엄마가 오긴 와?"

"이제껏 잘해 왔잖아. 엄마는 동동이를 아주 자랑스러워 해."

이런 식의 이야기는 백만 번도 더 들었다. 질렸다.

이모가 손을 내민다.

"편지 줘?"

"안 썼어."

거짓말이다. 편지는 주머니 안에 얌전히 들어 있다.

오랫동안 엄마에게 편지를 써왔다. 여섯 살, 한글을 몰라 그림으로 대신하던 그때부터 줄곧. 일주일에 한 통씩.

사실은 매일매일 편지를 쓰고 있다. 내 일기는 엄마에게 보내는 편지다.

엄마의 편지는 한 달에 두 번이다. 이모는 속상해하지 말란다. 편지 한 통을 쓰기 위해 엄마는 어려운 절차를 거쳐야 하기 때문이다. 파라과이는 내가 짐작하는 것보다 훨씬 복잡한 나라인 모양이다.

"왜? 엄마가 기다릴 텐데⋯⋯."

이모가 고개를 갸웃하며 이어 말한다.

"뭉치 때문이구나. 뭉치한테 정신 팔려서 그랬지?"

뭉치는 그제 해피빌라에 왔다. 나와 함께 지내는 게 마음에 드는 눈치다. 301호 밖으로는 한 발짝도 나가려 들지 않았다. 집에서 벗어나는 순간 다시 떠돌이 신세가 될까 봐 겁을 먹고 있는 듯하다.

뭉치는 상당히 영리한다. 한번 정해준 자리에서 볼일을 본다. 함부로 물건을 물어뜯거나 흩어놓지 않는다. 내가 공부를 할 때면 저만치 떨어져 가만히 기다린다. 끝나면 냉큼 다가와 수고했다는 듯 내 손등이나 뺨을 혀로 핥는다.

뭉치와 나.

우리는 보이지 않는 끈으로 연결되어 있다. 나는 뭉치가 원하는 걸 알고, 뭉치도 내 마음을 훤히 들여다보고 있는 기분이다.

어제는 동물병원에서 검사를 받았다. 이왕 키울 거면 건강 상태를 제대로 알아야 한다는 게 이모의 생각이었다.

수의사선생님의 말로는 비교적 건강한 편이라고 했다. 한 군데만 빼고.

— 사람으로 치차면 언청이란다. 입술 가운데가 찢어진 채 태어난 셈이지. 아마 잘 짖질 않을 거다. 짖어도 이상한 소리를 내겠지.

입술이 원래 그렇게 생긴 종류인지 알았다. 짖지 않는 것도 참을성 많은 성격 탓으로 생각했다.

— 사람을 잘 따르니?

나를 향해선 맹렬히 꼬리를 흔들어대면서도 다른 사람들에게는 모른 척이다. 먹을 것으로 아무리 꼬드겨도 꿈쩍하지 않았다.

— 여러 차례 주인이 바뀐 것 같구나. 언청이라서 버림을 받았을 테고, 그러면서 사람을 믿지 않게 되었겠지.

언청이라서 주인이 자주 바뀐다?

수의사선생님은 이렇게 설명했다.

— 사람들은 좋은 것, 예쁜 것만 차지하려 들기 때문이지.

못나서, 모자라서 여러 차례 버림을 받은 개.

앞으로 뭉치는 겁먹을 필요 없다. 계속 버림받았던 건 진짜 좋은 주인을 만나기 위한 순서였다. 더 이상 못나서, 모자라서 버림받는 일은 없다. 해피빌라의 어른들이 나를 돌봐주듯 끝까지 뭉치를 지켜주겠다.

"이모, 옷 갈아입어야 돼."

얼마 전까지만 해도 내 앞에서 훌렁훌렁 옷을 벗어던지던 이모다. 시집을 가긴 갈 모양이다.

"저녁까지는 편지 써, 꼭."

이모의 목소리를 뒤로 하고 나는 서둘러 201호를 나온다.

꼭, 이라는 단어가 아예 없어졌으면 좋겠다. 꼭, 이라는 말을 들으면 갑자기 기운이 빠져 바닥에 주저앉고 싶어진다.

금방 돌아갈 거야. 꼭, 꼭, 꼭.

내가 들은 엄마의 마지막 말이다. 마주 보고 들려준 말도 아니었다. 나는 전화기에 대고 악을 썼다.

싫어, 싫어…….

금방이 6년이 되었다. 이제는 엄마의 얼굴도 잘 생각나지 않는다. 겨우 여섯 살이었다. 얼굴을 보면서 헤어졌다면 엄마를 분명히 기억할 수 있을까. 아마도.

꼭, 꼭, 꼭.

엄마는 엉터리 약속 따위는 하지 말았어야 했다. 약속 때문에 내가 얼마나 힘들게 될지 생각했어야 옳았다.

엄마가 밉다. 오늘 하루만이라도 엄마를 실컷 미워하고 싶다. 미움이 사라지고 나면 더 많이 보고 싶겠지만.

6.

"오늘 죽을지 내일 죽을지 모르는 할망구가 코흘리개 손자 하나 거느리고 근근이 살아가는 신세야. 불우이웃 돕는다고 치고 그냥 사. 비싸니 싸니, 잔말일랑 씨부렁대지 말고."

삐턱이할머니의 말이다.

고구마를 놓고 흥정하던 아줌마가 빤히 나를 쳐다본다. 금방 눈물이라도 쏟을 듯한 표정이다.

할머니가 재빨리 덧붙인다.

"어미는 핏덩이 싸질러놓고 달아났고, 아비는 백일도 되기 전 도라쿠에 갈려 황천 갔어."

거짓말쟁이. 너무하다. 돈이 된다면 고구마에다 덤으로 나까지 팔아치울 기세다.

"고생이 참 많았겠어요."

걸려들었다. 아줌마는 바가지 쓸 일만 남았다.

나는?

할머니 곁에 쪼그리고 앉아 계속 비 맞은 강아지 처지가 되어야 한다. 그러기 위해 내가 여기에 있다.

싫다, 이런 꼴.

싫어도 도리 없다. 따지고 보면 강제로 끌려나온 것도 아니다.

우리는 동업자다.

3학년 때부터 할머니의 폐지 줍기에 따라다녔다. 내가 먼저 그러겠다고 했다. 해피빌라의 어른들을 설득하는 데 시간이 걸리긴 했다. 결국 기특하게 여겨줬다.

할머니가 나를 동업자라고 했다. 조수로 써먹어야 마땅하지만 많이 봐준 셈이란다.

조수보다 동업자가 좋은 이유에 대해 물었다.

— 똑같이 일하고 똑같이 나눠 갖는 게 동업자다.

설명대로 똑같진 않다. 내가 더 많이 일한다. 할머니는 몸놀림이 느리고 나는 재빠르다. 하지만 왜 내 몫이 훨씬 적을까. 모른 척하고 있다. 불만을 터뜨렸다간 동업자는커녕 조수로도 안 써줄지도 모른다.

결국 아줌마는 고구마를 두 봉지나 산다. 내 머리를 쓰다듬으며 한마디 한다.

"훌륭한 사람이 돼 할머니 은혜를 갚으렴."

나는 할머니를 쳐다본다. 훌륭한 사람이 되겠다고 굳게 다짐이라도 하듯이.

아줌마가 떠나자 할머니가 소리친다.

"유기농 고구마 사려."

할머니에게 유기농이 뭐냐고 묻는다. 할머니 자신도 정확히 모르는 듯하다. 몰라도 모른다는 말은 절대로 하지 않는다.

"유기농으로 키웠다면, 갑절로 돈이 된다."

할머니가 직접 키운 고구마일 리 없다. 도매로 떼어다 파는 것도 아니다.

어제 저녁이었다.

할머니가 나를 불렀다. 종이상자를 줍기 위해 흥부마트로 가는 줄 알았다. 감물저수지 부근에 있는 고구마 밭으로 데려갔다.

할머니가 두 손을 갈퀴처럼 펼쳐 고구마를 캐냈다. 도둑질이었다. 멀뚱히 서 있는 나에게도 시켰다. 나는 못하겠다는 버텼고, 할머니는 재깍 내 머리통을 쥐어박았다.

— 도둑질이 아니라 주인에게 복 받게 해주는 거다. 가난뱅이 거드는 부자를 하늘이 얼마나 어여쁘게 여기겠냐.

열대여섯 개쯤 캐냈을 때, 주인이 나타났다. 멀리서 지켜봤던 모양이었다. 오토바이를 타고 득달같이 달려와 도망칠 틈도 없었다.

주인은 당장 내 목덜미를 낚아챘다. 이어 할머니를 향해 경찰에 신고하겠다는 둥, 열 배로 물어놓게 하겠다는 둥 벌겋게 달아

온 얼굴로 고함을 질러댔다.

— 요런 오뉴월 마른하늘 벼락을 쫓아가서 맞아 죽을 놈을 보겠나. 늙은이가 단 게 하도 바쳐서 그랬다. 산보 나왔다 고구마가 장하게 자라 몇 뿌리 주워 담은 걸 갖고 지랄 염병을 떨어. 네놈은 어미도 없다더냐? 벌 받는다, 천벌을 받아.

할머니는 캐낸 고구마 중 하나를 집어 주인을 향해 내던졌다.

역전 성공.

용서를 빌어야 할 쪽이 바뀌었다. 도둑질한 할머니는 침을 튀겨가며 욕을 퍼부었다. 도둑질을 당한 주인은 죄인처럼 고개를 숙였다.

오늘 아침이었다.

주인이 고구마 두 포대를 오토바이에 싣고 해피빌라에 왔다. 302호에 고구마를 내려놓으며 죄송하다는 말을 되풀이했다. 고맙다, 잘 먹겠다, 라는 말도 없이 할머니는 당연하게 고구마를 받았다.

어차피 잘 먹을 생각이 없는 할머니였다. 주인이 떠난 즉시 나를 앞세워 고구마를 팔러 나왔다.

주인이 알면 할머니가 얼마나 얄미울까. 역시 세상에는 몰라서 더 좋은 일이 많긴 하다.

할머니는 돈이 필요하다. 아직 봉구형 면회를 못 갔다. 나라에서 주는 돈은 일주일 뒤에나 통장으로 들어온다. 갑자기 폐지가 무더기로 생길 리도 없다. 아들을 만나러 가려면 도둑질이든 거짓말이든 돈을 마련해야 한다.

버스가 도착해 사람들을 내려놓는다. 할머니의 목소리가 다시 높아진다.

부창초등학교 앞 버스정류장.

간혹 팔 것이 생기면 할머니가 노점상을 벌이는 곳이다. 다른 곳이면 좋으련만 장사가 잘된다는 이유로 꼭 이 자리다.

오늘은 재수 없는 날이 안 되길 바란다. 할머니에게는 장사가 시원치 않으면 재수가 없겠지만 나로선 우리 반 아이들을 만나는 게 그렇다.

계속 고개를 숙이고 있다. 토요일과 일요일 앞뒤로 공휴일이 붙어 있어 그나마 다행이다. 아이들 대부분은 가족과 여행을 떠났을 테니까.

여행을 가보지 못했다. 억울할 건 없다. 나만 그런 게 아니다. 해피빌라 식구 모두 마찬가지다.

"우동동!"

수애다. 수애가 등에 첼로를 멘 채 내 앞에 서 있다.

완전 망했다. 할머니 식대로 하면, 여우 피하려다 호랑이를 만난 꼴이다.

"우동동, 여기서 뭐하니?"

할머니가 수애의 아래위를 훑어본다.

"뉘기에, 계집애가 사내 이름을 동네 똥개새끼 부르듯 하고……."

지랄이야, 라는 말이 할머니 입에서 떨어지기 전이다.

"동동이 친구, 수애예요."

63

"수애?"

되묻고는 벌떡 자리에서 일어서는 할머니다. 코끼리 엉덩이로도 저렇게 빠르게 움직일 수 있다는 게 신기하다. 할머니가 두 손을 치맛자락으로 훔치고는 수애의 손을 덥석 잡는다.

"아이고, 네가 수애구나. 예쁘게도 생겼네. 우리 똥땡이한테 그리 잘해준다니 참으로 고맙구나."

아이고, 깜짝이야.

문어를 닮은 외계인이 시멘트 바닥에서 헤드 스핀을 하는 모습을 지켜보는 기분이다. 외계인은 비행접시를 타고 하늘을 날아야 하고, 욕을 퍼부어야 할머니답다.

"그래, 우리 똥땡이 어디가 어떻게 마음에 들었누?"

수애가 어리둥절한 낯으로 나를 쳐다본다. 나는, 다른 건 그렇다고 치고, 수애 앞에서 일단 이름만 제대로 불러줬으면 좋겠다.

수애가 할머니에게서 슬그머니 손을 빼며 말한다.

"착하잖아요."

꼭 그 이유밖에 없을까. 불만이다. 아이들 사이에서 착하다는 건 바보에 가깝다는 뜻이기도 하니까.

내 마음도 모르고 할머니가 얼굴 가득 주름을 만들며 웃는다.

"착한 걸로 치면 똥땡이가 최고지, 암 그렇고말고."

수애가 나를 향해 입 모양으로 중얼거린다.

똥땡아, 똥땡아.

죽을 맛이다. 수애가 앞으로 얼마나 놀려댈지, 가슴이 답답하다. 일단 피하는 편이 낫겠다.

돌아서는 내 목덜미를 할머니가 낚아챈다.

"화장실 가려고요."

"토끼 이빨만 한 고추를 꺼내 놓는다고 누가 뭐라 하겠느냐. 아무데나 싸갈겨라."

토끼 이빨보다야 크다. 훨씬 크다고 항의하고 싶다. 그래봤자 창피만 더 당할 게 뻔하다.

할머니가 내 목덜미를 놓지 않은 채 수애에게 고개를 돌린다.

"그나저나 거북새끼마냥 등짝에다 뭘 매달았느냐?"

"첼로예요."

"첼로인지 헬로인지, 꽤나 고생스럽겠구나. 뚱땡아, 대신 짊어져라. 사내라면 의당 그래야 한다."

수애가 기다렸다는 듯 첼로를 내게 건넨다. 이번에는 내가 거북이 등짝이 될 차례다. 할머니 입에서 무슨 말이 튀어나올지 모른다. 첼로를 핑계로 자리를 뜨는 것도 나쁘지 않다.

안녕히 계세요, 라고 수애가 인사를 한다.

"잠깐만 기다려라. 우리 뚱땡이의 둘도 없는 친구인데 그냥 보내야 쓰겠느냐."

할머니가 비닐봉투에다 주섬주섬 고구마를 담는다. 괜찮다는 수애의 손에 굳이 쥐어준다.

할머니가 왜 저럴까. 원래의 할머니는 누구에게도 친절하지 않다. 수애라고 예외일 리 없다. 할머니 스스로 겁을 내는 치매가 드디어 찾아온 걸까. 은근히 걱정된다.

횡단보도 앞에서 돌아본다. 할머니가 활짝 웃으며 나를 향해 손을 흔들고 있다.

확실히 정상이 아니다. 할머니의 웃는 모습을 본 적이 언제인지 모르겠다. 늙어서 히죽히죽 웃는 것보다 볼썽사나운 꼴은 없다던 할머니다.

수애가 내 팔을 슬쩍 잡았다 놓는다.

"할머니가 나를 어떻게 알아?"

"짝이니까."

수애가 윗니로 입술을 잘근잘근 깨문다. 내가 생각해도 말이 안 된다. 그렇다고 해피타임에 대해 설명할 수도 없다. 해피빌라에 살지 않고선 절대로 이해하지 못할 테니까.

수애가 혼잣말처럼 낮게 말한다.

"고마워."

"뭐가?"

"우리 반에서 나를 알아주는 건 너뿐이잖아."

알아주는 게 아니다. 나만이라도 잘해주자고 마음먹었다.

수애는 왕따다. 잘난 척 때문이다. 잘난 척을 해도 될 만큼 똑똑하긴 하다. 그렇지만 아이들이 제일 싫어하는 게 잘난 척인지는 모른다.

아무도 상대해주지 않는 수애에게 내가 먼저 말을 걸었다. 어차피 짝이었고, 혼자가 된다는 게 어떤 기분인지 알고 있었으니까.

그냥 잘해주자고 결심했을 뿐이다. 어느덧 아이들은 수애와 나를 아예 한 세트로 여겨 놀려 먹는다. 나까지 은근 왕따 취급이다. 어쩔 수 없다. 아이들이 내 마음을 알아차릴 때까지 기다려야 한다. 기다리는 건 어차피 내 특기다.

수애가 묻는다.

"참, 기호 얘기 들었어?"

기호는 우리 반 싸움 짱이다. 스스로 세다는 걸 확인하려는 듯
걸핏하면 아이들을 못살게 군다. 나를 괴롭힌 적은 없다. 놀리거
나 짓궂은 장난을 걸어오는 건 오히려 기호에게 당한 다른 아이
들이다.

기호와 친해진 후 이유를 물었다.

─나도 몰라. 널 보면 그냥 괴롭힐 생각이 없어져.

마음에 들지 않는 대답이었다. 내가 불쌍해 보여서가 아닐까,
하는 생각에 약간 기분마저 나빴다.

수애가 폭, 한숨을 내쉰다.

"가출했어."

"가출? 진짜? 어떻게 알아?"

"우리 아파트 바로 옆 동에 살거든."

이틀 됐단다. 경찰에 신고까지 했다며, 수애는 기호의 가출이
당연하다는 듯이 말한다.

"제멋대로 굴 때부터 알아봤다니깐."

"나쁜 애 아냐. 그리고 기호한테는 네가 모르는 이유가 있어."

"칫, 착한 척 굴긴."

기호가 했던 말이 귓속에 들어온 꿀벌처럼 윙윙거린다.

─나는 아빠한테 매일 맞아. 죽고 싶어.

그러면서 겉옷을 가슴까지 걷어 올려 보였다. 멍 자국이 등판

에 가득했다. 기호는 내가 부럽다고 했다. 맞지도 않고 죽고 싶은 생각도 들지 않으니 아주 틀린 말은 아니었다.

"기호 아빠가 직장까지 쉬면서 찾아다니고 있어. 우리 집에도 왔었어. 너를 만나러 갈지도 몰라."

"찾아와도 안 만날 거야."

수애가 이유를 묻기 전에 빠르게 걷는다.

어른들은 이상해.

어린왕자의 말이다. 내 생각도 그렇다. 이유를 생각해보면 간단히 해결될 걸 괜히 복잡하게 만든다.

☆

수애가 사는 아파트 2502호.

입구까지만 거북이 노릇을 해줄 생각이었다. 수애가 보여줄 게 있다며 놔주질 않았다.

수애 엄마가 놀란 눈으로, 그러나 반갑게 맞아준다.

"어서 와요. 이야기 많이 들었어요."

수애네도 해피타임이 있을까. 시간을 정해 일주일 동안의 일들을 털어놓는다면 꽤 다정한 가족이겠다.

"학원도 안 다니고 과외도 받지 않으면서 어쩜 그렇게 공부를 잘하죠?"

수애 엄마의 물음에 나는 뒤통수를 긁적인다.

해피빌라 어른들은 내 성적을 손꼽아 기다린다. 성적이 좋으면 몹시 기뻐한다. 반대로 성적이 떨어지면 나보다 더 실망한다.

수애 엄마가 다시 묻는다.

"엄마는 외국에 나가 계시다는 이야기를 들었고, 아빠는 뭐하시죠?"

"돌아가셨어요."

이게 간단하다. 보통은 더 이상 캐묻지 않는다.

엄마에게 배웠다. 엄마가 나에게 써먹던 방법이었다.

아빠는 어떤 사람이었어?

좋은 사람.

여섯 살 때까지는 잘 통했다. 그 후로는 물을 기회조차 없었다. 어쨌든 좋은 사람은 아닐 거라는 생각이 든다.

어른들에게서 언뜻언뜻 들은 이야기를 정리해보면, 엄마는 아빠와 정식으로 결혼하지 않은 채 나를 낳았다. 나는 엄마의 성을 받아 우동동이 되었다.

아빠는 비밀의 문 안쪽에 있다. 엄마가 열어주기 전까지는 알수 없다. 알아낸다고 별로 도움이 될 것 같지도 않다. 다만 손톱 밑에 박힌 가시처럼 이따금 마음을 찔러댄다.

수애 엄마는 나에 대해 또 묻고 싶은 기색이다. 눈치 빠른 수애가 나를 자기 방으로 데려간다.

책상과 컴퓨터와 무당벌레 모양의 스탠드, 침대 위에 늘어놓은 인형들, 책장 가득한 책들과 그 사이의 드문드문 놓인 액자들, 피아노와 보면대 위의 악보, 연분홍빛 벽지와 무릎 높이에서 천장까지 이어진 커다란 창……

25층 창밖으로 벌판과 감물저수지가 한눈에 들어온다. 들판 한 가운데 아무렇게나 던져놓은 듯한 모습의 해피빌라도 보인다.

수애가 잘난 척하는 이유를 알 것 같다. 항상 내려다보는 게 습관이 되어서 아이들을 깔보는 모양이다. 높은 곳에 살면 겸손한 사람이 되기는 꽤나 힘들겠다.

"이거야, 보여주고 싶은 게."

커튼에 가려져 있던 천체망원경이다. 별자리 관찰이 취미일까.

"밤에만."

당연한 말을 해놓고 수애가 배시시 웃는다. 나도 덩달아 웃는다. 웃는 거라면 누구에게도 뒤질 수 없다는 듯이.

수애는 망원경에 눈을 갖다 댄다.

"낮에는 다른 걸 봐."

"어떤 거?"

"복어를 좋아하고, 얼굴도 복어처럼 생긴 애."

복어처럼 생겼다는 말은 처음 듣는다. 동그랗긴 하다. 402호 장사장님은 나를 보면 구슬처럼 대굴대굴 굴려보고 싶어진다고 했다.

"한번 볼래?"

수애가 망원경에서 물러나며 나를 이끈다.

해피빌라가 코앞처럼 가깝다. 비온닥삼촌이 기다란 빗자루로 바닥을 쓸고 있다. 장사 준비를 하는 붕어빵할아버지의 모습도 보인다.

"너는 나한테 딱 걸렸어."

말해놓고 수애가 끽끽 웃는다. 이번에는 따라 웃지 않는다. 어디선가 날아온 돌멩이에 뒤통수를 얻어맞은 기분이다.

"네가 사는 데에 놀러 가고 싶어."

"왜?"

"재미있을 거 같아서. 그리고 너랑 더 친해지고 싶으니까."

이번 해피타임에는 할 말이 많겠다. 그렇지 않아도 어른들은 벌써부터 수애를 데려오라고 성화다.

짧은 노크에 이어 수애 엄마가 문을 연다. 수박과 아이스크림이 담긴 접시를 들고 있다. 수애가 접시만 냉큼 받고는 방으로 들어서려는 엄마의 등을 떠민다.

"우리 엄마는 나에 대해선 전부 알아야 한다고 생각해. 난 자유가 없어."

이번에도 잘난 척? 잘난 척이래도 수애가 부럽다.

엄마가 곁에 없어서, 나는 자유가 없다. 하지 말아야 할 것, 참아야 할 것, 미뤄둬야 할 것, 모른 척 넘겨야 할 것들이 나를 꼼짝못하게 만든다.

수애가 아이스크림을 먹으라며 스푼을 내민다.

"내가 아끼는 레인보우샤베트야. 너도 분명 좋아할걸."

나는 슬쩍 고개를 젓는다.

아이스크림을 굉장히 좋아했다. 아이스크림 가게 주인이 되는 게 꿈이었을 정도로.

아이스크림 돼지. 엄마는 자주 나를 놀리곤 했다. 또 심통을 부리는 나를 달랠 때도 아이스크림을 써먹었다.

나는 아이스크림 대신 수박을 집는다. 당장 수애가 묻는다.

"아이스크림 안 먹어?"

이제, 아이스크림을 먹지 않는다. 먹을 수 없다.

"아이스크림 싫어하는 애는 처음 봐."

싫어진 게 아니다. 당장 눈앞의 아이스크림을 듬뿍 떠 입안에 넣고 싶다. 혀끝에서 사르르 녹는 기분을 느끼고 싶다.

"먹어봐, 정말 맛있어."

나는 자리에서 일어선다.

"갈게. 할머니를 도와드려야 돼. 할머니는 내가 없으면 안 돼."

수애가 놀란 눈으로 쳐다본다. 내가 뭘 잘못했는데, 하는 표정이다.

나는 방문을 열려다 돌아보며 말한다.

"해피빌라에 놀러 와줘."

제2장

1.

몹시 슬플 때는 해지는 모습을 보고 싶어.

이렇게 말한 건 어린왕자다.

맞다. 황혼은 슬픔을 잡아당기는 자석 같다. 나는 감물저수지 제방에 앉아 해지는 모습을 보고 있다.

오늘 엄마에게서 편지를 받았다.

보름 동안 손꼽아 기다려온 편지다. 정작 받으면 반가움은 금방 녹아 없어진다. 대신 슬픔이 언덕을 굴러 내려오는 눈덩이처럼 점점 커진다.

엄마의 편지는 길다. 길어도 구멍이 뚫려 있다. 늘 그렇다. 미안하다로 시작해서 미안하다로 끝난다. 중간에 잔소리, 잔소리의 연속. 내가 듣고 싶은 말은 어디에도 보이지 않는다.

해피빌라 어른들께 잘해라. 친구들과 사이좋게 지내라. 누구에게든 친절하게 굴어라…….

착한 어린이, 우동동.

엄마의 소원이다. 지금까지는 성공했다. 착하다는 이야기를 자주 듣는다. 하지만 찜찜하다. 오히려 나쁜 아이인 것 같다. 어디가 어떻게 나쁜지는 모르겠다. 느낌이 그렇다. 아무리 착한 아이가 되려고 노력해도 내 마음속 깊이 나쁜 아이가 납작 엎드려 있는 듯하다.

나는 원래 나쁜 아이고, 굉장히 나쁜 짓을 저질렀다. 그래서 엄마가 떠난 건 순전히 내 탓이라는 생각이 든다.

뭉치가 내 무릎 사이로 파고든다. 종아리에 자신의 턱을 올려놓고 나처럼 황혼을 바라본다. 자신을 버린 주인을 떠올리고 있을까.

나도 뭉치처럼 버림받은 걸까.

삐턱이할머니는 절대로 아니라고 했다. 안심해도 된다며 내가 태어났을 때의 이야기를 해줬다.

─ 병아리처럼 삐약, 한 차례 울더니 잠잠했다. 숨도 쉬지 않더구나. 이불로 덮어 방 한구석에 밀쳐놓았다. 네 어미가 엉금엉금 기어 너를 품어 안더라. 목숨이 끊겼다며 빼앗으려 해도 막무가내였다. 눈에 파란 불이 훨훨 이는 게 꼭 미친년 한가지였다. 애를 낳고 바로 미쳐버린 경우를 본 적이 있어 큰일이지 싶었다. 품에 안겨 있던 아이가 갑자기 울음을 터뜨리더라. 두 눈 똑바로 뜨고 본 일인데 아직도 믿기지 않는구나. 하늘이 네 어미의 정성을 갸륵하게 여긴 게다. 너희 둘은 질긴 동아줄로 이어진 한 목숨이다.

할머니는 말로는, 내가 살아 있으면 엄마도 반드시 그렇단다.

살아 있기만 해선 소용없다. 지금 당장 엄마가 필요하다.

뭉치가 갑자기 몸을 일으킨다. 화가아저씨가 다가오고 있다.

아직 화실에 들르지 않았다. 편지를 받는 날은 머리가 뒤죽박죽이 된다. 아무것도 하고 싶지 않다.

아저씨가 내 곁에 앉는다.

"오늘 황혼은 특히 아름답구나."

황혼이 아름다운 이유를 아느냐고, 아저씨가 묻는다.

나는 고개를 젓는다. 어른들의 질문 중에는 알아도 모른 척해야 할 때가 많다. 이번에는 정말 모르겠지만.

"태양이 먼 거리를 달려왔기 때문이지."

"먼 거리요?"

"동쪽 하늘에서 서쪽하늘까지 먼 거리."

나에게 먼 거리는 파라과이다.

"파라과이까지 백만 원이면 갈 수 있나요?"

젊었을 때 세계 곳곳을 여행한 아저씨다. 파라과이는 아니지만 옆 나라 브라질과 아르헨티나는 가봤다고 했다.

"백만 원이면 충분하죠?"

아저씨는 대답지 않는다. 저수지 안에 내려앉은 붉은 햇살을 물끄러미 바라볼 뿐이다.

엄마가 오지 않으면…….

좋다, 내가 엄마를 찾아가겠다.

내 비밀 통장에는 68만2천 원이 있다. 이모가 주는 일주일치

용돈, 가끔씩 어른들이 슬그머니 쥐어주는 돈, 폐지를 팔아 번 것까지 2년 동안 모아왔다.

아저씨가 내 어깨에 팔을 두른다.

"동동이가 힘들구나. 엄마는 더 많이 힘드시겠지."

"그건 모르죠."

"틀림없다. 훗날 부모가 되면 알게 된다."

"엄마는 그냥 돈 벌러 간 게 아닌가 봐요. 파라과이에도 한국 사람들이 살고 있대요."

엄마가 오지 못하는 이유에 대해서 생각하고 또 생각해봤다.

"거기서 결혼한 것 같아요. 아기도 낳고……."

엄마에게 편지로 물어보면 간단하다. 간단해서 더 어렵다. 사실일까 봐 무섭다.

내 생각은 말이다, 하며 아저씨가 5초쯤 내 얼굴을 빤히 쳐다본다.

"엄마가 파라과이에서 결혼했다면 벌써 동동이를 데려갔겠지. 돌아오겠다는 약속 따위는 아예 하지 않았을 테고."

나는 고개를 돌려 뭉치 쪽을 바라본다. 불쑥 눈물이 흘러내릴 듯하다.

아저씨가 내 어깨를 힘주어 쥔다.

"엄마가 너를 사랑한다고 생각하니?"

"옛날은요. 지금은 잘 모르겠어요."

"너는 어때? 엄마를 사랑해?"

"엄청요."

"그럼 됐다. 사랑한다는 건 믿고 기다리겠다는 각오란다."

기어코 눈물 한 방울이 뺨을 타고 흘러내린다. 모기에라도 물린 양 찰싹 뺨을 때려 눈물을 닦아낸다.

아저씨가 일어선다.

"모처럼 삼겹살을 구울까 한다. 같이 먹어줄래?"

아무것도 먹고 싶지 않다. 솔직히 말하면 아저씨가 실망하겠지. 나는 일어나 아저씨의 손을 잡는다.

"내가 삼겹살을 얼마나 좋아하는지 알잖아요."

★

하늘은 금방 소나기라도 한바탕 퍼부을 기세로 잔뜩 흐려 있다.

흐리든 말든, 나는 즐겁다. 내 마음은 말갛게 갠 하늘처럼 가볍다. 해피빌라로 돌아가는 발걸음 역시.

— 피자가 먹고 싶어. 양념치킨도.

아저누나가 한턱내겠다고 했다. 그동안 액세서리를 만들어주고 받지 못했던 돈이 한꺼번에 들어왔단다. 반드시 그 때문만은 아닌 듯하다.

여름방학이 시작된 어제 종일 화실에 있었다. 누나가 던져버린 모자를 새롭게 꾸미기 위해서였다.

화가아저씨의 유화물감을 빌려 핑크빛으로 바탕을 칠했다. '아저'라는 자리에 두 마리 복어를 그려놓았다. 장미와 백합으로 복어 주위를 둘렀다. 더 이상 공사장 안전모로 보이진 않았다.

오늘 화실에 들러 모자를 가져왔다. 누나가 과연 좋아할까 내내 고민이었다.

고슴도치라도 손에 쥔 듯 누나의 얼굴이 굳어졌다. 괜한 짓을 했다는 생각이 들 즈음, 누나가 말했다.

— 미안해.

받지 않겠다는 뜻인지 알았다. 누나의 뺨을 타고 눈물 한 방울이 주르르 흘러내렸다.

— 세상에서 가장 멋진 모자야.

누나는 눈으로 울고 입으로 웃었다.

나는 누나가 기절해버릴까 봐 걱정스러웠다. 누나의 기면증은 기분에 따라 달라진다. 기절의 횟수를 줄이기 위해선 마음을 편하게 먹어야 한다. 함부로 슬퍼해선 안 된다. 소리 내어 웃다 기절하기도 한다.

누나가 오랜만에 둘이서 파티를 하자고 했다. 돈은 누나가, 심부름은 내 몫이었다. 왕복 40분이 걸리는 거리였다. 힘들지 않았다. 모처럼 환해진 누나의 얼굴 때문에 내 마음의 주름도 활짝 펴지는 듯했다.

해피빌라로 막 들어서려는 순간, 쌍칼형의 목소리가 들려온다.

쥐똥나무 울타리 뒤로 재빨리 몸을 숨긴다. 쪼그리고 앉아 쥐똥나무 틈새로 안쪽을 살핀다.

쌍칼형은 통화 중이다. 휴대전화를 귀에 갖다 댄 채 녹슬고 너덜너덜해진 시소에 걸터앉아 있다.

쌍칼형의 눈에 띄었다간 몸도 마음도 괴롭다. 지금은 특히 그렇다.

쌍칼형은 양념치킨과 피자를 빼앗아 마구 먹어치울 것이다. 이미 몇 번 당했다. 아저누나와 나는 닭 뼈다귀나 쳐다보고 피자 냄새만 맡게 될지도 모른다.

"낼 비온닥해요?"

비온닥삼촌이다. 언제 다가왔는지 삼촌은 내 등 뒤에 쪼그리고 앉아 있다.

쉿, 삼촌을 향해 검지를 입술에 댄다. 삼촌도 얼른 따라한다. 5초도 안 지났다. 삼촌이 벌떡 일어선다.

"낼 비온닥해요?"

아, 들켰다.

쌍칼형이 당장 검지를 세워 부른다. 삼촌과 나, 한 세트로 걸려들었다. 피자와 양념치킨처럼.

삼촌이 쌍칼형에게로 성큼성큼 다가간다. 대뜸 내일의 비에 대해 묻는다.

삼촌은 반말을 모른다. 누구에게든 존댓말이다. 어른들의 판단으로는, 처음 말을 배울 때부터 삼촌의 부모가 그렇게 가르친 탓일 거라고 했다. 그래야 사람들에게 덜 무시를 당할 테니까.

"한 번만 더 물어보면, 뒈진다고 했지?"

쌍칼형이 삼촌의 종아리를 걸어찬다. 아프겠다. 삼촌은 잠시 얼굴을 찌푸리더니 곧 다시 물을 기세로 입술을 움직거린다.

나는 잽싸게 삼촌의 팔을 잡아끌며 쌍칼형을 바라본다.

"말해줘도 금방 까먹어요."

"또라이에겐 매가 최고야."

이번에는 삼촌의 머리통을 주먹으로 꽝, 소리 나도록 때린다.

쌍칼형은 삼촌보다 한참 어리다. 한 열 살쯤. 하지만 쌍칼형에게 나이는 중요하지 않다. 삼촌뿐이 아니라 해피빌라 어른 누구에게나 반말이다.

쌍칼형이 나를 째려본다.

"손에 든 건 뭐냐?"

대꾸하기도 전에 쌍칼형이 봉투를 낚아챘다. 나는 손을 뻗으며 외친다.

"심부름, 심부름예요."

"대가리 박아."

머리를 바닥에 대고 새우처럼 등을 구부리고 있어야 한다. 걸 핏하면 당하는 일이다. 얻어맞는 것보다야 낫다. 지금은 차라리 맞고 말겠다. 피자와 치킨만 무사히 돌려받을 수 있다면 얼마든지. 모처럼, 맛보게 될 피자와 치킨 때문이 아니다. 모처럼, 환해진 누나의 얼굴이 다시 어두워질까 봐 무섭다.

"오, 피자."

쌍칼형이 피자를 뜯어내 입에 쑤셔 넣는다.

"안 돼요. 왜 남의 걸 허락도 없어 먹어요."

"쓰레기 소굴에서 살면서 피자? 아주 꼴값을 하고 자빠졌네. 피자는 나처럼 수준 높은 인간이나 드시는 거야, 촌닭새끼야."

"내놔요."

"대가리 박으라고 그랬다."

"피자부터 줘요."

쌍칼형은 입에 물고 있는 피자를 바닥에 뱉어낸다. 치킨이 들어 있는 봉투로 내 머리를 후려친다.

"아비 어미도 없는 후레자식이 미쳤나."

"쌍칼형은 나쁜 개새끼예요."

"지금 뭐라고 했냐. 다시 지껄여봐."

"나쁜 개새끼……."

채 말을 끝내지도 못한 채 나는 바닥에 나뒹군다. 불에 달군 쇠꼬챙이가 배를 뚫고 들어온 듯 뜨겁다.

"안 된다. 동동이는, 동동이는 안 된다."

붕어빵할아버지가 빗자루를 곧추들고 달려온다. 쌍칼형을 향해 빗자루를 휘두른다. 쌍칼형이 슬쩍 허리를 젖혀 피하더니 할아버지의 가슴을 밀쳐버린다. 할아버지가 비틀비틀 뒷걸음을 치다 벌렁 뒤로 넘어진다.

"어디서 행패냐, 이 오살할 놈아!"

이번에는 삐턱이할머니다. 할머니의 손에는 프라이팬이 들려 있다. 바퀴벌레를 때려잡겠다면 몰라도 프라이팬으로 어쩔 셈일까.

"단체로 육갑을 떨어요, 아주."

쌍칼형이 할머니를 향해 가래침을 뱉는다. 이어 내 옆구리를 걷어찬다. 다시 또 발길질을 하려는 순간이다. 비온닥삼촌이 달려와 머리로 쌍칼형의 얼굴을 들이박는다.

맞았다. 정통으로.

쌍칼형이 무릎을 꿇더니 바닥에 코를 박고 쓰러진다. 죽기 직전의 개구리처럼 부들부들 몸을 떤다. 두 다리 사이에서 오줌이 새어나오고 있다. 칼 두 자루는 써보지도 못하고 한 방에 갔다.

할머니가 프라이팬으로 쌍칼형의 뒤통수를 때린다. 터엉, 하고 종소리가 난다.

쌍칼형의 꼴을 누나가 제발 봤으면 좋겠다, 생각하면서도 한편 걱정된다. 계속 프라이팬으로 머리통을 때리다간 정말 죽을지도 모른다. 말려야 한다.

그만해요, 할머니.

혀가 입천장에 달라붙은 듯 목소리가 나오질 않는다.

할아버지가 내 몸을 일으킨다. 내 이름을 부르는 게 확실한데 목소리가 들리지 않는다.

2.

복어, 시작!

엄마가 내 뺨을 양 손으로 찌익, 늘인다. 내 뺨을 갖고 장난을 치는 게 즐겁다며 가뜩이나 동그란 얼굴을 아예 구슬로 만든다. 내가 아주 꼬맹일 때부터 줄곧 그래왔다.

나는 두 손을 겨드랑이 밑에 붙여 복어 지느러미처럼 흔든다. 엄마를 웃게 만드는 데는 복어가 최고다. 복어만 보면 잇몸이 드러날 정도로 활짝 웃는다.

엄마는 복어가 좋아, 내가 좋아?

복어가 된 아들이 제일 좋아.

안심이다. 나는 언제든 복어가 될 수 있다. 엄마가 볼을 당기지 않아도 나 스스로 복어가 되는 방법을 터득했다.

입술을 꽉 다문 채 숨을 세차게 내뿜으면 볼이 부풀어 오른다. 그 상태에서 눈동자를 양 옆으로 빠르게 움직이면 겁쟁이복어, 입술을 쭉 내밀면 심술쟁이복어, 콧구멍을 최대한 넓히면 개구쟁이복어가 된다.

나의 복어를 좋아하는 건 엄마뿐이다. 다른 사람들에게도 써먹어봤다. 뭐하는 거냐고 되묻기 일쑤였다. 수애는 아예 바보짓이라고 눈을 흘겼다.

나는 엄마가 있어야 한다. 복어 때문이라도 엄마가 필요하다.

화장실이 급한 복어 보여줄까?

엄마는 대답이 없다. 물끄러미 바라보다 등을 돌려 멀어진다.

복어 하자. 복어 해줄게 가지 마, 엄마.

"동동아, 동동아!"

미쑤노이모가 내 어깨를 흔들고 있다.

꿈이었다. 엄마는 꿈속까지 따라와 나를 슬프게 만들 속셈인가보다. 슬퍼도 다시 꿈으로 돌아가고 싶다.

이모가 허리를 굽혀 내 눈 속으로 뛰어들 듯 빤히 쳐다본다.

"내가 누구야?"

"엄마 꿈을 꿨어. 그런데 엄마 얼굴이 생각나질 않아."

이모는 손수건으로 내 눈가를 닦아준다. 꿈속에서 울었을까. 아무리 결심해도 꿈까지는 어쩔 수 없는 모양이다. 엄마의 얼굴이 생각나지 않는 것처럼.

이모의 손길을 피해 고개를 돌린다. 삐턱이할머니, 아저누나, 장사장님의 모습이 보인다.

해피빌라에 누워 있는 게 아니다. 병원이다. 도시에서 제일 큰 대학병원. 옛날 엄마와 숱하게 다녔고, 여러 차례 입원도 했었다.

이모가 내 이마를 손으로 짚어본다.

"수술했어. 배 안에 상처가 났대. 며칠 지나면 괜찮아진다네."

배에 붕대가 감겨 있다. 오른쪽 팔뚝에는 주삿바늘이 꽂혔다. 시트 속 아랫도리에도 뭔가 달렸는데 고추를 벌통 속에 집어넣은 것처럼 따끔거린다.

쌍칼형에게 배를 걷어차여 쓰러진 뒤 벌어진 일들이 하나씩 생각난다.

붕어빵할아버지는 어떻게 됐을까.

"다치신 데는 없어. 좀 놀라셨나봐. 집에서 쉬고 계셔."

"삼촌은?"

"이마에 혹이 좀 났더라."

누나가 이모 등 뒤에서 고개를 내민다.

"내 잘못이야. 괜한 일을 벌여서……."

누나 탓이 아니다. 악당은 따로 있다.

쌍칼형을 한 방에 날려버린 비온닥삼촌의 모습이 떠오른다. 통쾌하다. 하지만 이상하다. 싸움이라는 건 모르는 삼촌이었다.

손씨아저씨가 먹살을 잡혀 끌려다닐 때도 마당만 열심히 쓸어댔었다.

삼촌에게 나는 특별한 아이일까.

삼촌뿐이 아니다. 할아버지와 할머니까지 나를 구하기 위해서 나섰다. 콧잔등에 얼음을 댄 것처럼 시려온다.

할머니가 침대에 걸터앉는다.

"똥땡이 때문에 팔모가지가 절단났다. 파스 값 내놔라. 프라이팬도 새로 사야니까 고물 값에서 제한다. 그리 알아라."

"생각해볼게요."

"그 골빈 종자한테 대들더니 간덩이가 아주 배 밖으로 나왔구나. 에고, 무서워라."

터엉, 터엉. 사람의 머리에서 어떻게 종소리가 날까. 쌍칼형은 머리가 비긴 빈 모양이다.

죽었을지도 모른다, 쌍칼형은.

할머니가 절레절레 고개를 흔든다.

"명줄은 긴 놈이더라. 한참을 자빠져 있다가 정신이 들었는지 어디론가 달아나버렸다."

쌍칼형은 악당이다. 곧 돌아와 악당답게 복수하지 않을까.

"오줌까지 싼 놈이 무슨 낯짝을 들고 다시 나타나겠느냐."

할머니의 말대로 되길 바란다. 그렇지만 쉽게 끝날 것 같진 않다. 누나의 생각도 비슷한 듯하다.

"101호에 짐이 그대로 있어요. 틀림없이 와요. 우리도 미리 대책을 세워야 돼요. 경찰에 신고를 하는 건 어때요?"

이모가 대답한다.

"마음 같아선 당장이라도 하고 싶지. 삼촌까지 조사를 받게 될 텐데, 그게 걱정이네."

줄곧 팔짱을 낀 채 잠자코 있던 장사장님이 나선다.

"깡패들이 죽기보다 싫어하는 게 징역살이다. 신고를 하면 앙심을 품고 진짜 해코지를 하려 들 거다."

"걱정마라. 이 할미가 더 크고 단단한 프라이팬을 사둘 테니까."

할머니 말에 모두 웃는다. 나 역시.

아, 웃지 말아야 했다. 배에 수백 개의 바늘이 꽂힌 것처럼 아프다. 신음이 절로 터져 나온다.

많이 아프냐고, 누나가 묻는다. 대답하기도 전에 할머니가 손사래를 친다.

"밥 먹으면 낫고, 똥 한 번 오지게 싸갈기면 괜찮아. 사내자식은 맞기도 하고 때리기도 하면서 크는 게야."

할머니는 엉터리다. 도저히 괜찮아질 것 같지 않다.

"아파요. 죽을 것 같아요."

할머니가 내 이마를 쥐어박는다.

"엄살은 엄병하게 많네. 안 죽는다, 이놈아. 이 할미가 이름을 괜히 똥떵이라고 지었겠냐."

할머니 설명에 의하면, 내가 너무 약해빠져서 이름에 일부러 동을 두 개씩이나 넣었다. 이름을 지저분하게 지으면 저승사자가 피해가기 때문에 목숨이 길어진다. 그러니까 동을 똥이라고 부르는 걸 오히려 고마워해야 한다는 뜻이다.

이모가 할머니를 쏘아본다.

"영란이가 알면 어쩌시려고 그런 말씀을 하세요."

영란은 엄마의 이름이다. 훌륭한 사람은 모두 동쪽에서 온다고? 엄마는 나를 잘도 속였다.

질끈 눈을 감는다. 배만큼 마음도 아프다.

엄마는 또 무엇을 속였을까. 나는 언제까지 속고만 있어야 할까.

☆

병실이 고요해졌다.

미쑤노이모만 남았다. 내일부터는 어른들이 당번을 정해 나를 돌봐주기로 했다.

이모가 내 머리맡에 앉아 스마트폰 화면 위로 부지런히 손가락을 움직인다. 틈만 나면 광수삼촌과 카톡을 한다. 이모는 그렇다고 치고, 광수삼촌은 도대체 물고기는 언제 잡을지 걱정이다.

이모가 손가락을 멈추고 나를 쳐다본다.

"광수가 동동이를 주려고 전복을 잔뜩 가져오겠대. 환자에게는 전복만 한 게 없다네."

전복 말고 복어라면 좋겠다. 어항에 키우다 보면 복어에 대해 더 많이 알 수 있을 것이다. 또 슬플 때 복어를 보고 있으면, 엄마처럼 저절로 웃게 되지 않을까.

"광수가 동동이를 참 좋아해."

89

"내가 잘생겼잖아."

"그건 좀 아니다. 귀엽긴 해, 확실히."

나는 이모의 다리를 베개 삼아 머리를 올려놓는다.

"왜 해피빌라 식구들은 나한테 잘해줘?"

"해피빌라의 마스코트니까."

"진짜 이유를 알고 싶어."

이모가 윗니로 아랫입술을 깨문다. 무엇인가를 골똘히 생각할 때마다 나타나는 이모의 버릇이다.

"해피빌라 사람들은 영란이한테 빚을 지고 있어."

"얼마나?"

"돈이 아니라 마음. 그러니까 사랑의 빚 말이야."

사랑의 빚에 대해서 이모가 설명한다.

엄마는 해피빌라에서 꼭 필요한 사람이었다. 모두 엄마가 있어야 안심했다. 어려운 일이 생기면 엄마부터 찾았다.

한동안 할머니는 정부에서 주는 돈을 받지 못했다. 아들이 있기 때문이다. 엄마가 시청의 공무원들을 몇 날 며칠 쫓아다니면서 해결했다. 할아버지 의료보험과 비온닥삼촌 장애인 연금 문제도 마찬가지였다. 장사장님이 교통사고를 당했을 때도, 손씨아저씨 부인 장례식도 엄마가 도맡았다. 해피빌라에서 도시까지 연결되는 망가진 길을 다시 포장하게 만든 것도 엄마의 노력이었다.

"이런 것들은 굉장히 작은 부분이지. 영란이는 우리를 진심으로 사랑했고, 그걸 알기에 모두 영란이를 기다리고 있는 거야."

이모가 내 이마를 덮은 머리카락을 손으로 올려준다.

"그렇다고 너를 아끼는 게 엄마 때문만은 아냐. 동동이는 충분히 사랑받을 만한 아이야. 착하고 씩씩하고 어른스럽고."

지난번 해피타임이 생각난다. 장사장님이 했던 말이 계속 궁금했다. 장사장님한테 직접 물어보는 게 맞았다. 쉽지 않았다. 술 취해 울었던 사실을 내가 알고 있다는 뜻이었다. 대답을 듣기도 전에 먼저 장사장님을 창피하게 만드는 꼴이 될 거였다.

"장사장님이 그랬어. 엄마가 원하는 걸 해주지 못했다고."

"장사장님? 설마?"

"엄마 때문에 날 똑바로 쳐다보기도 힘들다고 했어."

"또 무슨 말을 하셨니?"

"자기가 엄마 등을 밀었다면서 해피빌라를 떠날 생각도 했대."

"술을 많이 드셨나 보다."

나는 이모를 똑바로 쳐다본다. 얼렁뚱땅 넘어가지 않겠다는 각오다.

이건 비밀인데, 하며 이모가 내 쪽으로 허리를 굽힌다.

"장사장님은 엄마를 짝사랑했어. 아주 옛날부터."

"에이, 거짓말?"

이모가 빙그레 웃는다. 내가 쌔려보든 말든 웃기만 한다.

"지금도 짝사랑해?"

"약간은 남아 있을걸. 장사장님한테 아는 척하면 안 돼. 남자의 자존심을 지켜줘야 되니까. 알았지?"

이모가 허리를 숙여 내 이마에 입을 맞춘다.

장사장님은 결혼하지 않았다. 이유를 물은 적이 있었다. 젊어서는 먹고 살기 힘들어서 여자한테 눈길을 돌릴 여유가 없었고, 어느 날 정신을 차리고 보니 장가가기엔 너무 나이를 먹었다고 했다.

엄마 탓도 있었던 셈이다. 장사장님한테 미안해진다. 엄마 대신 사과하고 싶다.

병실 밖이 소란하다. 우르르 한 무리의 사람들이 들어온다. 모두 하얀 가운을 입고 있다.

저녁 회진.

병원에 대해 나만큼 잘 아는 아이도 많지 않을 거다. 엄마가 떠나는 순간에도 나는 입원해 있었다.

엄마는 쉬지 않고 일해왔다. 그런데도 우리는 가난했다. 병원비로 모두 써버린 탓이었다.

엄마가 떠난 이후, 신기하게도 아프지 않았다. 어른들 말로는 평생 아파야 할 것들을 일찌감치 몰아서 겪었기 때문이란다. 엄마도 없는데 아프기라도 하면 큰일이라면서 나를 기특하게 여겨줬다.

앞장선 의사선생님이 대장이다. 감자를 삶아 껍질을 벗겨놓은 것처럼 앞머리가 훌러덩 벗겨진 대머리다.

감자샘. 당장 마음속으로 별명을 지어놓는다.

이모가 감자샘을 향해 깊이 허리를 굽혀 인사를 한다.

감자샘이 묻는다.

"수술은 잘됐습니다. 그나저나 어쩌다 다친 거요? 배를 심하게 걸어차인 거 같더군요. 폭행을 당했나요?"

"친구들하고 놀다가 다쳤대요."

이모가 말해놓고 살짝 고개를 돌린다. 거짓말이라는 게 금방 표시난다.

감자샘의 눈초리가 날카롭다.

"나중에 문제가 될 소지가 있으니, 확실하게 해두자고요. 사실입니까?"

이모는 거짓말에 소질이 없다. 내가 훨씬 낫겠다.

"축구하다가 그랬어요. 내 배가 공인 줄 알았나 봐요."

감자샘의 목소리가 금방 부드러워진다.

"굉장히 위험했단다. 조금만 늦었어도 다신 축구를 못했을 거다."

"죽을 뻔했다는 뜻인지 알아요. 선생님은 제 생명의 은인예요."

허허, 감자샘이 웃는다. 이어 엄지와 검지로 내 귀를 살짝 잡아 흔든다.

내가 마음에 들었을까. 아마도.

나는 어른들과 쉽게 친해진다. 어른들이 원하는 것을 재빨리 알아차릴 수 있다. 반대로 아이들과는 어렵다. 비틀린 문을 열고 닫는 것처럼 삐걱거릴 때가 많다.

이모가 감자샘에게 이런저런 것을 묻는다. 감자샘은 친절하고 자세하게 설명한다.

괜히 대머리가 아니다. 대머리는 착하다. 내가 만나본 대머리들은 모두 그랬다. 머리숱이 없어지면서 마음속 못된 점까지 덩달아 사라지는 모양이다.

감자샘이 병실을 나갈 채비를 한다. 마음이 급해진다.

"언제 퇴원해요?"

"지켜보자꾸나."

대충이라도 말해달라고 부탁하고 싶다. 하루라도 빨리 퇴원을 해야 한다. 그래야 병원비가 덜 들 테니까.

감자샘이 문 쪽으로 걸어가다 돌아본다.

"부창초등학교?"

"5학년예요."

감자샘이 두어 차례 고개를 끄덕이더니 병실을 나간다.

이모가 다시 내 머리맡 침대에 걸터앉는다. 나는 손을 뻗어 이모의 어깨에 달라붙은 머리카락을 떼어내며 묻는다.

"병원비는 어떡해?"

"내가 누구니? 동동이의 하나뿐인 이모 아니냐. 이모가 무슨 뜻인지 몰라? 일, 이, 삼…… . 두 번째 엄마야."

이건 좀 아닌 것 같다. 이모는 정확히 알고 있는 게 별로 없다. 아주 엉터리거나 약간씩 틀리거나.

"둘째 엄마가 있으니까 걱정일랑 붙들어 매세요."

"걱정돼."

"엄마가 왜 파라과이에 갔겠어? 매달 보내준 돈이 많이 모였어. 병원비 정도는 아무것도 아니라고."

"다친 거 편지에다 써도 돼?"

"난 반대야."

"왜?"

"엄마 입장에서 생각해봐. 아들이 다쳤는데 와보지도 못한다면 얼마나 속이 상할까."

"그렇긴 하지만……."

"쌍칼과 맞장 뜬 씩씩한 우동동 씨, 당신의 판단을 믿습니다."

이모가 자리에서 일어난다.

"가게에 다녀올게. 심심해도 1시간만 참아."

내 뺨에 입을 맞추고 이모가 병실을 나간다.

다친 이야기를 편지에 쓴다? 아무래도 좋은 생각이 아니다. 그래도 쓰고 싶다.

나, 다쳤어. 엄마가 없어서 다친 건 아냐. 하지만 엄마가 없어서 더 아파. 그러니까 이제 그만 돌아와.

3.

다른 건 몽땅 까먹었다.

겨우 여섯 살이었다. 다만 엄마가 떠나는 순간만큼은 분명히 기억하고 있다.

그해 두 번째인가 세 번째인가 입원했을 때다. 아이스크림을 먹고 싶다고 떼를 썼다. 수술 직후라 아무것도 먹지 못한다는 엄마에게 끝까지 고집을 부렸다.

─ 안 먹어. 보기만 할 거야.

─ 약속했다. 보기만 하기로.

결국 엄마는 아이스크림을 사러 병실을 나갔다. 한 숟갈 정도는 먹게 해줄 거라고 기대하며 엄마를 기다렸다.

엄마는 밤새 돌아오지 않았다. 약속을 어긴 엄마 때문에 화가 났다. 엄마가 돌아오면 아이스크림을 통째로 다 먹어치우겠다고 결심했다.

이튿날 아침 미쑤노이모가 아이스크림을 사들고 나타났다.

아이스크림 돼지답게 한 통을 다 비웠다. 엄마는, 하고 이모에게 묻긴 했던 것 같다.

─ 동동이는 엄마보다 아이스크림을 더 좋아하는구나.

그날 이후 아이스크림을 입에 대지 않았다.

엄마가 떠난 게 아이스크림 때문이라고 생각했다. 먹을 자격이 없었다. 나 자신에게 벌을 주고 싶었다. 곧 알게 됐다. 아이스크림 탓이 아니었다. 하지만 아이스크림을 먹는 순간 엄마가 영영 돌아오지 않을 것 같았다. 아직까지도.

아이스크림과 엄마.

말이 안 된다. 다리를 떨거나 문지방을 밟으면 복이 달아난다는 삐턱이할머니 말처럼 엉터리다. 알면서도 지키고 싶었다.

지금 아이스크림이 앞에 놓여 있다. 바라보는 것만으로도 입안에 침이 고인다. 손씨아저씨가 수술했을 때는 속을 차게 만들어야 한다며 자꾸 먹으란다.

"나중에요. 지금은 배가 살살 아파요."

"그래라, 그럼."

손씨아저씨의 얼굴이 약간 시무룩해진다. 미안하다. 이번 한 번만은 먹어도 되지 않을까. 실업자가 되면서 술까지 끊으며 돈을 아껴온 아저씨였다.

오늘 당번은 아저누나다. 대신 아저씨가 온 모양이다.

"지나다 들렀다. 내일부터는 아침과 저녁으로 동동이 얼굴 보러 오마."

웬일일까. 허리를 다친 이후 해피빌라에서만 지내는 아저씨다.

"취직했다, 아파트 경비원으로."

"허리는요?"

"경비쯤은 괜찮겠더라."

아저씨가 헛기침을 한차례 토해낸다.

"동동이가 내 복수를 해줬으니, 나도 힘을 내야겠지."

"복수요?"

손바닥으로 얼굴을 쓰윽 쓸어내리며 씁쓸히 웃는 아저씨다. 쌍칼형에게 먹살을 잡혔던 순간을 떠올리기라도 하듯이.

내일 보자며, 아저씨가 내 어깨를 가볍게 두드려준다. 문 쪽으로 걸어가다 돌아본다.

"쌍칼한테 뭐라고 했다고?"

"나쁜 개새끼라고요."

"뭐라고?"

"나쁜 개새끼!"

병실인 것도 잊어버리고 큰 소리로 말했다. 아저씨가 병실이 쩌렁쩌렁 울리도록 웃는다. 이어 나를 향해 엄지를 세워 보인다.

아저씨 때문에 기분이 좋아졌다. 욕을 했는데 이상하게도 속이 후련하다. 삐턱이할머니가 줄기차게 욕을 해대는 이유를 알 만하다.

머리맡의 〈어린왕자〉를 집어 든다. 어제 이모가 가져다줬다.

엄마는 편지 끝에 읽어야 할 책들을 적어놓곤 했다. 〈어린왕자〉도 그중 하나였다. 내 나이 때 읽었다면서 엄마는 자신이 깨끗해지는 기분이었다고 했다.

제일 좋아하는 책이 되었다. 읽고 또 읽어 줄줄 외울 정도다. 깨끗해지는 것까지는 모르겠다. 읽을 때마다 새로운 걸 생각하게 만든다.

어린왕자가 술꾼이 사는 별을 찾아간 부분을 읽으려는 순간, 문이 열린다. 할머니가 가쁘게 숨을 몰아쉬며 다가온다.

"편히 누워 더운 밥술이나 떠야 할 나이에, 뚱떵이 때문에 웬 생고생인지 모르겠구나."

"누워서 밥 먹으면 죽어 소 된다고, 할머니가 그랬잖아요."

"주둥이는 살아서 나불나불 잘도 지껄이는구나. 하여간 예까지 오는데 죽을 똥을 쌌다."

"당번은 누나잖아요. 할머니가 왜요?"

"뚱떵이 고추가 그새 얼마나 실해졌나 만져보러 왔다."

나는 재빨리 두 손으로 사타구니를 가린다.

할머니가 나를 향해 뻗었던 손을 거둬들여 치마를 올린다. 속옷에 달린 주머니에서 꽤 큰 계란을 두 개 꺼낸다.

"백만금 줘도 못 사는 자연산 오리 알이다. 푹푹 삶았으니 처먹고 후딱 기운 차려라."

만물고물상 옆 오리 농장이 있다. 거기서 슬쩍했겠지. 오리를 통째로 잡아오지 않은 것만도 다행이다.

"그래, 언제쯤 퇴원한다대?"

"며칠 지나야 알 수 있대요."

"말 타는 놈 따로 있고 갓 든 놈 따로 있다는 말이 딱 맞구나. 뚱떵이가 여기서 호강하는 통에 이 할미의 손해가 이만저만이 아니다."

할머니 혼자 손수레를 끌고 다니려면 손해가 많긴 하겠다. 손수레 절반이나 채울지 의문이다. 역시 할머니한테는 내가 필요하다.

"한 번만 더 다치면 아예 다리몽둥이를 동강 분질러놓으마."

할머니가 내 머리를 쥐어박는다. 별로 아프지 않다. 아파 죽겠다는 시늉을 한다. 그래야 할머니가 좋아한다.

오리 알 두 개가 금방 없어진다. 맛있다. 이러다가 할머니처럼 오리 알을 훔치게 될지도 모르겠다는 생각이 들 지경이다.

할머니가 다시 치마를 훌렁 걷어 허벅지를 드러낸다. 나는 주위를 살핀다.

"아무데서나 치마를 올리면 어떡해요?"

"별 참견을 다하고 자빠졌네. 이 치마 아니었으면 뚱떵이, 네 놈은 벌써 딴 데로 갔다."

백번도 더 들은 이야기다.

엄마가 떠났을 때, 어른들은 나를 다른 곳에 맡기려 했다. 실제로 나를 데려갈 사람이 해피빌라로 찾아왔다. 내가 할머니 치맛자락을 붙잡고 늘어지는 바람에 하루만 늦추기로 했다. 할머니가 보내지 말자고 어른들을 설득해 나를 꽁꽁 숨겨뒀다. 이튿날 그 사람은 빈손으로 돌아가야 했다.

어디까지 사실인지는 모르겠다. 붕어빵할아버지 말로는 어른들이 먼저 나서 맡겠노라 결정했다. 이모 말은 또 달랐다. 엄마의 부탁으로 이모가 엄마 노릇을 하기 위해 이사를 왔다고 했다.

하나는 분명하다. 해피빌라 식구들이 나를 키웠고 지금까지 돌봐주고 있다.

어서 빨리 은혜를 갚고 싶다. 그러기 위해선 부자가 되어야 한다.

낡아빠진 해피빌라를 허물고 멋지고 튼튼한 건물을 짓겠다. 제일 급한 건 엘리베이터. 계단을 오르내릴 때마다 굉장히 힘들어하는 할머니에게 꼭 필요하다. 아저누나에게는 예쁘면서도 단단한 특수 모자를 만들어주고, 노래 부르기를 좋아하는 붕어빵할아버지를 위해 지하에 노래방을 꾸미겠다. 손씨아저씨를 관리인으로 임명해 월급을 무지하게 많이 주겠다. 장사장님을 위해서 해피빌라 옆 공터를 사서 만물고물상을 옮겨올 것이다. 이모는 시집을 가니까 통과. 비온닥삼촌이 제일 고민이었는데 얼마 전에 방법을 찾아냈다. 마당에 연못과 분수를 만들 계획이다. 분수에서 물을 뿜어내면 삼촌은 그걸 비라고 생각할 테니까.

그림을 그려 부자가 될 수 있을까.

화가아저씨를 보면 힘들 것 같긴 하다. 크게 걱정하진 않는다.

내 꿈은 계속 바뀌고 있으니까.

할머니가 다시 속옷 주머니에서 뭔가를 꺼낸다.

편지다. 봉구형이 보름 만에 또 편지를 보내온 셈이다. 역시 돈 타령이겠지, 생각하며 편지를 읽는다.

내가 틀렸다. 돈 이야기는 단 한 줄도 없다. 대신 자신을 도와줄 사람을 만나보라는 말이 적혀 있다. 전화를 걸면 그 사람이 직접 할머니를 만나러 오겠단다.

"도대체 무슨 꿍꿍이인지 알 수가 있나. 면회를 가봤어야 했는데……."

"전화할 거예요?"

"똥떵이 생각은 어떠냐?"

누군가 내 생각을 물어줄 때가 좋다. 특히 어른들이. 그러나 어른들은 웬만해선 아이들의 생각을 궁금해하지 않는다. 꼬맹이가 생각이란 걸 다해, 라는 식이다.

"안 하는 편이 낫겠어요. 왜냐면……."

봉구형을 두고 해피빌라 사람들은 말했다. 나쁜 짓만 일삼았다. 엉뚱한 일을 벌여 매번 할머니를 힘들게 만들었다.

"내가 반대해도 만날 거잖아요?"

할머니가 창밖으로 고개를 돌린다. 창 너머 봉구형이라도 있는 것처럼 길게 한숨을 내쉰다.

"책받침만 한 곳에 갇혀 밥은 제대로 처먹고 있는지……."

할머니는 입술만 달싹이며 알아듣지 못할 말들을 계속 중얼거린다.

나는 〈어린왕자〉를 펼쳐든다. 글자들이 제멋대로, 들쑤셔놓은 개미집의 개미처럼 마구 종이 위를 기어 다닌다.

할머니처럼 내 입에서도 한숨이 나온다. 엄마가 보고 싶다.

그리움이 크레파스 같았으면 좋겠다. 시간이 지나면 크레파스처럼 닳아 없어질 테니까.

☆

입원 일주일째.

나는 이제 환자도 아니다. 링거를 매달고 있지만 딱히 아픈 데도 없다. 환자도 아닌 나를 위해 해피빌라 식구들이 당번을 정해 열심히 병실을 지키고 있다.

어서 해피빌라로 돌아가야 한다. 뭉치가 보고 싶다. 미쑤노이모가 돌봐주고 있다지만 사료와 물을 주는 정도다.

이모는 뭉치를 못마땅하게 여긴다. 멍청한 개라며 고개를 흔든다. 자주 보는 데도 아직도 낯을 가리고 일부러 햄과 소시지를 사다 줘도 이모 앞에선 절대로 먹지 않는단다.

뭉치와 나.

우리는 식빵 한 덩이로 친구가 되었다. 나만 바라보는 뭉치가 고맙다. 그렇지만 마냥 즐거운 일은 아니다. 그동안 뭉치가 사람들에게 어떤 취급을 받았는지 상상해보면 더더욱.

오늘의 당번이 병실로 들어선다.

아저누나.

혼자다. 당연히 이모나 손씨아저씨와 함께 올 줄 알았다.

"어떻게 왔어?"

"걷고, 버스 타고."

"괜찮았어?"

"버스에서 잠이 들어 두 정거장 지나쳤어."

막상 해보니까 별 거 아니라며, 누나가 빙긋이 웃는다.

"이게 있잖아."

모자를 손바닥으로 톡톡 두드리며 또 웃는다.

오랜만이다, 저 웃음.

역시 누나는 웃을 때가 제일 예쁘다. 웃을 때 생기는 보조개를 보고 있으면 저절로 마음이 편해진다.

"이제는 매일매일 올 거야. 동동이도 보고, 음, 혼자 돌아다니는 연습도 하고."

"그러다 기절하면 어떡해?"

"횟수가 부쩍 줄었어. 어제는 한 번도 안 했어. 정말 신기하지?"

"그래도 조심해."

"기절할 테면 하라지. 앞으로는 생긴 대로 살기로 했어."

누나가 변했다. 마침내 사춘기가 끝났을까. 잘됐다고 생각하면서도 조금은 불안하다. 그냥 예전으로 돌아온 게 아닌 듯하다. 훌쩍 어른의 위치까지 점프해버린 느낌이다.

누나가 침대에 걸터앉는다.

"오늘 아침에 어떤 아저씨가 찾아왔어. 네 소식을 묻더라."

아, 화가아저씨.

아저씨가 나를 기다릴 줄 알았다. 연락할 방법이 없었다. 아저씨의 전화번호를 미리 알아두지 않은 걸 엄청 후회했다.

"누구야?"

누나는 물론 어른들도 아저씨를 만나보지 못했다. 내가 매일 화실에 드나드는 것조차 모른다. 처음에는 일부러 말하지 않았다. 잠시만 비밀로 해두자고 마음먹었다. 낯선 사람을 만난다면 걱정부터 할 게 뻔했으니까. 비밀은 간직할수록 물 위에 떨어진 돌멩이처럼 더 깊이 가라앉는 모양이다. 시간이 지나면서 말할 기회를 아예 놓쳐버렸다.

"동동이를 꽤 잘 아는 것 같았어."

"어른들도 아저씨를 봤어?"

"비온닥삼촌만."

이럴 때는 삼촌이 비 소식만 묻는 게 다행이다.

"비밀을 지키겠다고 약속하면 말해줄게."

아저씨와 만난 때부터 털어놓는다. 누나는 두 손으로 턱을 받힌 채 조용히 듣는다. 아저씨가 나에게 얼마나 소중한 사람인지를 밝히며 이야기를 끝낸다.

"좋은 분을 만났네. 부럽다. 그런데 왜 비밀이지?"

"그건, 그건……."

"어른들이 알면 샘을 낼까 봐? 허긴 배가 아프긴 하겠지. 해피빌라의 마스코트를 다른 누군가 아껴주니까."

누나가 눈을 가늘게 뜨고 쳐다본다. 다른 이야기를 하는 편이 낫겠다. 손씨아저씨를 떠올린다.

"아저씨 취직해서 좋지?"

"돈벌이 집어치우고 당장 공부하래. 아빠가 하라니까 해보긴 해야겠지."

내숭, 내숭, 내숭의 대마왕.

만물고물상에 들어오는 고물 중에서 중학교 교과서를 찾아내 혼자 공부해온 누나다. 그동안 손씨아저씨의 눈치를 보느냐 조심했다. 이젠 드러내놓고 공부하게 된 셈이다.

"나한테도 비밀 하나 있어. 말해줄까 말까?"

나는 가만히 누나의 눈을 들여다본다. 누나가 슬쩍 피하지만 목을 빼 좇아간다.

병실 문이 열린다.

아, 수애. 수애가 왔다.

"안녕."

수애의 인사에 나는 대꾸하지 못한다. 놀란 건지, 반가운 건지 모르겠다.

"어떻게 왔어?"

"말했잖아, 너는 나한테 딱 걸렸다고."

천체망원경으로 해피빌라는 샅샅이 살펴볼 수 있겠지. 병원 입원실까지는 절대 그럴 수 없다.

수애가 턱을 쳐들고 눈을 내리깐다.

"우리 아빠가 한영준 과장님이야."

"설마?"

105

"회진 때 물어봐."

감자샘이 하필이면 수애의 아빠?

의사선생님인지는 알고 있었다. 수애는 자신의 아빠를 대단히 훌륭한 사람인 양 이야기하곤 했다. 뻥은 아니었던 셈이다. 감자샘은 내가 만나본 의사선생님들 중에서 최고로 친절하다. 항상 웃는 낯이고, 무엇을 물든 자세히 설명해준다.

"나한테 잘해야 돼. 우리 아빠가 네 목숨을 구해줬으니까."

수애가 얼마나 잘난 척을 해댈지 걱정된다. 지금도 걸핏하면 심부름을 시킨다. 앞으로는 마구마구 부려먹겠지. 수애는 어째서 아빠인 감자샘을 닮지 않았을까.

"아빠가 너하고 사이좋게 지내래."

"왜?"

"너를 잘 봤더라. 착하고 똑똑하대."

"뭐 그런 얘기는 날마다 들어."

나도 잘난 척을 해봤다. 당하는 기분이 어떤지 수애가 직접 느껴보라는 뜻으로.

"다른 이야기도 해줬거든. 이건 절대로 들어보지 못했을걸."

"뭐야?"

"너한테는 상대방을 편하게 만드는 재주가 있대."

과연 칭찬일까. 이번에는 잠자코 있기로 한다.

누나가 내 어깨를 손가락으로 찌른다. 입 모양만으로 수애, 하고 묻는다. 나는 천천히 고개를 끄덕인다. 뻐턱이할머니처럼 이상한 소리를 안 하길 바란다.

누나가 귀엣말로 속삭인다.

"동동이가 좋아할 만해."

"그런 거 아니거든."

재빨리 수애를 쳐다본다. 들었을까. 수애가 누나에게 말한다.

"맞아요. 우동동은 내가 원하는 건 다 들어줘요."

"그럼 너는? 동동이를 좋아해?"

"당연하죠. 내가 먼저 찍은걸요."

못 들은 척할까. 화장실로 달아날까. 얼굴이 확확 달아오르는
게 느껴진다.

누나가 배시시 웃는다.

"참고서를 사야 돼. 서점에 다녀올게."

누나는 고등학교 1학년이어야 맞다. 초등학교로 끝이었으니
뒤늦게 따라잡으려면 고생깨나 하게 생겼다.

수애가 침대에 걸터앉는다.

"기호가 돌아왔어. 사흘 만에 완전 거지꼴이 됐대."

거지꼴보다 다른 게 걱정이다. 기호 등의 멍 자국이 어른거린
다. 가출했다고 더 심하게 얻어맞은 건 아닐까.

수애가 어깨에 멘 가방을 내려놓는다.

"선물."

노트 크기의 스케치북이다.

"생각날 때마다 그려. 복어 말고."

"너도 복어에 대해서 알게 되면……."

"복어, 싫어. 잘못 먹으면 독 때문에 죽잖아."

복어가 강아지처럼 쓰다듬을 수 있는 동물이 아니긴 하다. 그래도 죽는다는 생각부터 하는 건 심했다. 복어를 몰라도 너무 모른다.

복어는 느러터진 물고기다. 빨리 헤엄칠 수 없다. 덩치에 비해 입이 작아 맞서 싸우지도 못한다. 고작 몸통만 부풀리는 뻥쟁이다. 독도 그렇다. 누구를 먼저 공격하거나 죽이겠다는 게 아니다. 자신을 해치면 큰코다친다는 경고일 뿐이다.

"나는 별이 좋아. 밤하늘의 별을 보고 있으면 행복해."

수애가 창밖을 쳐다본다. 환한 하늘에서 별이라도 찾듯이.

〈어린왕자〉에 나오는 실업가의 말이 생각난다.

별은, 게으름뱅이들에게 엉뚱한 꿈을 꾸게 하는 작은 것이다.

엉터리 말이지만 책에 나온다면 무턱대고 믿으려 하는 수애한테 말해줄까. 복어에 대한 복수로. 지금은 부탁을 해야 할 입장이다.

"과장님, 아니 너의 아빠한테 병원에서 빨리 나가게 해달라고 말해줘."

"퇴원?"

입원비 때문이라는 말은 차마 못하겠다. 이모는 내가 신경 쓸 일이 아니라고 했다. 하지만 괴롭다. 엄마가 힘들게 번 돈을 병원비로 다 써버리고 있는 듯해 하루라도 빨리 퇴원하고 싶다.

"말은 해볼게. 대신……."

솔직하게 대답해달라는 수애다.

"왜 해피빌라에서 혼자 살아?"

"혼자 아냐. 할머니, 할아버지, 이모, 삼촌이랑 다 같이 살아. 우린 식구야."

"친척도 아니면서 어떻게 식구가 돼?"

〈어린왕자〉를 펴든다. 설명하려면 시간이 걸린다. 설명한대도 수애가 알아들을지 의문이다.

"아빠한테 축구하다가 다쳤다고 말했다면서? 왜 그랬어? 같이 사는 사람들이 그렇게 시켰어?"

"축구하다 그랬거든."

"매 맞는 거 다 봤거든."

망원경이 문제다. 별을 보며 엉뚱한 꿈이나 꿀 노릇이지 왜 해 피빌라를 지켜볼까. 수애보다는 감자샘이 더 마음에 걸린다.

"과장님도 알아?"

수애가 당연하다는 듯이 고개를 끄덕인다.

고자질쟁이.

아이들이 수애를 싫어하는 이유가 잘난 척만이 아니다. 민수가 하은이한테 욕했어요, 선생님. 이런 식이니 모두 수애와 가까이 지내려 들지 않는다. 나도 슬슬 그렇게 될지 모른다.

수애가 팔짱을 낀 채 나를 노려본다.

"해피빌라 말고 다른 곳에 살면 안 돼? 진짜 친척집 같은 곳 말이야."

"친척 없어."

폭, 한숨을 쉬더니 다시 묻는 수애다.

"외로워서 나한테 잘해주는 거니?"

잘해주긴 했을까. 사실이래도 외로워서는 아니다.

내가 정말 잘해주기로 결심하면, 넌 아마 세상에서 하나뿐인 꽃이 되겠지. 어린왕자의 장미꽃처럼 말이야.

속으로 중얼거리고 만다. 아직은 말할 때가 아니다. 또 아직은 내 마음을 나도 모르겠다.

문이 열리고 간호사가 들어온다. 수술 자리에 소독하고 붕대를 갈아줄 모양이다.

수애가 자리에서 일어난다.

"퇴원하면 우리 집에 놀러 와. 너를 만나고 싶어 하는 사람 있어."

"누구?"

"우리 고모."

"왜?"

"너한테 좋은 일이야."

수애가 낼름 혀를 내밀고는 돌아선다. 수애의 뒷모습을 눈으로 좇다가 불쑥 말하고 싶어진다.

또, 문병 와줄래?

4.

저녁 회진이 막 끝났다.

스케치북을 펼친다. 수애는 복어를 그리지 말란다. 선물은 고맙지만 무엇을 그리든 내 마음이다.

그제부터 복어를 주인공으로 만화를 그리는 중이다. 해저왕국의 왕자복어가 저주의 마법을 풀고 엄마복어를 구해내는 이야기다.

엄마복어는 백만 년 동안 갇혀야 하는 마법에 걸렸다. 왕자복어가 진주조개가 하품하는 사이 진주를 슬쩍했기 때문이었다. 진주는 바다의 신들이 가장 아끼는 보물이었다. 바다의 신들은 회의를 열어 아들 대신 엄마에게 저주의 벌을 내렸다.

왕자복어는 엄마를 구하기 위해 길을 떠났다. 지금은 왕자복어가 자신을 공격하는 상어를 설득하는 장면을 그릴 차례다.

날 잡아먹으면 안 돼. 널 위해서야. 날 꿀꺽 하는 순간 넌 죽어.

상어를 그리다 보면 쌍칼형이 생각난다. 쌍칼형은 내가 만나본 두 번째로 나쁜 사람이다.

해피빌라에는 좋은 사람들만 모여 살게 되어 있는 모양이다. 나쁜 사람이 나타나도 금방 사라지고 만다. 쌍칼형도 그렇다. 아저누나는 다시 올 거라지만 크게 걱정할 필요가 없다. 해피빌라 식구들이 지난번처럼 똘똘 뭉치기만 하면 된다.

"뭐해?"

미쑤노이모다. 이모가 들어온 것도 몰랐다. 이모 뒤편에 또 한 사람이 있다.

아, 마이아줌마.

111

못 알아볼 뻔했다.

3년은 긴 시간이다. 게다가 해피빌라에 살던 아줌마의 모습이 아니다. 허리까지 내려왔던 머리카락은 라면을 삶아 엎어놓은 것처럼 뽀글뽀글 파마로, 까무스름하던 얼굴은 희멀겋게 바뀌었다.

"동동!"

아줌마가 두 팔을 벌려 나를 꺼안는다.

보고 싶었다. 하지만 아줌마 품이 낯설고 어색하다. 너무 오랜만이라서? 아니다. 내 마음이 약간 삐뚤어져 있는 탓이다.

며칠 전 아저누나를 통해 들었다. 누나가 말해주겠다던 비밀이 바로 아줌마였다.

아줌마는 베트남으로 돌아가지 않았다. 내내 서울에 살고 있었다. 결혼까지 했다는 소식이었다.

이모에게 다시금 확인했다. 사실이었다. 아줌마와 종종 연락을 주고받는다는 이야기까지 들었다.

너무해, 너무해. 매일매일 비를 기다리는 비온닥삼촌은 어쩌란 말인가.

이모는 퇴원해서 서울로 아줌마를 만나러 가자고 했다.

— 필요 없어. 아줌마는 삼촌을 배신했어. 배신자는 만나기 싫어.

이모가 스스로 배신자라도 된 듯 변명했다.

— 사람은 말이야…….

희망 때문에 사는 거다. 내일은 더 나아질 거라는 희망. 그게 없으면 살아가야 할 이유도 없어진다.

— 그러니까 아줌마를 원망해선 안 돼.

112

이모의 말대로 하자면, 아줌마가 삼촌한테서 희망을 찾을 수 없었다는 뜻이다. 그건 알겠다. 삼촌은 바보고, 점점 더 바보가 되고 있다. 그렇지만 삼촌의 희망은 아줌마다. 삼촌에게 살아갈 이유는 바로 아줌마다.

"동동, 미안해."

아줌마가 나를 풀어준다.

미안하다면 다예요? 툭 튀어나올 듯한 말을 겨우 참는다. 그래도 할 말은 해야겠다.

"삼촌은 아직 해피빌라에 살아요."

"많이 컸네. 이제는 어른 같아."

아줌마는 삼촌처럼 누구에게나 존댓말을 썼었다. 꼬마한테는 그럴 필요 없다는 것을 뒤늦게 알아버렸을까.

"해피빌라에 갈 거죠?"

아줌마에게 물었는데 이모가 나선다.

"아줌마가 쌀국수를 만들어 왔어. 동동이는 좋겠네."

이모가 손에 들고 있던 보자기를 내 앞에 펼쳐놓는다.

"삼촌 만나야죠?"

아줌마가 대답지 않는다. 금방이라도 눈물을 떨어뜨릴 것 같은 눈으로 쳐다볼 뿐이다.

"삼촌은 매일매일 아줌마를 기다려요. 기다리는 건 정말 힘든 일예요."

"동동, 아줌마가 많이 밉지?"

나는 고개를 돌린다. 밉다기보다는 화가 난다.

113

"그때는, 그때는……."

"지금은 어때요? 지금 돌아와도 삼촌은 화를 내지 않을 거예요."

우동동, 하고 이모가 목소리를 높인다. 이모가 내 이름 전부를 부를 때는 조심하라는 경고의 표시다.

"속 좁은 아이처럼 왜 그래? 아줌마도 사정이 있었어."

나는 말없이 병실을 나선다. 어디 가느냐는 이모의 말을 뒤로 한 채로.

엘리베이터로 옥상까지 오른다. 나무와 꽃과 작은 연못까지 꾸미며 하늘정원이라고 이름 붙인 곳이다.

빈 벤치를 골라 앉는다. 서편 하늘로부터 먹구름이 밀려오고 있다.

아줌마를 만나면 물어볼 말이 많았다.

내가 보고 싶었나요, 어디 아픈 데는 없죠, 해피빌라 생각은 얼마나 자주 했어요, 다시 돌아와 주면 안 돼요…….

아줌마에게 해줄 말도 많았다.

날마다 아줌마 생각을 했어요, 아줌마가 만들어주던 쌀국수가 엄청 먹고 싶었어요, 그리고 아줌마만큼 예쁘지도 착하지도 않지만 여자 친구가 생겼어요…….

이모 말대로 나는 속 좁은 아이다. 아무것도 모른 채 기다리고 또 기다리는 삼촌만 가여운 게 아니다. 아줌마도 마찬가지라는 생각이 든다. 삼촌을 떠나는 순간부터 아줌마 마음속에는 이미 커다란 구멍이 뚫려버렸을 거다.

잰걸음으로 엘리베이터를 향해 걸어간다. 아줌마가 옛날처럼 인사도 없이 떠나버릴 듯해 마음이 급해진다.

1층 로비 한구석 편의점으로 들어선다.

아줌마는 초코파이를 좋아했다. 앉은 자리에서 한 상자를 다 먹을 정도였다. 반드시 오리온 초코파이만 찾았다. 오리온이든 롯데든 초코파이는 거기서 거기라고 해도 아줌마에게는 통하지 않았다.

— 베트남에서 처음 먹어본 초코파이가 오리온이었거든요. 세상에나 얼마나 맛있던지⋯⋯. 한국으로 시집간다니까 친구들이 초코파이 때문이냐고 놀리기까지 했어요.

아직도 초코파이를 좋아할까. 싫어하게 되었대도 어쩔 수 없다. 아줌마한테 내 마음을 전할 방법은 초코파이뿐이다.

나는 쌀국수를, 아줌마는 초코파이를 먹는 장면을 상상해본다.

기분이 좀 나아지고 있다. 어쨌든 아줌마는 잊지 않고 나를 보러 와줬다. 고맙다. 당장은 그것만 생각하면 된다.

☆

너는 뭐가 좋아서 매일 싱글벙글 웃어?

사람들은 나에게 웃을 일이 넘쳐나는지 안다. 오해다. 눈초리가 너무 처진 탓이다. 가만히 있어도 저절로 눈웃음을 치는 꼴이다.

한때는 불만이었다. 거울을 볼 때마다 검지로 눈초리를 한껏 치켜 올리곤 했다. 소용없었다. 미쓰노이모처럼 쌍꺼풀 수술이라도 받으면 모를까.

지금은 처진 눈초리라서 오히려 다행이라고 생각한다. 사람들에게 명랑한 어린이로 보이는 게 훨씬 낫다는 걸, 나는 힘들게 알아냈다. 지독한 울보의 시기를 거쳐서.

엄마가 떠난 뒤 걸핏하면 울었다. 한 가지 이유로 울기 시작해 갖가지 핑계를 만들어대며 길게 울었던 것 같다.

왜 울음을 그쳤는지는 분명치 않다. 울어도 엄마가 돌아오지 않는다는 걸 스스로 알아차린 탓일까. 우는 것도 분명 힘든 일이긴 했다. 게다가 내가 울면 해피빌라 전체가 먹구름에 휩싸인 듯했다. 반대로 내가 웃으면 어른들이 몹시 즐거워했다. 일부러라도 웃는 아이가 되고 싶었고, 성공했다. 나는 울지 않는 아이다. 어른들은 내가 항상 웃는 낯이라서 좋단다.

웃어서 곤란한 때도 있다. 지금이 딱 그렇다.

삐턱이할머니는 심각하다. 봉구형이 소개한 사람을 만난 뒤로 줄곧 화가 나 있다. 그 사람 때문일까. 아무래도 할머니 자신에게 화를 내고 있는 듯하다. 내 팔자야, 내 신세야, 하며 계속 한탄을 한다.

하필이면 오늘이 할머니의 당번이람. 화가 나고 속이 상할 때는 혼자 있는 편이 낫다. 나는 그렇다. 할머니도 비슷할 것이다.

"그만 돌아가셔도 돼요."

할머니는 듣지 못한 척 시트에 묻은 얼룩을 손바닥으로 연신 문질러댄다.

"친구가 온다고 했으니까 괜찮아요."

거짓말이다. 수애가 와줬으면 하는 희망이다.

"편지나 한 장 써라."

할머니의 말에 나는 스케치북을 접고 노트를 꺼낸다.

"봉구, 보거라. 네가 말한 양반을 만나봤다. 사람은 번듯하니 괜찮더구나. 허나 똥구멍이 찢어지도록 가난한 어미 형편에 무슨 수로 그 많은 돈을 마련하겠냐."

똥구멍은 빼는 편이 낫겠다, 라며 한숨을 토해내는 할머니다.

"아니다. 괜찮더구나, 거기부터 다시 하자."

할머니가 질끈 눈을 감는다.

"시간은 좀 걸리겠지만 반드시 이 어미가 돈을 마련하마. 힘들더라도 기다려다오. 곧 면회 갈 참이니 그날까지 부디 몸 성히 지내라."

"할머니 돈 없잖아요?"

"없으면 몸뚱이라도 팔아야지."

아무도 사지 않을 거라는 말은 차마 못하겠다.

"얼마예요?"

"얼마면? 똥떵이가 줄 테냐?"

모아둔 돈을 내놓아야 하는 게 아닐까. 곤란하다. 봉구형에게 들어가는 돈이라면 더욱.

거머리처럼 할머니 등에 달라붙어 골수까지 빼먹은 몹쓸 인간이다, 라고 어른들은 봉구형에 대해 말했다. 그동안 편지를 읽고 써주면서 내 생각도 비슷했다.

117

"돈이 왜 필요해요?"

"징역살이 면하는 일인데 맨입으로 될 턱이 있겠느냐."

"돈을 쓰면 돼요?"

할머니는 자리에서 일어난다.

"오늘은 속이 시끄러워서 가야겠다. 우표딱지 붙여서 내일 아침 날 밝으면 득달같이 보내라."

"우표 살 돈은요?"

"우표딱지 하나 갖고 쩨쩨하게 굴 테냐. 네 엄마 손은 대문짝만 했다."

어른들은 내 앞에서 웬만해선 엄마 이야기를 꺼내지 않는다. 할머니는 신경 안 쓴다. 번번이 엄마를 들먹여 내 기분을 망쳐놓는다.

만화를 그릴 마음이 싹 사라졌다. 하늘정원에 가서 바닥을 기어 다니는 개미들 숫자나 세는 편이 낫겠다. 수애에게 잘 보일 방법을 궁리하거나.

수애를 생각하는 시간이 점점 길어지고 있다. 딱히 마음먹지 않아도 문득문득 수애의 얼굴이 떠오른다. 좋아하는 걸까. 아니, 부러운 건지도 모른다.

수애의 잘난 척이 더 이상 못마땅하지 않다. 오히려 수애를 닮고 싶다. 자신감이 철철 넘치는 한수애.

나는 자신감 부족이다. 잘할 수 있는데도 웬만해선 나서질 못한다. 노력은 해봤다. 하지만 보이지 않는 손이 내 목덜미를 움켜잡고 있는 느낌이다.

인정할 건 인정하자. 나는 정상이 아니다.

엄마가 일찍 들어오래. 아빠한테 물어볼게.

나는 다른 아이들처럼 엄마나 아빠를 이유로 삼을 수 없다. 스스로 알아서 해야 한다. 아이들은 내 마음대로 해서 좋겠단다. 뭘 모르는 소리다. 나도 엄마 아빠가 정해준 대로, 시키는 것만 하고 싶다.

할머니와 바통 터치라도 한 듯 미쑤노이모가 들어온다. 할머니 당번일 때는 자주 들르는 이모다. 할머니가 의사선생님이나 간호사누나에게 막무가내로 굴까 봐 불안해한다.

이모는 나만큼도 할머니를 모른다. 할머니는 닥치는 대로 욕을 하거나 생떼를 부리진 않는다. 그럴 만한 상대와, 그래도 될 때를 기막히게 알아낸다.

이모가 손에 들고 있던 상자를 침대에 내려놓는다.

"보약이야. 이거 먹고 빨리 튼튼해지라며 엄마가 지어줬어."

"엄마가?"

"엄마한테 편지 왔어."

이모는 거짓말을 하고 있다. 엄마의 편지는 한 달에 딱 두 차례다. 입원한 지 열흘밖에 지나지 않았다.

들켰네, 하며 이모가 멋쩍게 웃는다.

"사실은 어제 엄마와 통화했어."

"정말?"

이모가 고개를 끄덕인다.

거짓말, 또 거짓말. 속말을 중얼거리며 생각한다.

엄마의 목소리를 듣게 된다면…….

내가 제일 먼저다. 반드시 그래야 한다. 나는 엄마의 하나뿐인 아들이다.

이모가 슬쩍 내 눈치를 살핀다.

"통화는 처음이야. 엄마가 통화할 수 있는 곳까지 힘들게 나왔대. 네 목소리를 듣고 싶어 했지만 방법이 없었네. 미안, 미안."

"또 전화한대?"

"어렵다고 했어. 기회를 찾아보겠지만……."

눈앞이 흐려진다. 나는 고개를 숙인 채 서둘러 화장실로 들어간다.

칫솔을 집어 든다. 치약도 묻히지 않은 칫솔을 문 채 거울을 본다. 해피빌라에 있는 엄마 칫솔이려니 여기며 이를 닦는다.

이모가 노크를 하며 나를 부른다.

대답지 않는다. 생각할 시간이 필요하다. 이모는 아예 생각할 틈을 주고 싶지 않은 모양이다. 이모의 성화에 화장실을 나오고 만다.

이모는 한약 한 팩을 내민다.

"엄마가 돈 아끼지 말래서 특별히 좋은 걸로 지었어."

봄가을로 한약을 먹곤 했다. 몸을 튼튼하게 만드는 데는 한약이 최고라고 했다. 내가 약해빠져서 자꾸 병에 걸린다는 게 엄마의 생각이었다. 그때마다 엄마와 나는 한바탕 전쟁을 벌였다.

한약은 보기만 해도 진저리가 쳐진다. 맛은 둘째 치고, 어쩌자고 하나같이 구정물에 검정물감을 풀어놓은 빛깔인지 모르겠다.

"어서 마셔."

엄마라면. 엄마라서 버틸 수나 있었다. 이모의 명령은 무조건 따라야 한다. 이모가 엄마보다 무서워서가 아니다. 이모가 엄마의 둘도 없는 친구라고 해도 친구와 엄마의 입장은 다르다. 엄마에게는 함부로 떼를 써도 이모한테는 그럴 수 없다.

고개를 젖히고 한약을 마신다. 번쩍, 휴대폰의 플래시가 터진다.

"동동이가 잘 먹는지 찍어서 보내래, 편지와 함께."

이모는 자주 내 사진을 엄마에게 보내줬다. 엄마도 그랬으면 좋으련만…… 파라과이에는 카메라는 드물고 당나귀 똥만 흔해 빠진 모양이다.

"다시 찍어줘."

이모가 이유를 묻는다.

옛날처럼 잔뜩 인상을 쓰며 억지로 먹는 모습이 싫다. 나는 꼬맹이가 아니다. 몸만 아니라 마음까지 커졌다는 걸 엄마에게 확실히 보여주고 싶다.

"엄마랑 무슨 얘기를 했어?"

"동동이 자랑만 실컷 했지."

"엄마는?"

"동동이한테 미안하대지, 뭐."

나는 창밖으로 고개를 돌린다.

하늘 한복판에 초승달이 떠 있다. 파라과이는 한낮일 테니 엄마는 볼 수 없는 초승달이다.

엄마는 지난번 편지에 자주 하늘을 본다고 썼다.

121

하늘에는 또 하나의 내가 있어. 하늘을 쳐다보며 나에게 묻곤 해.

우영란, 잘하고 있지? 앞으로도 잘할 거지?

그러고 나면 저절로 힘이 솟아. 더 열심히 살아야겠다는 각오도 생기고. 아들도 힘들 때마다 하늘을 바라보렴.

별로 마음에 들지 않는 내용이다. 구태여 하늘에서 또 하나의 나를 찾고 싶지도 않다. 그저 엄마와 내가 같은 하늘을 바라봤으면 좋겠다.

곁눈으로 이모를 힐끗거리며 묻는다.

"언제 온대, 엄마는?"

"최선을 다하고 있대."

"엄마는 오지 않을 거야."

"시간이 걸릴 뿐이야. 꼭 와."

이모, 하고 불러놓고 나는 마른침을 삼킨다.

"엄마가 나를 버렸다고 해도, 괜찮아. 참을 수 있어."

이모의 눈이 휘둥그레진다. 입을 벌린 채 쳐다본다. 나는 반쯤 남은 한약을 마지막 한 방울까지 마신다.

"엄마가 없어도 돼. 오지도 않을 엄마를 기다리긴 싫어. 나한테는 해피빌라 식구들이 있으니까."

누군가 내 혀를 멋대로 움직여 가슴 속 깊이 숨어 있던 말을 끌어낸 느낌이다.

"엄마가 들으면 많이 실망하겠는걸."

이모가 손을 뻗어 내 이마를 덮은 머리칼을 올려준다.

"이모도 실망이야."

나는, 이젠 실망조차 못하겠다. 이런 내 마음을 이모는 물론 누구에게도 털어놓을 수 없다. 불쌍한 아이 취급받는 건 정말이지 죽을 맛이다.

"졸려. 잘 거야."

말해놓고 침대에 눕는다. 시트를 끌어올려 머리까지 뒤집어 쓴다.

실제로 졸립다. 머리가 복잡하면 몸도 덩달아 지치는 모양이다. 지쳐 잠으로 도망치게 된다.

엄마에게 야단을 맞을 때, 참을 수 없을 만큼 잠이 쏟아지곤 했다. 반성은커녕 꾸벅꾸벅 졸아 엄마를 더 화나게 만들었다. 엄마라고 내 마음 전부를 알진 못했다. 지금은 더하겠지만.

이모가 내 머리맡에 걸터앉는다.

"왜 어른들이 동동이한테 잘해주냐고 물었지?"

그랬다. 엄마에게 마음의 빚을 진 때문이라고, 이모는 대답했다.

"엄마가 돌아오지 않는다면 구태여 잘해줄까?"

내가 잠자코 있자 이모 스스로 답을 말한다.

"아니라고 봐. 나만 해도 벌써 해피빌라를 떠났겠지. 하지만 반드시 돌아올 걸 알기 때문에, 해피빌라 식구 모두 엄마와 굳게 약속했으니까, 동동이 곁에 있는 거야."

이모가 시트를 걷어낸다. 이어 내 뺨을 살짝 꼬집는다.

"이번에는 너무 정신없어서 엄마 목소리를 녹음해두는 걸 깜빡했어. 또 전화가 오면 그때는 꼭 녹음해둘게."

나는 몸을 일으켜 이모의 어깨에 머리를 기댄다. 이모를 실망시켜 미안하다는 표시다. 이모가 내 뒤통수를 쓰다듬는다.

"쓴 한약도 먹었으니, 딸기슬러시 어때?"

"엄마는 박하사탕을 줬는데……."

"촌스럽게 박하사탕은. 이모가 쏠 테니, 가자."

5.

나는 거의 울 뻔했다.

뭉치 때문이었다. 처음 알았다. 개도 사람처럼 눈물을 흘린다.

301호 문을 열고 들어서자, 뭉치가 내 허리춤까지 팔짝팔짝 뛰며 반겨줬다.

잘 지냈어, 뭉치?

잘 지내지 못했다는 뜻인 양 뭉치의 눈에 당장 물기가 고였다. 언청이라서 제대로 짖지도 못한 채 끄엉끄엉, 괴상한 소리를 내며 울었다.

엄마를 만나게 되면 나도 뭉치처럼 울게 될까.

나는 입술을 깨물었다. 겨우 울음을 참아내며 속말을 중얼거렸다.

울지 마. 아직 울 때가 아냐. 울음을 아껴두지 않았다가는 정말 울어야 할 때 울지 못하게 될 수 있어.

보름 만에 해피빌라로 돌아왔다.

아침 회진 때 감자샘에게 퇴원 허락을 받았다. 당분간 무리한 운동은 금지라고 했다. 아무래도 수애에게 부탁한 게 통한 듯했다.

해피빌라 입구 그늘이 드는 곳에 돗자리를 펴고 음식을 마련해 놨다.

수요일이니 해피타임이 아니다. 순전히 나를 위한 파티인 셈이다.

피자 한 조각을 집어 든다.

쌍칼형에게 빼앗겼던 그 피자다. 아저누나가 냉동실에 보관해 뒀다. 버리고 싶었지만 억울해서 꼭, 나와 같이 먹어야겠다고 생각했단다.

피자는 피자다. 피자를 먹는다고 쌍칼형에게 복수하는 건 아니다. 누나 때문이라도 맛있어 죽겠다는 표정을 지으며 먹는다.

손씨아저씨가 삼겹살을 구워 내 앞에 놓는다.

"지금은 많이 먹어야 할 때다."

"그렇고말고. 수술한 뒤에는 무조건 잘 먹어야 되느니라."

장사장님 역시 삼계탕에서 닭다리를 찢어 내 손에 쥐어준다.

겨울잠을 준비하는 곰이라도 된 느낌이다. 해피빌라 식구들은 나에게 하나라도 더 먹이려 열심이다.

나는 즐겁다. 오랜만에 해피빌라의 진짜 모습을 보고 있다. 그동안 쌍칼형 때문에 드러내놓고 모이지 못했다. 일주일에 한 번 해피타임도 쌍칼형의 눈을 피해 조용히 보냈다.

붕어빵할아버지가 나를 향해 씽긋 웃는다.

"동동이가 오니 해피빌라도 단박에 사람 사는 곳이 되는구나."

삐턱이할머니가 콧방귀를 뀐다.

"한갓지고 좋기만 했구면."

"입은 삐뚤어졌어도 말은 바로 하구려."

"이 영감탱이가 보자보자 하니까, 입이 삐뚤어지든 바로 찢어지든 보태준 거 있어? 있느냐고?"

할머니와 할아버지.

수시로 목소리를 높이고 얼굴을 붉히며 말다툼을 벌인다.

할머니는 할아버지를 못마땅하게 여긴다. 사사건건 따지고 시비를 걸기 때문이란다. 할아버지도 만만치 않다. 심술 고약한 노인네라고 할머니를 비난한다.

할아버지가 술잔을 비워 미쏘노이모에게 건넨다.

"이런 기쁜 자리에 노래가 빠져선 되겠는가. 미쏘노, 노래 한 곡 하시게."

이모가 노래를 부른다. 이모의 노래를 듣고 있으면 구름 위를 둥둥 떠다니는 기분이다. 이모는 가수가 됐어야 했다.

엄마는 나에게 노래를 불러줬던가. 친구끼리는 통하니까 이모처럼 엄마도 노래를 잘했을까.

생각나질 않는다. 노래뿐이 아니다. 나는 엄마에 대해서 너무 모른다. 무엇을 좋아하고 싫어하는지, 무엇을 잘하고 못하는지조차.

여섯 살에 헤어진 게 억울하다. 열 살쯤이었다면, 엄마의 속눈썹 개수까지 생각해낼 수 있을 텐데.

할아버지와 손씨아저씨와 장사장님이 허벅지를 손바닥으로 두드리며 장단을 맞춘다. 할머니는 마지못한 듯 물개 박수를 친다. 누나는 고갯짓으로 노래를 따라간다. 비온닥삼촌은 기름으로 범벅이 된 입을 헤벌쭉 벌린 채 웃는다.

삼촌을 제대로 쳐다보지 못하겠다. 나쁜 짓을 저지르고 있는 것 같아 눈이 마주치면 속이 울렁거린다.

어른들은 삼촌을 속여왔다. 앞으로 계속 속일 듯하다. 누나는 속이는 게 아니라고 했다.

ー 모른 척하는 거지. 말해줘도 삼촌은 알아듣지를 못하니까.

내 생각은 다르다. 기회를 엿보고 있다. 삼촌이 알아들을 때까지 끈질기게 말해주겠다.

아줌마가 곁에 있을 때 삼촌은 지금처럼 심하지 않았다. 어느 정도 이야기를 주고받을 수 있었다. 어쩌다 삼촌이 자기 생각을 밝혀 주위를 깜짝 놀라게 만들기도 했다.

삼촌이 나아지기 위해선 아줌마가 돌아와야 한다. 가망 없다. 병원까지 왔으면서 해피빌라에 들르지도 않았다. 삼촌도 아줌마를 포기해야 할 때다. 포기한다면 삼촌의 머리도 더 이상 나빠지지는 않을 테니까.

"동동이 퇴원 기념으로 선물을 준비했다."

장사장님이 마당 한구석에 세워놓은, 해피빌라의 유일한 자동차인 만물고물상 트럭으로 간다.

아, 자전거.

"중고지만 깨끗이 손봐서 탈 만할 게다. 기어가 달려 있어 언덕도 단숨에 오를 수 있더라."

할머니가 까악, 가래를 바닥에 뱉는다.

"고물로 들어온 거 내주면서 생색은 우라질……."

이럴 때는 할머니가 정말 얄밉다. 한마디 해야겠다.

"할머니는 우표 값이나 주세요."

할머니한테 머리통을 얻어맞기 전에 재빨리 일어난다.

장사장님을 바라본다. 고물이라는 말에 풀이 죽은 모습이다.

장사장님은 마음이 약해서 큰일이다. 싫은 소리를 절대 못하고, 싫은 소리를 들어도 혼자 끙끙 앓고 만다. 고물상이 잘 안 되는 이유도 그 때문이다. 고물을 사거나 팔 때, 할머니 말대로 사정없이 후려쳐야 하는데 그러질 못한다.

나는 장사장님에게로 다가간다. 두 팔을 뻗어 장사장님의 목에 매달린다.

"멋져요. 정말 갖고 싶었어요."

"그나저나 탈 줄은 아는 거냐?"

손씨아저씨의 목소리가 들려온다.

"내가 가르쳐주마. 소싯적에 쌀 두 가마를 싣고도 동네방네 쌩쌩 누비며 다닌 몸이다."

이모가 내키지 않는 얼굴로 말한다.

"근처에서만 타. 큰길로 나가면 절대 안 돼."

달리기는 끝이다. 이제 화실까지 땀 뻘뻘 흘리면서 뛰어갈 필요 없다. 또 하루에 한 번이 아니라 열 번도 다녀올 수 있다.

화가아저씨가 문병을 왔었다.

아저씨는 나에게 폭신한 침대와도 같다. 아저씨 곁에 있으면 무거운 마음도 어느새 가벼워진다.

끌고 다니기만 하겠다는 말로 어른들을 안심시킨 후, 해피빌라 울타리를 나선다. 누나가 냉큼 따라나선다.

등 뒤에서 어른들의 목소리가 들려온다.

"저리 좋아하는 모습, 오랜만에 보네."

"진작 구해줄 걸 그랬어."

"그러게 말예요. 자전거 사달라고 입도 뻥긋하지 않았으니 몰랐죠."

나는, 행복한 아이다.

해피빌라 어른들 모두가 맘껏 사랑해주고 있다. 나 같은 아이도 드물 거다.

자전거를 사이로 누나와 나는 핸들을 하나씩 나눠 잡고 걷는다.

얼마 전부터 누나와는 조금 멀어진 기분이다. 이야기를 하면서도 자주 망설이게 된다. 한동안 수애 때문이라고 생각했다. 틀렸다. 누나가 부쩍 어른스럽게 변한 탓이다. 이제 누나의 생각을 쉽게 짐작하지 못한다. 짐작한대도 이해하기는 더욱 어렵다.

"내일부터 나 보기 힘들어. 미용실에 취직했거든. 이모가 소개해줬어. 일하면서 기술을 배우는 거라 월급은 별로야."

와, 하고 내 입에서 절로 감탄이 나온다.

누나가 마침내 꿈을 향해 달리기 시작했다. 하지만 걱정이다. 누나 말대로 가위로 손님의 귀를 자르게 되는 게 아닐까.

"며칠 전 아빠와 병원에 다녀왔어. 약도 받아왔고."

"병원에서는 뭐래?"

"약을 먹으면 좋아진대."

"그럼 기절 안 해?"

"어차피 고칠 수는 없는 병이야. 약을 먹어서 좋은 점은 뭐냐면……."

갑작스레 픽픽, 쓰러지는 일은 없다. 쓰러질 것 같은 느낌이 온다. 미리 알게 되니까 준비를 할 수 있다.

"그것만으로도 다 나은 기분이야."

누나가 멈춰 선다. 복어 모자를 벗어 나에게 내민다.

"이젠 나보다는 동동이한테 더 필요할 거 같아. 당분간만 빌려주는 거야. 월급 타면 자전거 헬멧 사줄게. 그때 돌려줘."

"계속해서 쓸게."

절대 안 된다며 누나가 손까지 휘젓는다. 안심이다. 모자에 복어를 그려 넣을 때의 내 마음을 누나가 잊지 않고 있다.

모자를 쓰고 턱끈까지 조절한다. 빤히 쳐다보며 누나가 말한다.

"귀여워. 수애가 보면 단박에 반하겠어. 아참, 벌써 반했던가."

수애는 복어를 싫어한다는 말을 하려다 그만둔다. 앞으로는 누나는 물론 어른들에게도 수애 이야기는 웬만해선 안 할 생각이다.

수애가 그냥 짝일 때는 무슨 말을 해도 괜찮았다. 지금은 다르다. 수애의 이름만 들어도 얼굴이 먼저 붉어진다. 이런 기분을 들키고 싶지 않다.

나는 자전거를 돌려 해피빌라를 향한다. 누나가 내 팔을 잡는다.

"좋은 소식 하나 더 알려줄까?"

"무슨 소식?"

"쌍칼, 그 사람을 만났어."

"나쁜 소식이네. 아주 나쁜……."

들어봐, 하며 누나가 설명한다.

도시에서 제일 복잡한 우림상가 앞에서 쌍칼형과 정면으로 마주쳤다. 누나는 피해야 한다고 생각했다. 몸이 얼어붙어 꼼짝 못했다. 쌍칼형이 먼저 고개를 돌리더니 모른 척 딴전을 피우며 지나쳐갔다.

"우리 앞에 나타나지 않겠다는 뜻이야."

"왜?"

"똘똘 뭉친 우리한테 완전히 질려버린 거지."

과연 누나의 말처럼 될까.

불안하다. 쌍칼형이 어딘가에 숨어서 복수할 기회를 노리고 있는 듯하다. 제발 그런 일이 벌어지지 않기를 바란다. 하지만 나쁜 짐작은 이상하게도 잘 들어맞아서 걱정이다.

☆

미쑤노이모의 방.

점심을 먹고 침대에 누웠다 잠이 들었다. 그새 이모가 가게에서 돌아온 모양이었다. 거실에서 이모와 삐턱이할머니의 목소리가 들려온다.

131

"누가 그냥 달래냐. 이자까지 후하게 쳐서 돌려주겠다고."

"안 돼요."

"네 돈도 아니면서 어찌 그리 팍팍하게 구냐?"

"차라리 내 돈이면 드리겠어요."

"어차피 은행에 넣어둔 돈이고, 이 늙은이 사정 좀 봐주는 게 그리 곤란한 일이더냐."

할머니는 단단히 화가 나 있다. 진짜로 화가 나면 할머니의 입에서 욕이 끊어진다. 욕을 할 때는 아직 화가 덜 났다거나 오히려 기분이 괜찮다는 표시다.

침대에서 일어난다.

할머니의 화를 풀어줘야 한다. 다시 욕을 하게 만들어야 한다. 해피빌라에서 나밖에 할 수 없는 일이다. 할머니, 하고 품에 안겨 애교를 떨면 간단히 해결된다.

방을 나서려는 순간 다시 할머니의 목소리가 들려온다.

"영란이와 나는, 너도 알다시피 피만 안 섞였다 뿐이다. 친혈육이랑 진배없다. 그러니 잠깐 빌려 쓴다고 딴 말 안 할 게다."

엄마의 이름이 나온 이상 나가긴 글렀다. 더 자세히 엿듣기 위해 귀를 문에 바짝 댄다.

"이제껏 한 푼도 건드리지 않은 돈예요."

"봉구도 내게는 귀한 자식이다. 영란이 마음은 잘도 헤아려주면서 이 늙은이한테는 야박하기 짝이 없구나."

"영란이가 어떻게 몸 바쳐 지킨 돈인지 잘 아시잖아요."

군인은 나라를 지키고, 손씨아저씨는 수애네 아파트를 지킨다.

132

엄마가 돈을 지켰다는 뜻은 뭔지 모르겠다.

대화가 뚝 끊겨 밝은 깊은 물속처럼 고요하다. 갑자기 할머니의 흐느낌이 들려온다.

아, 할머니가 울기도 하는구나.

바늘로 찔러도 피 한 방울 나오지 않을 노인네라고, 어른들은 말했다. 내가 보기에도 그랬다. 욕을 해대고 억지를 부리고 걸핏하면 싸우려 드는 할머니가 흐느껴 울다니, 상상조차 못해봤다.

나는 뒤꿈치를 들고 침대로 돌아간다. 다시 누워 잠든 척한다.

돈이 필요한 이유를 안다. 봉구형이 소개한 사람에게 돈을 주려는 것이다. 봉구형이 감옥에서 풀려나는 방법이라고 할머니는 믿고 있다.

돈이 문제다. 돈 때문에, 돈만 있다면, 돈이 없어서…….

돈이 공기 같다면 좋겠다. 애쓰지 않아도 코로 들어와 입으로 빠져나가는 공기라면, 사람들은 돈 때문에 괴로워하지 않을 거다. 무엇보다 엄마가 파라과이까지 가서 돈을 벌 이유도 없다.

할머니의 흐느낌이 그쳤다.

"헛소리를 해대는 걸 보니, 아무래도 망령이 든 모양이다. 못 들은 걸로 해라."

할머니는 치매에 걸릴까 봐 늘 겁을 낸다. 치매라고 생각되는 순간 할머니 스스로 팍, 죽어버리겠다고 했다. 절대로 안 된다는 나에게 이렇게 말했다.

— 정신 말짱해도 내 한 몸 간수하기 힘든 세상이다. 멍청이가 된 할망구를 누가 돌봐주겠냐.

133

─ 내가요.

─ 벽에 똥 처바르고 미친 짓을 해대도 그럴 테냐?

나는 대답하지 못했다. 벽에 달라붙은 똥을 닦아낸다? 할머니가 죽어버리는 것보다야 나을 듯했다.

─ 할 수 있어요.

─ 주둥이만 나불대는지 아닌지, 일단 꼴을 보자꾸나.

할머니는 즉시 나를 시험했다. 아니 실컷 부려먹었다. 302호 화장실 변기를 반짝반짝 윤이 나도록 닦아야 했다. 덤으로 타일 사이에 낀 묵은 때까지.

이모가 들어온다. 계속 자는 척을 하려다 몸을 일으킨다.

"지금 깬 거야?"

나는 고개는 저으며 묻는다.

"할머니가 필요한 돈이 얼마야?"

"아주 많아."

"엄마는 도와주고 싶을걸."

"나도 도와드리고 싶어. 하지만 돈을 드리는 게 돕는 게 아냐. 할머니가 만났다는 사람을 믿을 수 없어. 사기꾼이야."

"어떻게 사기꾼인지 알아?"

"봉구는 오랫동안 징역살이를 해야 돼. 법으로 정해졌어. 그걸 누구도 돈으로 해결하진 못해."

언제까지가 오랫동안일까. 차마 묻지 못하겠다.

할머니는 봉구형을, 나는 엄마를 기다린다. 할머니보다 내가 더 불쌍하다는 생각이 든다. 할머니는 법으로 정해진 때까지만 기다리면 된다.

몰라서 힘들다. 내일은, 여름이 끝나면, 내년에는 오겠지. 기대하고 실망하고, 실망하면서 또 기대하는 일은 정말이지 괴롭다.

이모가 내 팔을 당겨 일으킨다.

"내일 아침에 편지 줘. 바로 붙이게."

"이번 주는 쉬려고."

"왜?"

엄마도 당해봐야 한다. 매주 받던 편지를 못 받았을 때 어떤 기분인지 알아야 한다. 나는 다른 식으로 말한다.

"쓸 말이 없어. 대신 다음 주에 길게 쓸게."

"안 돼. 엄마는 네 편지 받는 즐거움으로 살아."

잠자코 방을 나온다. 등 뒤로 이모의 목소리가 들려온다.

"내일 아침까지 안 가져오면 혼날 줄 알아."

결국은 쓰게 된다. 이모는 나를 의자에 붙들어 매놓고서라도 쓰게 만든다. 아니 나 스스로 못 견딘다.

이모 말대로 내 편지가 엄마를 즐겁게 할까.

나는 왜 엄마의 편지를 받는 날은 멍한 기분이 들까. 나도 즐겁고 싶다. 다음 편지에는 기다림의 끝에 대해 적혀 있기를 바란다.

제3장

1.

네 장미꽃을 그토록 소중하게 만드는 건, 그 꽃을 위해 네가 써버린 그 시간이
란다.

여우가 어린왕자에게 해준 말이다.

봉구형은 서른여섯 살이다. 삐턱이할머니는 봉구형을 위해 36
년의 시간을 써버렸다. 여우의 말이 옳다면 할머니에게 봉구형
은, 엄마와 나의 경우보다 정확히 세 배 더 소중한 셈이다.

소중한 아들을 만나기 위해 할머니는 황해금방에 금반지를 팔
았다.

— 예물이랍시고 달랑 반지 하나 안기고는 술에 노름에 농탕질
에 내 속을 박박 긁어대던 서방이었지. 그 애비에 그 아들 아니랄
까봐, 가락지 하나 남은 거까지 홀랑 가져가버리네.

정작 봉구형을 만나선 반지에 대해선 한마디도 하지 않았다.
봉구형이 돈 이야기를 할 때, 나는 할머니의 빈 손가락을 들어 보

여주고 싶었다.

지금은 해피빌라로 돌아오는 중이다.

어둠을 뚫고 달리던 고속버스가 뚝 속도를 떨어뜨린다. 휴게소에서 잠시 쉬겠다는 안내 방송이 들린다.

새벽에 해피빌라를 나섰다. 짧은 면회 때문에 하루를 다 보내고 말았다.

할머니를 따라가고 싶지 않았다. 그렇다고 혼자 보낼 수 없었다.

해피빌라 식구들이 나서주길 바랐다. 미쑤노이모는 광수삼촌이 올라왔고, 손씨아저씨는 아파트 경비를 서야 했고, 아저누나는 미용실에서 손님들 머리를 감겨줘야 했고, 장사장님은 만물고물상을 비울 수 없었다. 비온닥삼촌은 통과. 하루 장사를 쉬고 같이 가겠다는 붕어빵할아버지는 할머니 스스로 거부했다.

버스가 휴게소에 멈춘다.

할머니는 팔짱을 낀 채 눈을 감고 있다. 나는 할머니의 어깨를 흔든다.

"화장실에 안 가요?"

"일 없다."

"아직 한참 남았어요. 같이 갔다 와요?"

할머니는 대답 대신 길게 한숨을 쉰다.

한숨, 오줌, 눈물.

— 늙으면 이 세 가지는 작정한다고 틀어막을 수 있는 게 아니다.

할머니 말대로 한숨이야 그렇다고 치자. 눈물 역시 면회 시간 내내 흘려 이미 말라버렸을 것이다. 문제는 오줌이다. 나중에 급하다고 아무데나 차를 세워 달래 나까지 창피하게 만들까 봐 걱정이다.

결국 혼자 버스에서 내린다.

바나나우유와 고구마튀김을 산다. 버터구이오징어를 먹고 싶지만 할머니의 이로는 무리다.

할머니는 종일 굶었다. 이모가 싸준 김밥에 손도 대지 않았다. 면회 직전에 들른 식당에서도 물만 몇 모금 마셨다.

교도소가 있는 도시까지는 멀었다. 고속버스와 시내버스를 갈아타야 했다.

개미도 기어오르지 못할 만큼 높은 담장을 통과했다. 닭장 같은 접견실에서 봉구형을 만났다.

나는 밖에서 기다리려 했다. 안에서 별일이라도 생기면 어쩌느냐는 할머니의 말에 따라 들어갔다. 읽고 쓰는 간단한 문제도 할머니에게는 별일이긴 할 테니까.

봉구삼촌에게서 제일 먼저 눈에 띈 건 가슴에 붙인 번호표였다.

988번.

왜 사람에게 물건처럼 번호를 붙여놓았을까. 죄를 짓는 순간부터 사람 취급을 하지 않겠다는 뜻일까.

면회 전부터 할머니는 불안해했다. 감옥에 들어간 지 10년, 마지막 얼굴을 본 건 5년 전이었다. 아들이 너무 변해 못 알아볼지도 모른다고 여러 차례 말했다. 괜한 걱정이었다.

투명유리판 너머 봉구형이 나타나는 순간, 할머니는 눈물부터 흘리기 시작했다. 뭐가 그리 서러운지 딸꾹질까지 섞어가며 계속 울었다.

울지 말라고, 울다가 면회 시간 다 보내겠다고 짜증 섞인 봉구형의 말에 할머니는 겨우 흐느낌을 멈췄다. 대신 소리 없이 뚝뚝 눈물을 떨어뜨렸다.

봉구형은 자신을 도와준다는 사람이 얼마나 대단한가에 대해 길게 이야기했다. 나라를 구한 이순신 장군보다 더 존경하고 있다는 생각이 들 지경이었다. 그렇게 훌륭한 사람이 어쩌자고 감옥에 갇혔었는지 의문이었다. 할머니가 제발 이유를 물어봤으면 좋으련만 고개만 끄덕였다.

봉구형이 못마땅했다. 할머니가 어떻게 지내는지 궁금하지도 않은 모양이었다. 자기 이야기만 늘어놓았다.

면회시간이 끝날 즈음이었다.

— 어머니, 저는 변했어요. 예전 지봉구로 생각하지 마세요.

봉구형의 떨리는 목소리가 이어졌다.

— 저도 이젠 사람답게 살고 싶다고요. 어머니께 효도도 하고 결혼해 손자도 안겨드리고……. 앞으로 10년을 더 갇혀 지낼 수는 없어요. 그러니 제발 어떻게 좀 해봐요.

— 알았다. 이 어미가 꼭 장만해서 널 빼내마.

어머니만 믿어요, 걱정 말아라.

둘 사이에 이런 식의 이야기가 여러 차례 오갔다.

할머니는 무슨 수로 돈을 구하려고 덜컥 약속을 할까. 반지까지 팔아버렸으면서 어쩌자고.

면회시간이 다 되어간다는 교도관의 말이 들렸다. 봉구형이 나를 턱짓으로 가리켰다.

— 영란이 아들이다.

— 내가 밖에 있을 때 핏덩어리였던 것이 많이 컸네.

봉구형과 엄마가 아는 사이? 그다지 반갑지 않다.

봉구형이 나를 향해 혀를 찼다.

— 인마, 정신 똑바로 차려.

— 쓸데없는 소릴랑 씨불거리지 말고, 너나 잘해.

할머니가 처음으로 목소리를 높였다. 내내 쩔쩔매던 할머니였다. 죄지은 쪽은 삼촌이 아니라 할머니 자신인 것처럼.

버스에 오른다.

할머니의 모습이 보이지 않는다. 좌석에 가만히 앉아 폭폭 한숨만 내쉬고 있어야 할 할머니다.

뭔가 잘못됐다. 뒤늦게 화장실에 갔을까. 쉬는 시간에는 딴짓만 하다 수업이 시작되면 화장실에 가겠다는 기호처럼 말이다.

곧 돌아오겠지. 속말을 중얼거려본다. 소용없다. 내가 초조해서 못 참겠다.

다시 버스에서 내려 여자화장실로 달려간다. 입구에 서서 기다린다. 계속 머뭇대다간 버스를 놓칠지도 모른다.

"할머니, 할머니!"

화장실 안쪽을 향해 소리친다.

"동동이예요. 빨리 나와요."

할머니가 들었다면 오두방정을 떤다고 호통을 치겠지. 하지만 아무 소리도 들려오지 않는다. 없다. 없다고 봐야 한다.

혹시 길이 엇갈렸을까. 버스로 되돌아가 보지만 헛수고다. 불 붙은 숯덩이라도 물고 있는 것처럼 입안이 바싹바싹 타들어간다. 식당과 매점을 둘러보고 여기저기 뛰어다녀도 마찬가지다. 나를 골탕 먹이려고 숨기라도 한 것처럼 할머니의 모습은 보이지 않는 다. 같은 장소들을 되짚어 돌아다닌다.

우리가 타고 온 버스가 휴게소를 빠져나가고 있다.

늦었다. 완전히 망했다. 그리고 지쳤다.

계단에 주저앉는다. 더 이상 찾아다닐 필요도 없어졌다. 할머 니 혼자 버스를 타고 가지 않았을 것이다. 운전사의 머리칼을 쥐 어뜯더라도 출발을 막았을 할머니다.

휴게소 어딘가에 있다. 기다리면 결국 나타나겠지.

이젠 어쩌지?

이모에게 알려야 한다. 이모라면 돌아갈 방법을 말해줄 테니까.

화장실 근처 공중전화로 향한다. 계속 주위를 두리번거리며.

아, 찾았다.

뒷모습이다. 그래도 할머니가 분명하다.

이상하다. 왜 차들이 들어오는 휴게소 입구 쪽에 있을까. 해피 빌라까지 걸어가기라도 할 참인가.

할머니도 나를 찾아 헤매고 있다는 생각이 든다. 휴게소 바깥 까지 찾아보기로 한 모양이다.

할머니 쪽으로 서너 발짝 떼어놓았을 때다.

할머니가 갑자기, 달린다. 100미터 골인 지점을 앞에 둔 육상 선수처럼 달린다. 휴게소로 들어서는 자동차를 향해.

☆

"놀라셔서 그래."

미쑤노이모가 삐턱이할머니의 목까지 이불을 끌어 덮어준다. 사나흘 푹 쉬면 괜찮아진단다.

할머니는 아프다. 놀라서가 아니다. 푹 쉰다고 나아질 성싶지도 않다.

할머니의 아픈 곳은 마음이다. 마음에 병이 들었다. 쉬거나 영양주사를 맞아서 될 일이 아니다.

할머니는 거의 죽을 뻔했다. 운전사가 재빠르지 않았다면 끔찍한 일이 벌어졌을 것이다.

브레이크 소리, 누군가의 비명.

사람들이 우르르 몰려갔다. 나는 회오리바람에 휘말린 가랑잎처럼 사람들 속에 섞였다.

하얗게 질린 얼굴로 운전사가 차 밖으로 나왔다. 할머니의 코끼리 배가 차에 닿을 듯 가까웠다.

할머니는 무사했다. 운전사가 당장 고함을 쳤다.

— 이 할망구가 누구 신세 조져놓으려고 환장을 했나!

이런 빌어먹을 종자, 눈깔은 가죽이 모자라서 뚫어놓았더냐.

고래고래 악을 쓰며 욕을 퍼부을 거라고 생각했다. 하지만 할머니는 잠자코 있었다. 하릴없이 먼 산을 바라보듯 멍한 눈으로 무슨 일이 벌어졌는지조차 모르는 듯했다.

사람들이 운전사를 나무랐다. 운전사는 어처구니없다는 표정을 지으며 말했다.

— 가만히 서 있다가 별안간 뛰어들었다고요.

사실이라고, 비명의 주인공인 듯한 아줌마가 거들었다. 곧 여기저기서 비난의 목소리들이 들려왔다.

— 딱 보니 실성을 했네. 불효막심한 자식이 실성한 어머니를 휴게소에 버리고 갔구면.

— 돈 뜯어내려는 자해공갈단인지도 몰라요.

누군가 운전사에게 물었다.

— 병원에 모셔가야 하는 거 아니오?

— 스치기라도 했어야 병원에 가든 말든 하죠.

나는 할머니의 손을 잡아끌었다. 이번에는 나에게 질문이 쏟아졌다. 한마디 대꾸도 하지 않았다. 할 수 없었다. 할머니만큼 나도 넋이 나간 상태였다.

우리는 휴게소 건물 옆 벤치에 2시간을 앉아 있었다. 이모에게 연락한 것 빼고는 꼼짝하지 않았다. 한 발짝도 움직이지 말라는 이모의 명령대로.

밤이 깊었다. 차들로 가득했던 주차장은 먹다 버린 옥수수처럼 듬성듬성해졌다.

할머니는 줄곧 반쯤 입을 벌린 채 허공만 쳐다봤다. 나는 곧 정신을 차렸다. 하지만 머릿속이 뒤죽박죽 엉망진창이었다. 생각할 것이 너무 많았지만 무엇 하나 똑바로 생각해내지 못했다. 직접 물어서 확인하는 수밖에.

— 왜 그랬어요?

슬쩍 곁눈을 볼 뿐 할머니는 대꾸하지 않았다.

— 나를 찾아다니다 그런 거예요?

이번에는 눈길조차 주지 않았다.

— 일부러, 죽으려고 차에 뛰어든 게 아니죠?

아예 눈을 감아버리는 할머니였다.

나 역시 더는 따져 묻지 못했다. 사실이라면 어쩌지, 하는 생각에 겁이 났다. 그리고 모든 일이 나 때문에 벌어진 것 같았다.

내가 버스에 그대로 앉아 있었다면, 내가 끝까지 버텼다면 할머니 혼자 면회 가지 못했을 텐데, 봉구형의 편지를 그대로 읽지 않고 대충 둘러댔으면…….

슬슬 엉덩이가 아파올 즈음이었다. 마침내 할머니가 입을 열었다.

— 동동아!

똥떵이 아니라 동동?

이름을 제대로 불러준 건 처음이었다. 나는 마른침을 삼키며 할머니의 다음 말을 기다렸다.

— 미안하구나, 미안해.

아직 제정신으로 돌아오지 않은 듯했다. 미안하다는 말을 입밖에 낼 할머니가 아니었다. 미안해야 마땅한 순간에도 억지를 부리거나 모른 척하기 일쑤였다.

— 봉구, 우리 봉구 말이다. 저렇게 된 건 다 못난 어미 탓이다.

할머니는 나를 상대로 이야기하는 것 같진 않았다. 누구라도 상관없다는 투였다. 아니 할머니 스스로에게 말을 걸고 있었다.

태어난 순간부터 감옥에 갇히기까지, 봉구형에 대한 이야기였다. 마치 시간 순대로 정리된 사진첩을 한 장씩 천천히 넘기듯이.

봉구형은 착하고 똑똑한 아이였다. 할머니 자신은 세상에서 가장 어리석고 나쁜 엄마였다. 무식하고 가난해서 자식을 제대로 가르치지 못했다. 뭐 하나 넉넉하게 해준 게 없었다.

― 자식이 필요한 걸 못 채워주는 어미는, 살아도 산 목숨이 아니다.

할머니가 휴게실을 통째로 날려버릴 듯 깊고 길게 한숨을 토해냈다.

― 끝내 어미 노릇 못하고 갈 게, 무섭구나. 마지막으로 어미 노릇을 해볼 참이었다. 그마저 하늘이 돕질 않는구나.

― 하늘이 어떻게 도와요?

― 차에 치어 죽으면 돈이 나오지 않느냐. 그래야 봉구가 징역살이 면할 길이 열릴 테고…….

나는 두 손으로 할머니 팔을 단단히 잡았다. 부지런히 주위를 살폈다. 할머니가 다시 달려오는 차에 뛰어들까 봐 겁이 났다.

― 더는 봉구를 못 만날 게다.

― 또 가면 돼요. 내가 같이 갈게요.

그 이후 할머니는 한 마디의 말도 하지 않았다. 이모와 장사장님이 만물고물상 트럭으로 달려왔을 때도, 해피빌라에 도착해 이틀이 지난 지금까지도 계속. 자리에 누워 흐리멍덩한 눈으로 천장만 바라볼 뿐이다. 아무리 말을 붙여도 소용없다.

목숨을 끊지 못한 대신 말을 끊어버린 걸까.

나는 벌써부터 할머니의 욕이 그립다. 박스 하나 차지하려고 다른 할머니들과 실랑이를 벌이던 모습을 다시 보고 싶다. 막무가내, 욕쟁이, 고집불통의 할머니가 훨씬 더 좋았다.

저녁 준비를 하겠다며 이모가 302호를 나간다.

어른들은 휴게소의 일을 제대로 모른다. 사고가 날 뻔했다는 정도로만 알고 있다.

사실대로 말하지 않았다. 그편이 낫다고 결정했다. 할머니 자신도 그렇게 해주길 바랄 거라고 생각했다.

지금 나는 흔들리고 있다. 차에 뛰어들던 할머니 모습이 자꾸만 떠오른다. 그때처럼 할머니가 갑자기 3층 밖으로 몸을 던져버릴 듯하다. 내 힘으로는 어쩔 수 없다. 아무래도 어른들이 도와줘야 할머니를 막을 수 있을 것 같다.

할머니에게 다가앉는다.

이불 속으로 손을 넣어 할머니의 손을 잡는다. 나무토막처럼 거칠다. 손가락 하나하나 더듬어본다. 넷째 손가락에 아직 반지를 꼈던 흔적이 남아 있다.

할머니의 손을 힘껏 쥐어본다.

"우린 동업자, 맞죠?"

할머니가 힘겹게 눈을 뜬다. 대꾸는 없다. 당연한 걸 묻는다는 표정이라도 지어줬으면 좋으련만 고개를 돌려버린다.

"폐지 값이 많이 올랐대요. 지금이 한몫 잡을 기회라고, 장사장님이 그랬어요."

거짓말이었다. 거짓말이라도 해서 할머니를 기운 차리게 하고 싶다.

이모가 나를 부른다. 일어섰다가 다시 할머니 곁에 앉는다.

"밥 먹고 와서 봉구형한테 편지 쓸 거예요. 잘 도착했다고요."

할머니가 부탁을 해야 겨우 쓰던 편지다. 내가 먼저 나설 일도 아니었다. 지금은 그러고 싶다.

"할머니도 할 말을 미리 생각해둬요."

2.

화가아저씨는 전시회 준비로 바쁘다.

몇 날 며칠 깎지 않아 수염이 수북하다. 밥 먹는 것조차 까먹고 의자에 앉아 그림을 그리고 있다. 저러다가 엉덩이에서 나무나 풀처럼 뿌리가 자라나 꼼짝 못하게 되는 건 아닐지 걱정이다.

당분간 화실에 드나들지 않는 편이 낫지 않을까. 실제로 이틀 동안 그래 봤다. 내가 먼저 견딜 수 없었다. 아저씨 역시 하루 한 번은 나를 봐야 안심이 된다고 했다.

전시회 준비가 끝날 때까지는 아저씨를 방해하지 말아야 한다. 심심해도, 질문이 있어도 꾹 참아야 한다.

배우는 영화에 나와야 하고, 가수는 앨범을 내야 되고, 화가는 전시회를 열어야 한다. 아저씨는 열심히 그림을 그려왔다. 하지만 전시회 생각은 아예 없는 듯했다.

화실의 우편물을 내가 앞서 챙길 때가 있었다. 우편물 중에 간간이 전시회 초대장이 끼어 있곤 했다. 한번은 초대장을 건네며 물었다.

— 아저씨는 왜 전시회를 안 해요?

— 실력이 없어서.

믿을 수 없었다. 아저씨가 매우 겸손한 사람이기 때문이라고 이해했다.

아저씨의 그림이 실린 개인전 초대전 그룹전 등의 작품집들이 박스 하나 가득했다. 책장 한 구석에서 찾아낸 스크랩북에는 아저씨가 얼마나 유명한 화가였는지에 대한 증거로 신문과 잡지의 기사들이 꼼꼼히 정리되어 있었다.

가끔씩 화실을 찾아오는 아저씨의 친구가 있다. 자신을 두고 화가들의 그림을 세상에 알리는 사람이라고 했다. 친구가 전시회를 열지 않는 진짜 이유를 설명해줬다.

10년 전, 아저씨의 그림이 외국에서 주는 큰상을 받았다. 화가로서 매우 자랑스러운 상이었는데 문제가 생겼다. 아저씨의 그림을 두고 아저씨보다 더 유명한 화가가 시비를 걸었다. 자신의 그림을 흉내 냈다면서.

아저씨가 아무리 설명해도 소용없었다. 세상은 더 유명한 사람의 말에 귀를 기울였다. 비난이 점차 커지면서 아저씨 스스로 화가들의 세계에서 떠났다. 그 이후 줄곧 주위를 병 주둥이처럼 좁혀놓은 채 살았다.

아저씨는 이번 전시회를 위해 10년을 기다린 셈이다.

10년, 길다.

매미는 보통 7년을 깜깜한 땅속에서 애벌레로 지낸다. 간혹 재수 없는 매미는 10년이 걸린다.

엄마가 떠난 지 6년째다. 4년을 더 기다려 10년을 채운다. 나는 재수 없는 매미가 아니다. 그렇게 오래는 못 기다리겠다. 그건 나에게 엄마를 포기하라는 소리다.

까악까악, 까치들이 싸움이라도 벌이는지 시끄럽게 울어댄다.

나는 '동동의 자리'에서 일어나 창가로 다가간다. 조용히 해! 은행나무 가지를 옮겨 다니는 까치들을 향해 속말을 중얼거린다.

아저씨를 돌아본다. 까치가 울어대든 말든 아저씨가 그림에 집중하고 있다.

갑자기 전시회를 결심한 이유가 궁금했었다. 아저씨는 극성스런 친구 때문이라고 말했다. 그러면서 덧붙였다.

― 쌀이 떨어졌구나.

그림을 팔아서 쌀을 사야 할 때가 되었다고 했다. 친구의 극성과 쌀, 어느 게 진짜 이유일까.

아무렴 어때. 내가 할 일은, 아저씨의 전시회가 잘되길 바라는 것이다.

마음속으로만 잘되길 바란다고 과연 이뤄질까. 별로 효과가 없을 듯하다. 수애의 말로는, 간절히 원하는 게 있으면 정식으로 기도를 해야 한다. 그러니 자기와 함께 교회에 다니자고 한다. 못 이기는 척 따라가 볼까 생각 중이다.

발꿈치를 들고 주방으로 들어간다.

아저씨는 밥보다 국수가 낫다고 한다. 특히 잔치국수를 좋아한다. 세상의 모든 국수 중에서 잔치국수가 제일이란다. 아저씨의 말은 무조건 옳다고 봐야 된다. 하지만 국수만은 예외다. 나에게는 쌀국수다.

마이아줌마의 쌀국수를 다시 맛볼 날이 올까.

병원에서 만난 아줌마에게 계속 심통을 부렸다. 속 좁은 아이처럼 굴었다. 후회된다.

아줌마는 헤어지면서 언제든 연락하라며 전화번호를 줬다. 문득문득 아줌마의 목소리가 듣고 싶다. 참고 있다. 아직까지는.

국수 다발을 꺼낸다. 냄비에 물을 받아 가스레인지 위에 올려놓는다.

국수 삶는 법을 아저씨에게 배웠다. 국물은 항상 냉장고에 준비되어 있으니 데우기만 하면 된다. 김치를 잘게 썰고 김을 부셔 올려놓으면 끝이다.

물이 끓는 동안 설거지를 한다. 특별히 아저씨라서 돕는 건 아니다. 해피빌라 누구의 집에서든 설거짓거리가 눈에 띄면 내가 알아서 한다.

설거지만큼 쉬운 일이 또 있을라고. 특별한 기술이 필요하지도 않다. 그러나 사람들은, 특히 여자들은 설거지를 싫어한다. 나한테는 차라리 잘됐다. 마치 몹시 힘든 일을 대신해준 양 기뻐한다.

설거지를 하다 가끔 우울해질 때가 있다. 남들에게 보이려고 일부러 착한 척을 하고 있다는 생각 때문이다. 실제로는 나쁘면서, 아무리 노력해도 착해질 수 없으면서 헛수고를 하고 있는 기분이 든다.

나쁜 아이, 우동동.

아, 싫다. 생각하고 싶지 않다.

국수가락을 고르게 펴 끓는 물속에 집어넣는다. 국수가 서로 엉기지 않도록 나무젓가락으로 휘휘 저어준다.

"훌륭해."

아저씨가 언제 왔는지 문에 등을 기대고 있다.

"이번 전시회 망치면 둘이서 국수 가게를 차려볼까?"

"망친다는 게 뭐예요?"

"그림이 한 점도 안 팔려 쌀을 못 사게 된다는 뜻이지."

"싹 다 팔릴 거예요. 틀림없이."

"동동이가 그렇다면 그렇겠지. 틀림없이."

아무래도 정식으로 기도를 해야겠다. 아저씨의 전시회를 위해서, 삐턱이할머니가 죽겠다는 생각을 버리도록, 엄마가 빨리 돌아오도록.

기도할 거리가 많다. 너무 많다.

한 가지씩 고민거리를 안고 있는 해피빌라 사람들, 마이아줌마에 대한 미안한 마음, 301호 밖으로는 한 발짝도 나서려 하지 않는 뭉치, 잘난 척하는 수애, 매일 아빠한테 얻어맞는 기호, 굶어 죽어가는 아프리카의 아이들, 빠르게 녹고 있는 북극의 빙하……

아저씨는 후룩후룩, 금방 국수 한 그릇을 비워낸다.

"이렇게 맛있는 국수라면 매일 먹고 싶구나."

아저씨는 그림만 잘 그리는 게 아니다. 한마디 말로 상대를 기쁘게 만들 줄 안다. 그래서일까, 나는 아저씨에게 비밀이 없다. 꾸미고 감추고 속이고 싶지 않다. 나 스스로 술술 털어놓게 된다. 내 속마음을 제일 많이, 잘 알고 있는 사람이 바로 아저씨다.

할머니 이야기를 꺼낸다. 아저씨라면 할머니를 기운 차리게 할 방법을 알아낼 테니까.

아저씨도 이번만큼은 별수가 없는 걸까. 턱수염만 연신 쓰다듬는다.

"또 나쁜 일을 꾸밀까, 할머니가 걱정돼요."

"할머니를 많이 사랑하는구나."

사랑의 순서를 정한다면, 별로 마음에 드는 일은 아니지만, 할머니가 해피빌라의 다른 어른들과 비슷하거나 약간 뒤처진다고 생각해왔다. 이번에 알았다. 내 머릿속의 순서보다 할머니는 훨씬 앞쪽에 있었다.

"지금 마음을 할머니한테 그대로 보여드려라. 누군가에게 사랑을 받고 있다는 사실이 우리를 살아가게 하는 힘이란다."

"어떻게 사랑하는지 몰라요."

"너는 이미 알고 있다. 아주 잘."

아저씨가 내 어깨를 두드리고 주방을 나간다.

불쑥 할머니가 보고 싶어진다. 이런 적이 없었다. 보고 싶은 마음이 생길 만큼 떨어져 지낸 적도 없긴 하다.

눈을 감는다. 할머니의 모습이 떠오른다. 할머니를 향해 속말을 중얼거린다.

저는요, 할머니가 필요해요. 동업자와는 상관없어요. 욕을 하

155

든 부려먹든 곁에 있어만 주면 돼요.

☆

특별히 좋은 날이 있다.

이런 날에는 즐거운 일들이 연거푸 꼬리를 물고 일어난다. 오늘이 딱 그렇다.

눈을 뜨는 순간 머리맡에 생각지도 못한 돈이 있었다. 광수삼촌이 고향에 가면서 두고 갔다. 내 편이 되어주겠다는 쪽지와 함께. 삐턱이할머니가 아파서 벌지 못했던 돈이 한꺼번에 생긴 셈이다. 광수삼촌의 마음까지 생각하면 기쁨 두 배다.

아저누나가 아침으로 햄버거를 만들어줬다. 미용실이 노는 날이었다. 누나는 그동안 배운 걸 실습해보고 싶어 했다. 실습 상대가 나라고 꼭 짚어 말하진 않았다.

누나의 실력이 의심스러웠다. 하루 종일 손님 머리만 감겨주고 있다지 않은가. 또 약을 먹어 갑자기 기절하는 일은 없어졌다지만 아직은 모른다.

가위로 귀를 싹둑 자르면 어쩌지.

누나에게 머리를 맡겼다. 나는 누구보다 누나를 열심히 응원해야 할 입장이었다.

명성이발관에 비해 시간이 오래 걸렸다. 누나의 말로는 내 머리통이 너무 크고 또 심각한 짱구이기 때문이랬다. 남들보다 크긴 하다. 그렇다고 짱구라는 소리를 들을 정도는 아니다.

156

성공, 성공, 대성공.

양쪽 귀 모두 무사했다. 무엇보다 거울에 비친 내 모습이 마음에 들었다. 당장 미용실을 차려도 될 것 같았다. 누나는 확실히 자기의 길을 찾았다.

오전에는 황해금방에 가서 할머니의 반지를 찾아왔다.

팔았던 가격보다 비싸게 되사야 했다. 장사라는 게 다 그런 법이란다. 비밀 통장의 돈이 절반 가까이 사라졌다. 할머니가 기운을 차릴 수만 있다면 몽땅 써버려도 괜찮아. 속말을 중얼거려봤다. 그렇다고 아까운 마음이 아주 없어지진 않았다.

할머니 손가락에 반지를 끼워준 뒤, 할머니 곁에 누웠다. 화가 아저씨의 말대로 할머니의 품으로 파고들며 속삭였다.

— 사랑해요.

할머니가 나를 밀쳐내고는 돌아누웠다.

— 쓸데없는 짓을 했구나. 다시 갖다 줘라.

면회 다녀온 이후 처음으로 입을 연 셈이었다. 그러면 됐다. 머지않아 할머니의 욕을 다시 듣게 될 테니까.

다행히 할머니가 반지를 빼지는 않았다. 나는 할머니의 코끼리 배를 만지며 다시 사랑한다고 말했다.

— 그런 말은 일평생 해보지도 않았고, 들어보지도 못했다. 아껴뒀다 네 마누라한테나 실컷 써먹어라.

— 다들 걱정하잖아요. 그만 일어나요.

그랬다. 해피빌라는 엄마 잃은 강아지 꼴로 풀이 죽어 있었다. 할머니는 겉으로 보이는 것보다 훨씬 중요한 인물이었다.

157

좋은 일의 연속으로 수애가 불쑥 해피빌라에 나타났다.

어른들 모두에게 수애를 소개하고 싶었다. 이미 얼굴을 봤던 할머니와 누나만이 있는 게 서운했다.

수애는 해피빌라에 실망하는 눈치였다. 망원경으로 지켜볼 때와는 많이 다르다고 한숨까지 폭 쉬었다. 특히 방바닥을 기어 다니는 바퀴벌레를 보고선 마치 지구가 금방 멸망이라도 할 것처럼 호들갑을 떨었다. 그러거나 말거나 나는 평소처럼 파리채를 휘둘러 한 방에 때려잡았다.

수애가 해피빌라에서 유일하게 관심을 보인 건 뭉치였다. 자신의 소원이 강아지를 키워보는 거란다. 뭉치는 다른 사람들에게는 절대로 가까이 가지 않으면서 수애에게만큼은 냉큼 안겼다. 내 마음을 눈치챈 걸까. 어쨌든 뭉치가 해피빌라를 대표해서 수애를 환영해준 셈이었다.

수애는 감물저수지에 가고 싶어 했다. 거기 뭐가 있기에 매일 가는지 궁금하다나. 망원경으로도 화실까지는 찾아내지 못했을까. 수애에게 화실을 보여줄 생각이 없었다. 아직은 나만의 장소로 간직하고 싶었다.

자전거로 저수지까지 갔다. 뒷자리에 사람을 처음 태워봤다. 진땀을 흘리며 비틀대긴 했어도 논바닥에 처박히진 않았다.

우리는 한동안 제방에 앉아 낚시꾼의 모습을 지켜봤다. 낚시꾼은 연신 떡밥을 갈아주지만 피라미 한 마리 잡아내지 못했다.

수애가 느닷없이 물었다.

— 나를 어떻게 생각해?

나는 아무 말도 못했다. 아니 대답할 시간이 필요했다. 기다리지 못하고 수애가 다시 물었다.

— 우리 정식으로 사귈래?

우리 반에 커플로 소문난 아이들이 몇 있다. 수애와 나도 그중에 하나가 되자는 소리였다.

— 왜 나야?

— 바보니, 너? 여자가 먼저 사귀자고 할 때는 이유를 묻는 게 아냐.

더는 바보가 되지 않으려 잠자코 있었다. 하필이면 왜 나일까, 하는 의문은 계속 머릿속에 맴돌았다. 이모가 해줬던 말과 함께.

여자들은 재밌는 남자에게 빠져든다. 여자들은 또 빠져들고 나서야 비로소 그 남자를 살펴본다. 과연 어떤 사람일까, 하고. 그러니까 인기가 좋으려면 먼저 재밌는 남자가 되려고 노력해야 된다.

아무도 나를 재미있는 아이로 여겨주질 않는다. 내 딴에는 웃기는 말을 해도 한심하다는 표정을 짓곤 한다. 남들을 웃기지 못하는 대신 나 스스로 실컷 웃어주기로 했다. 잘 웃는 남자가 인기가 있든 없든.

수애가 자리에서 일어났다. 나는 수애를 올려다보며 물었다.

— 커플이 안 되면 친구도 될 수 없는 거야?

— 당연하지. 나도 자존심이 있어.

— 생각해볼게.

— 다음 만날 때까지야. 그 이상은 안 돼.

수애를 데려다주면서 생각하고 또 생각했다. 좋은 일인가?

우리 반의 유명한 커플인 조혁과 권다은을 보고 느낀 점은 있다. 남자가 확실히 손해다. 혁이가 다른 여자애와 말만 해도 다은이는 신경질을 부렸다. 힘든 일도, 귀찮은 일도, 돈 드는 일까지 모두 혁이 차지였다.

― 토요일 저녁 여섯 시까지 와. 아빠가 너를 초대했어. 우리 고모도 온대.

수애가 내 대답을 듣지도 않고 아파트로 뛰어 들어갔다. 하여간 제멋대로인 건 알아줘야 한다.

수애와 헤어진 직후 손씨아저씨를 만났다.

단박에 내 머리 모양새가 바뀐 걸 알아차렸다. 수애네 아파트 단지이긴 했지만 일부러 찾아간 보람이 있었다.

― 멋지구나.

― 누나가 잘라줬어요.

― 앞머리는 더 쳤으면 좋았을 걸 그랬다.

내가 왜 모를까. 아저씨는 기쁜 마음을 감추려 괜한 말을 했다.

할머니가 입을 열었다는 소식을 전했다. 이번에는 얼굴 가득 주름을 지으며 환히 웃었다.

― 잘됐다. 정말 잘됐어. 무슨 말을 하시든?

반지 이야기는 빼는 게 나을 것 같았다. 어쩔 수 없이 꾸며대야 했다. 꾸며댈 바에야 나 자신이 원하는 바를 말하기로 했다.

― 이젠 괜찮대요. 금방 일어나시겠다고 했어요.

― 할머니한테 말씀드려라. 돈이 될 만한 고물을 잔뜩 모아뒀으

니 빨리 오시라고.

화실에도 좋은 일이 기다리고 있었다.

화가아저씨는 한동안 그림이 그려지지 않는다며 괴로워했다. 막혔던 부분이 풀린 걸까, 엄청난 속도로 붓을 움직여 캔버스를 채워나갔다. 커피를 타 아저씨 옆에 놓고는 조용히 화실을 빠져나왔다.

지금은 감물저수지 제방을 지나 해피빌라로 돌아가는 중이다. 낚시꾼은 여전히 제자리를 지키고 있다. 허탕의 연속일까. 자전거에서 내려 물어보려다 그냥 지나친다.

어른이 돼도 낚시는 절대 안 하겠다. 기다리고, 또 기다리고……. 낚시는 아무래도 자신을 괴롭히려는 취미인 듯하다.

해피빌라 앞에 경찰차가 서 있다.

경찰이 나타난 적은 없었다. 당연했다. 해피빌라는 도둑이 넘볼 만한 곳이 아니다. 골칫거리였던 쌍칼형만 빼면, 착한 사람들만 모여 산다.

할머니가 걱정된다. 차에 뛰어들었던 게 문제였을까.

해피빌라로 들어서려는 순간 경찰 두 명이 계단을 내려온다. 한쪽으로 비켜선다. 안녕하세요, 라고 말한다. 인사를 받기는커녕 쩨려보며 지나친다. 신경 쓰지 않는다. 흔한 일이다. 어린왕자의 말대로, 어차피 어른들은 이상하다.

나는 302호까지 단숨에 뛰어오른다.

할머니는 여전히 자리에 누운 채다. 붕어빵할아버지와 이모와 장사장님이 할머니의 머리맡에 앉아 있다.

"돈 탓도 아니고, 할멈 탓은 더더구나 아니잖소. 이제 쓸데없는 생각일랑 집어치우고 몸이나 잘 간수하오."

"아들 나오는 거 보시려면 무엇보다 건강하셔야 돼요."

"다음번에는 아예 승합차 하나 빌려 단체로 봉구를 보러 가자고요."

할머니는 질끈 눈을 감은 채로 듣고만 있다. 마치 고집을 부리는 아이를 달래듯이 할아버지, 이모, 장사장님의 말이 한동안 이어진다.

"알았으니 그만들 나가 일 보셔."

말해놓고 할머니가 벽을 보고 눕는다.

나는 이모의 팔을 잡고 밖으로 나온다. 경찰이 찾아온 이유를 묻는다. 이모가 들려준 이야기는 이렇다.

할머니가 만났던 사람은 사기꾼이었다. 여러 명한테 거짓으로 돈을 뜯어내다 누군가의 신고로 체포됐다. 경찰은 할머니도 사기를 당한 사람 중 하나라고 짐작해 찾아왔다.

"할머니는 돈 안 줬잖아?"

"사기꾼의 수첩에 할머니 이름과 돈이 적혀 있어 확인하러 왔대. 잘됐어. 봉구를 돈으로 꺼내줄 수 없다는 걸 확실히 아셨을 테니까."

할머니가 스스로를 죽일까 봐 겁먹을 필요도 없어졌다. 오늘의 좋은 일 중에서 최고인 셈이다.

나는 다시 302호로 들어간다.

할머니의 곁에 눕는다. 손씨아저씨가 모아뒀다는 고물에 대해 이야기한다. 할머니가 나를 향해 돌아눕는다.

"아무래도 이 할미가 나이를 똥구멍으로 먹었는가 싶다. 이마빡 파란 똥떵이도 잘만 기다리는데……."

"잘은 아녜요. 나, 힘들어요."

"안다. 알고말고. 그래도 할미보다야 낫다. 그러니 이 할미 보고 참아라."

할머니는 10년을 더 기다려야 한다. 나는 적어도 10년까지는 아니라는 뜻이다. 과연 내 형편이 나은 걸까.

며칠 전 화가아저씨가 해줬던 말이 생각난다.

─ 우리가 아침을 간절히 기다렸기 때문에 마침내 아침이 온 건 아니다. 기다리는 게 우리의 몫이긴 하지. 그렇지만 기다림의 끝은 우리 말고 그 누군가의 뜻이란다.

이해하겠어, 라고 아저씨가 물었다. 나는 고개를 저었다. 말뜻은 알아들었지만 믿고 싶진 않았다.

제발 기다림의 끝을 알고 싶다.

여기까지야, 라고 말해줬으면 좋겠다.

3.

"취소할래, 정식으로 사귀자는 말."

말해놓고 수애가 고개를 돌려 등 뒤의 신호등을 바라본다.

신호를 확인하려는 게 아니다. 내 눈길을 피하고 싶은 듯하다. 또 하나의 신호등이 우리의 정면 길 건너편에서 잘 반짝이고 있다.

생각해보겠다며 미뤄둔 게 탈이었을까. 이제 와서 취소하겠다니, 웃긴다. 생각은 나보다 수애가 더 많이 했던 모양이다.

나는 이미 커플이 되기로 결심했다. 그나마 고백하지 않아 다행이다.

수애가 곁눈으로 나를 흘끔댄다.

"왜 이유를 안 물어?"

"궁금하지 않아."

"삐쳤구나?"

나는 발끝을 세워 바닥을 툭툭 친다. 변덕쟁이와는 커플이 되고 싶지 않다는 말을 해줄까. 그런다고 기분이 나아질 성싶진 않다.

"우리 고모 때문이야."

"고모가 왜?"

"고모가 했던 말을 생각해봐. 내가 왜 이러는지 알걸."

신호가 바뀌었다. 잘 가, 라는 말을 남기고 수애가 뒤돌아 아파트를 향해 걸어간다.

조금 전까지 괜찮았다. 다 좋았다.

감자샘은 입원했을 때보다 훨씬 다정하게 대해줬다. 의사가 아니라 친구아빠로서 나를 상대하기로 한 듯했다. 수애 엄마가 준비한 저녁 식사는 어느 것부터 먹어야 할지 고민이 될 정도였다.

감자샘이 누나라고 부르는 수애 고모가 특히 친절했다. 선물이라며 쇼핑백 가득 책까지 줬다.

책은 나도 많다. 만물고물상으로 들어오는 헌책 중에서 내가 읽을 만한 것들을 장사장님이 챙겨준다.

고모의 선물이 마음에 들었다. 단지 새 책이기 때문이 아니었다. 〈어린왕자〉가 끼어 있었다.

나의 〈어린왕자〉에는 23장이 빠져 있다. 처음부터 찢어진 채였다. 목마름을 풀어주는 약을 파는 장사꾼 이야기 부분이다. 도서관에서 가서 찾아 읽었다. 딱히 중요한 내용도 아니었다. 그러나 찢겨나간 부분에서는 번번이 뒤뚱거리는 의자에 엉덩이만 겨우 걸치고 앉은 기분이었다.

나는 재깍 새 책의 장사꾼 부분을 확인했다.

알약 하나면 일주일 동안 물을 마시지 않아도 된다. 53분을 절약할 수 있다는 게 장사꾼의 설명이다. 어린왕자는 생각한다.

만약에 나에게 마음대로 쓸 수 있는 53분이 있다면, 맑은 샘을 향해 천천히 걸어갈 텐데…….

이미 읽은 책이냐고, 고모가 물었다.

— 제일 아끼는 책이에요.

— 특별한 이유라도 있니?

— 중요한 것과 시시한 것을 구분하게 해주거든요.

— 예를 들자면?

나는 금방 예를 찾아냈다. 어린왕자가 세 번째 방문한 별에서 만난 술꾼 이야기다. 술꾼은 술을 마시는 게 부끄럽고, 그 부끄러움을 잊기 위해 또 술을 마신다.

— 우리는 시시한 것 때문에 종종 중요한 걸 잊고 살긴 하지.

고모가 말해놓고 슬며시 웃었다. 웃는 모습이 신경 쓰였다. 정말 웃겨서가 아니라 웃어야겠다고 각오한 것처럼 보였다.

이후 고모의 질문은 계속됐다. 간간이 감자샘이 끼어들었지만 거의 둘이서 이야기를 주고받았다. 수애는 어느 순간부터 제 방을 드나들었다.

고모와의 대화는 술술 잘 풀려갔다. 즐거웠다. 고모가 목을 쑤욱 뺀 채 내 이야기를 들어줘 고마웠다. 문득문득 화가아저씨를 떠올렸다. 어쩌면 아저씨처럼 말이 통하는 또 한 명의 어른과 사귀게 될지 모른다고 생각했다.

수애네 아파트를 나올 때, 고모가 두 팔을 벌려 나를 안았다.

— 곧 다시 만나자.

고모에게선 달콤한 향기가 났다. 향기 때문에 고모의 품에 길게 안겨 있고 싶었다.

엄마에게서도 고모와 같은 향기가 났을까. 생각나지 않았다. 엄마에 대한 기억은 뚜껑을 막지 않는 병 속의 콜라 꼴이 되어가고 있다.

수애의 뒷모습을 바라보다 신호를 놓쳤다.

왜 고모 때문에 커플이 되지 않겠다는 건가. 도대체 뭐가 잘못됐을까.

나는 뒤돌아 달리기 시작한다. 이유를 알아야겠다. 내 멋대로 추측해 스스로를 괴롭히고 싶지 않다. 그런 일은 엄마 하나로 충분하다.

금방 수애를 따라잡는다.

수애가 하늘을 올려다본다. 긴긴 하루해가 저물고 있다.

"구름 한 점 없네. 오늘은 돌고래자리를 볼 수 있겠어. 너한테 돌고래자리를 보여주고 싶었는데……."

한가하게 별자리나 이야기할 때가 아니다. 내가 되돌아온 이유를 밝힌다. 수애가 한껏 고개를 젖힌 채 말한다.

"고모는 너를 마음에 들어 해. 아주 많이."

"그게 어쨌다고?"

"그래서 우리는 커플이 될 수 없어."

수애가 다시 나를 앞질러 걸어간다. 이내 멈추더니 화단 옆에 놓인 벤치에 앉는다. 옆자리를 손바닥으로 탁탁 두드려 나를 부른다.

"고모는 너와 가족이 되고 싶어 해."

"무슨 소리야?"

"너를 아들로 삼았으면 한다고."

"설마?"

"진짜야. 아빠와 고모가 이야기하는 걸 들었어."

누군가 머릿속으로 들어와 정지버튼을 눌러버려 아무 생각도 못하게 된 듯하다. 내 몸이 점점 공중으로 떠올라 눈앞의 수애가 까마득히 멀어지는 기분마저 든다.

"고모는 자식이 없어. 원래는 아들 하나가 있었어, 지훈이오빠라고. 5년 전 지금 우리 나이에 하늘나라로 갔어."

고모의 웃는 모습이 떠오른다. 웃어야겠다고 각오한 웃음 말이다. 카멜레온이 자신을 보호하기 위해 몸 색깔을 바꾸듯이 고모는 울음 대신 웃음을 택했을까. 내가 그래왔듯이.

"닮았어. 얼굴은 너보다 훨씬 잘생겼지만 느낌이 비슷해. 오빠도 너처럼 그림을 잘 그렸고, 착했어."

수애가 팔꿈치로 내 허리를 꾹 찌르며 덧붙인다.

"너와 나는 친척이 될지도 몰라. 그런데 어떻게 커플이 되겠니?"

그런 일은 없다. 절대로 생기지 않는다.

어쨌든 고모가 가엾다. 소리 내어 맘껏 웃을 날이 오길 바란다. 그렇다고 내가 고모의 아들을 대신할 수는 없다. 나는 고아가 아니다.

"고모는 굉장히 부자야. 네가 하고픈 건 뭐든지 해줄 수 있어. 그림을 계속 그리겠다면 나중에 외국에도 보내줄걸."

수애는 고모의 아들이 되면 좋은 점들을 연달아 이야기한다. 제대로 귀에 들어오지 않는다. 하나의 생각만 점점 커질 뿐이다.

아하, 나는 불쌍한 아이로구나. 아무리 명랑하게 굴어도 불쌍한 아이로밖에 보이지 않는구나.

자리에서 일어나 아파트 단지 밖을 향해 걸어간다. 수애가 내 이름을 부른다. 돌아보지 않는다.

내 생각은 들어보지도 않고 미리 결정한 수애에게 화딱지가 난다. 고모 역시. 그리고 엄마에게도 화가 치민다. 나를 언제까지 불쌍한 아이로 봐둘 셈인지, 엄마가 밉다.

해피빌라로 돌아가는 즉시 편지를 써야겠다. 고모 이야기를 쓸 생각이다.

미쑤노이모는 종종 말하곤 했다. 편지에다 엄마가 가슴 아플 만한 이야기는 쓰지 않는 게 좋겠다고.

이모의 말이 옳다고 생각해왔다. 나 때문에 고생하는 엄마였고, 그런 엄마를 슬프게 만들고 싶지 않았다.

이제는 써야겠다. 할 말은 해야겠다. 어쩔 수 없다. 엄마도 내가 힘든 걸 제대로 알아야 한다. 언제까지 기다리고만 있진 않겠다는 점 역시.

고모처럼 부자 엄마까지는 필요 없다. 그냥 다른 아이들과 비슷하기만 하면 된다.

학원도 다니고, 방학 캠프에도 참가하고, 엄마가 지어준 밥을 먹고, 엄마 핑계를 대며 집으로 돌아가고……. 고모가 조금 전 그랬던 것처럼 가끔씩 엄마가 나를 안아주면 된다. 엄마의 냄새를 맡으면서 안심하고 싶다.

고개를 들어보니 미용실 앞이다.

유리창 너머 아저누나가 손님의 머리를 감겨주는 중이다. 누나의 콧등에 샴푸 거품이 묻어 있다.

누나를 만나야겠다고 따로 생각하지 않았다. 두 발이 제멋대로 나를 데려온 셈이다. 내 속의 또 다른 내가 누나와 이야기하고 싶었을까.

해피빌라 식구들도 얼마쯤은 나를 불쌍히 여긴다. 아무리 시치미를 떼도 표시가 난다. 누나만은 다르다. 누나에게 나는 그냥 우동동이다. 내가 누나를 좋아하는 데에 이유가 없는 것처럼 말

169

이다.

누나가 좀처럼 창밖을 쳐다보지 않는다. 그럴 틈이 없긴 하겠다. 의자를 정리하고, 바닥에 떨어진 머리카락을 치우고, 또 다른 손님의 머리를 감겨준다.

저런 식으로 언제 진짜 헤어디자이너가 될까. 내 머리칼이라도 잭의 콩나무처럼 무럭무럭 자랐으면 좋겠다.

누나, 힘내.

속말을 중얼거리고는 돌아선다.

그만 해피빌라로 돌아가야 한다. 수애 집에서 저녁을 먹을 거라고 삐턱이할머니한테 미리 말해두긴 했다. 그래도 늦으면 어른들이 걱정할 것이다.

등 뒤에서 누나가 나를 부른다. 뒤늦게 알아차리고 가게를 뛰쳐나온 셈이다.

누나가 고개를 갸웃하며 쳐다본다.

"무슨 일 있니?"

"없어."

정말이냐고 묻고는 누나가 말한다.

"낮에 오지. 저녁 시간에는 손님이 많아 정신이 없어. 이따 집에서 봐."

나는 슬며시 웃어 보이고는 돌아선다. 5초쯤 지나 누나의 목소리가 다시 들려온다.

"내가 동동이를 무지무지 사랑하는 거 알지?"

못 들은 척 계속 걷는다. 점점 더 빠르게 걸음을 옮긴다.

누나의 말은 진짜다. 진짜라서 돌아볼 수 없다. 누나의 얼굴을 보는 순간 눈물이 터져 나올 것만 같다.

고모가 날 좋아한다는 말은, 가짜다.

누군가를 금방 좋아한다는 건 금방 싫어질 수도 있다는 뜻이다. 또 아들 대신 내가 필요하다는 것도 웃긴다. 필요하기 때문에 사랑한다면, 매일 마시는 물도 감기에 걸려 먹는 약도 짜장면 속의 양파까지도 사랑해야 한다.

고모를 다시 만나게 될까.

그러고 싶지 않다. 어쩔 수 없이 만나게 된다면 〈어린왕자〉를 열 번쯤 읽어보라고 말해줘야겠다. 소중한 것과 시시한 걸 제대로 구분할 수 있도록 말이다.

너는 나만 바라봐, 내가 부족하더라도
나도 너만 바라봐, 내겐 과분한 너인데
마주 보고 손을 잡고 너랑 입 맞출 때면
이게 꿈인지 아닌지 모르겠어…….

BOB4의 〈나만 바라봐〉를 부르고 또 부른다.

중독성이 있다며, 아저누나가 자주 부르는 노래다. 누나의 말이 맞다. 나도 모르게 흥얼거리게 된다.

해피빌라로 돌아오는 중이다.

겨우 길만 구분할 지경으로 어둡다. 원래 가로등 하나 없는 길이다. 오늘 따라 달도 뜨지 않았다.

무섭다. 이럴 때는 노래라도 불러야 한다.

어른들은 무서울 때는 다른 생각을 해보란다. 아무리 애써봤자 소용없다. 뭐가 무서운 건지도 모른 채 계속 무서워하게 된다.

마침내 해피빌라의 불빛이 보이기 시작한다. 됐다. 이제 단숨에 달려가면 끝이다.

절반쯤 달리다 속도를 떨어뜨린다. 길 위에 희끄무레한 물체가 놓여 있다. 곧 멈춰 선다.

사람이다. 사람으로 변장한 귀신이 아닐까.

머리카락이 철사처럼 뻣뻣해진다. 어쩌지. 언제까지 우두커니 서 있을 수는 없다. 용기를 쥐어짜내 다가간다.

쌍칼형?

맞다. 차라리 귀신이 낫다는 생각이 든다.

쌍칼형은 피투성이로 바닥에 쓰러져 있다. 교통사고라도 당한 걸까. 아니다. 눈 주위가 부어올랐고 뺨과 입술이 찢겼고 코가 일그러졌다. 누군가에게 심하게 얻어맞은 듯하다. 죽진 않았다. 약하게나마 신음을 토해낸다.

모른 척하자. 그냥 지나쳐 걸어간다. 등 뒤에서 목소리가 들려온다.

"물, 물⋯⋯."

나는 해피빌라를 향해 빠르게 걷는다.

물을 가져다줄 생각은 없다. 전혀 없다. 물을 마시고 기운 차린 뒤 복수할지도 모른다.

쌍칼형은 악당이다. 악당이 어떤지, 오래전에 겪어봤다.

아찌라고 부르던 악당이 있었다. 아저씨라고 제대로 발음하지 못했던 꼬맹이 때부터 주위에 있었다.

아찌는 불쑥불쑥 해피빌라에 찾아왔다. 자기 집처럼 멋대로 행동했다. 어느 때는 한 달 넘게 머물렀고, 며칠 만에 떠나기도 했다.

엄마는 아찌를 무서워했다. 특히 아찌가 술을 마시면 뱀 앞의 개구리 꼴로 쩔쩔맸다. 매도 맞고 돈도 빼앗겼다.

왜 당하기만 했을까.

그때 내가 생각해낸 이유는, 엄마가 힘이 없기 때문이었다. 악당은 원래 약한 사람만 골라 괴롭히는 법이다. 슈퍼맨이나 스파이더맨 같은 정의의 용사가 필요했다. 엄마에게, 나에게도.

엄마가 없는 틈만 노렸을까, 술에 취한 아찌는 나를 못살게 굴었다. 곰인형처럼 얻어맞고 걷어차였다. 발가벗겨 깜깜한 보일러실에 갇히는 게 제일 끔찍했다. 보일러실은 바퀴벌레 소굴이었다. 내가 바퀴벌레 같은 새끼라서 바퀴벌레랑 같이 있어야 맞다나.

엄마에게는 말하지 않았다. 차라리 모르길 바랐다.

엄마 스스로 알아낼 때가 있었다. 엄마는 항의하고 싸웠다. 개구리가 뱀을 이길 수는 없었다. 결국 엄마는 더 심하게 당하고 말았다.

정의의 용사는 우리에게 나타나지 않았다. 빨리 어른이 되고 싶었다. 어른이 되어 엄마를 위해 싸워 이기는 수밖에 없었다.

등 뒤에서 비명에 가까운 신음이 들려온다.

걸음을 멈추고 뒤돌아본다. 쌍칼형은 여전히 바닥에 쓰러진 채다.

내 마음이 이쪽과 저쪽으로 나뉘어 아우성을 친다.

저대로 놔뒀다간 죽고 말지도 몰라. 물을 갖다 줘야 돼.

그럴 필요 없어. 악당은 당해도 싸.

아, 생각하고 싶지 않다. 나는 다시 걷는다.

악당은 악당이다. 변하지 않는다. 걸핏하면 변했다고 말은 한다. 속아 넘어가선 안 된다. 실제로 변했다는 순간이 더욱 위험하다. 또 다른 나쁜 짓을 저지르려 궁리하는 중이니까.

아찌가 꼭 그 짝이었다. 술이 깨고 나면 아무 일도 없었다는 듯 시치미를 뗐다. 엄마를 거들어 집안일을 했다. 나에게도 제법 친절한 척 굴었다. 그러다 갑자기 얼굴이 변했고, 다시 술을 마셨고, 빠르게 악당이 되어갔다.

엄마가 파라과이로 떠나고 나서 딱 하나 좋은 점이 있다. 아찌역시 해피빌라에서 사라졌다.

문득문득 생각한다. 엄마는 일부러 떠났다. 엄마의 작전이었다. 엄마가 내 곁에 없다면 아찌 역시 사라질 거라고 믿었기 때문이다.

엄마의 작전은 성공했다. 아직까지는.

비온닥삼촌이 해피빌라 입구에 서 있다.

평소라면 벌써 잠자리에 들어야 한다. 해가 지는 즉시 잠들고 해가 뜨면 곧바로 일어나는 삼촌이다. 어른들은 삼촌을 닭 같다고 했다. 머리도 행동도 닭을 닮았단다. 닭이든 말든, 삼촌은 나를 위해 일부러 기다려준 셈이다.

"낼 비온닥해요?"

고개를 끄덕이자 삼촌은 재깍 나를 향해 등을 내보인다. 삼촌에게 업혀 3층까지 오른다.

나를 언제까지 업어주려 들까. 한번 머리에 새겨진 생각은 절대 까먹지 않는 삼촌이다. 생각을 바꿔줘야 한다. 마이아줌마만이 가능하다.

내일은 아줌마에게 전화를 걸겠다. 나를 업고 3층까지 오르는 걸 삼촌이 힘들어한다고 슬쩍 말해볼 참이다.

나를 내려놓고 삼촌이 또 비 소식을 묻는다. 와요, 틀림없이. 내 대답을 듣고 삼촌이 잇몸을 드러내며 웃는다.

나는 삼촌의 손을 잡고 한 층을 내려와 201호로 들어간다. 내일까지 기다릴 필요가 없다. 아줌마의 목소리를 들으면 삼촌이 확 변할지도 모른다.

이모의 화장대 위에 놓인 전화기를 든다. 아줌마의 전화번호를 누른다. 괜한 짓을 했다고 어른들한테 야단을 맞을까. 그럴 지도. 하지만 이번만은 내 맘대로 하겠다.

신호가 이어진다. 길게, 길게……

삼촌이 식탁에 올려놓은 머그컵을 든다. 이모가 아침에 마시다 만 커피가 담겼을 것이다. 나는 재빨리 전화기를 내려놓고 컵을 빼앗는다.

175

"물 마실래요?"

삼촌이 냉큼 고개를 끄덕인다.

냉장고에서 물병을 꺼내 새 잔에다 물을 따라 내민다. 삼촌은 사막을 가로질러온 낙타처럼 벌컥벌컥 마신다.

물병을 냉큼 냉장고에 넣지 못한다. 피투성이가 된 쌍칼형의 모습이 떠오른다.

결국 한 손에 물병을, 다른 손으로 삼촌의 팔을 잡고 해피빌라를 나온다.

─ 사내자식은 독한 구석이 있어야 되느니라.

내가 사내답지 못한 게 뻐턱이할머니의 불만이다. 이유는 주머니의 동전을 흘리듯 아무 때나 함부로 마음을 주기 때문이란다.

쌍칼형에게 물을 가져다준 걸 알게 된다면, 할머니는 또 혼을 내겠지. 어쩔 수 없다. 모른 척해서 마음 편해진다면 그렇게 하겠지만.

4.

쿵쾅, 쿵쾅!

뻐턱이할머니가 발길질로 나를 부른다. 보통은 당장 달려간다. 지금은 꼼짝도 하기 싫다.

벽이 울리는 소리에 뭉치가 내 무릎 위로 올라온다. 이어 허벅

176

지에 자신의 콧잔등을 비벼댄다. 마치 내 기분을 알고 있기라도 한 것처럼.

개학 첫날이었다. 아침부터 기분이 나빴다. 하루해가 다 저문 지금까지 나아지질 않는다.

― 기분이 나쁘면 더 나빴을 때를 기억해봐. 그러면 다 참게 돼.

아저누나가 가르쳐준 방법이었다. 그럭저럭 효과가 있었다. 추울 때 일부러 남극의 얼음을 딛고 서 있는 황제펭귄을 떠올리듯이.

이번에는 소용없었다. 길을 가다 발이 걸려 넘어졌고, 넘어진 자리가 하필이면 시궁창이었던 셈이다.

기호와 짝이 되었다.

반 전체가 짝을 바꾼 건 아니었다. 수애와 기호만 서로 자리를 옮겼다. 기호가 짝이라서 불만은 없었다. 수애가 신경 쓰일 뿐.

수애는 나와 눈길조차 마주치려 들지 않았다. 완전 투명인간 취급이었다. 수애가 원해서 짝을 바꿨다는 생각이 들었다.

그렇지만 왜?

1주일 만에 만나는 수애였다. 그동안 나는 아무 짓도 하지 않았다. 아무 짓도.

커플이 되지 않겠다면, 좋다. 이유라도 알아야 했다. 3교시가 끝나고 수애의 자리로 갔다.

내가 책상 바닥에 납작 붙어 있기라도 한 듯 고개를 숙인 채 수애가 말했다.

― 너와 놀지 말래.

— 누가?

— 고모가.

— 왜?

— 너랑 가까이 지내면 위험하대.

— 내가? 뭐가 위험해?

— 몰라. 하여튼 난 고모를 믿어. 고모도 아들 삼는 거 포기했어.

한방 먹여주고 싶었다. 겨우 참았다. 대신 수애의 뒤통수에 대고 말했다.

— 위험한 사람은 바로 고모야. 그리고 고모 아들이 될 생각은 처음부터, 죽어도 없었어.

속이 시원할 줄 알았다. 잠깐 동안은 그랬다.

일부러 기호와 큰소리로 웃고 떠들고 장난쳐봤다. 너 없어도 나는 잘 지내거든.

시간이 지날수록 점점 기분이 나빠졌다. 분하고 억울했다. 수애와 고모에게 놀림감이 되었다는 생각이 계속 머릿속에서 아우성을 쳤다.

현관문이 열리며 할머니가 들어선다.

"초저녁부터 자빠져 자는 게냐?"

나는 재빨리 바닥에 눕는다. 뻔히 듣고도 가지 않았다는 걸 알면 한바탕 난리가 날 테니까.

할머니의 손에는 냄비가 들려 있다.

"닭죽이다."

내가 감기에 들면 닭죽을 쒀 질리도록 먹이곤 하던 할머니다.

지금 난 말짱하다. 적어도 몸은 그렇다.

"썩을 놈한테 갖다 줘라."

썩을 놈은 101호에 있다.

그제 밤 길에 쓰러진 쌍칼형에게 물만 가져다줄 생각이었다. 비온닥삼촌이 대뜸 들쳐 업었다. 삼촌을 말렸다. 죽어, 죽어. 삼촌은 혼잣말처럼 중얼거리며 해피빌라로 데려왔다.

이튿날 붕어빵할아버지가 해피빌라 식구를 한자리에 불러 모았다. 누구도 괜한 짓을 했다고 나를 나무라진 않았다. 다만 의견이 둘로 나뉘었다.

당장 내쫓자. 살고자 집 안으로 뛰어든 짐승도 내치지 않는 법이다.

한동안 옥신각신하다 모른 척하자는 쪽으로 결론이 났다.

할머니가 냄비를 내 앞에 내려놓는다.

"아주 뒈졌다면 모를까, 두 눈 시퍼렇게 뜨고 있는 놈을 굶겨죽일 수는 없지 않겠느냐."

내가 보기엔 닭죽은 쌍칼형보다 할머니에게 더 필요하다.

봉구형을 만나고 온 이후 할머니는 한동안 마음이 아팠다. 요즘에는 몸이 힘들어 보인다. 조금만 움직여도 금방 숨을 헐떡인다. 잠은 또 왜 그리 많이 늘었는지, 겨울잠에 빠진 굴속의 곰 같다. 폐지 줍기도 나 홀로 하고 있다. 그래도 동업자니까 할머니가 나눠주는 대로 받는다.

뒹굴뒹굴, 기분 같아선 계속 누워만 있고 싶다. 할머니에게 등이 밀려 밖으로 나온다.

101호. 쌍칼형이 벽에 뒤통수를 기댄 채 앉아 있다. 아침만 해도 끙끙 앓는 소리를 내더니 제법 괜찮아진 듯하다.

눈과 입 주위에 반창고가 붙어 있다. 미쑤노이모가 다녀간 모양이다. 이모만이 아니다. 해피빌라 식구들 모두 착해빠졌다. 모른 척하자면서 슬쩍슬쩍 쌍칼형을 들여다보고 있다.

"먹고 힘내래요."

쌍칼형은 고맙다는 말도 없이 숟가락을 들어 냉큼 입으로 가져간다. 악, 하고 비명을 토해낸다. 입안 상처에 뜨거운 닭죽이 닿았을까. 쌤통이다.

어지간히 배가 고팠던가 보다. 냄비 바닥까지 싹싹 비워낸다.

"왜 다쳤어요? 싸웠어요?"

"열댓 명이랑 한판 붙었다."

그 말을 믿으라고? 삼촌의 박치기 한방에 나가떨어져 바지에 오줌까지 쌌던 장면을 떠올리며 웃고 만다.

"웃어? 나, 쌍칼이야, 인마."

말해놓고 쌍칼형이 고개를 좌우로 흔든다. 우두우둑, 뼈마디 부서지는 소리가 난다.

"누가 날 찾지 않든?"

이 사이 닭고기라도 끼었을까, 쌍칼형이 엄지와 검지를 입안에 집어넣는다. 손톱만 한 닭고기를 끄집어낸다. 잠시 바라보더니 다시 입 속에 돌려보낸다.

"난 처음부터 여기 없었다. 다른 사람들한테도 분명히 알려라."

"경찰이 찾아와도요?"

"경찰은 아니고, 날 노리는 나쁜 놈들이 찾아올지 몰라."

쌍칼형보다 더 나빠요, 라는 말을 하고 싶어 목구멍이 간질간질하다.

나쁜 사람이 또 다른 나쁜 사람을 혼내준다? 그건 좋은 일인지도 모른다.

쌍칼형은 툭 불거진 눈알을 아래위로 굴리며 묻는다.

"알았냐?"

나는 순순히 고개를 끄덕인다.

쌍칼형을 지켜줄 필요가 있을까? 있다. 해피빌라로 데려온 이상 어느 정도는 내 책임이다.

아저누나가 물어보라는 말을 꺼낸다.

"언제 갈 거예요?"

"나쁜 개새끼라서, 빨리 꺼졌으면 좋겠냐?"

"아주 있을 생각은 아니죠?"

"걱정 마라. 간다, 가."

나는 냄비를 집어 든다.

"고맙게 잘 먹었다는 말, 할머니한테 전해줄게요."

101호를 나서려는데 쌍칼형이 부른다.

"야, 똥통!"

"내 이름은 동동예요."

"아직도 엄마를 기다리고 있냐?"

쌍칼형이 입술 끝을 일그러뜨리며 웃는다.

"아서라. 너만 손해다."

"왜요?"

내가 너 같았다며, 쌍칼형이 이야기한다.

쌍칼형의 엄마는 아홉 살 때 떠났다. 돌아온다는 말을 남긴 채. 하지만 지금까지 코빼기도 못 봤다. 뒤늦게 알았다. 그냥 떠난 게 아니라 버린 거였다. 자신의 인생이 꼬이고 뒤틀린 건 일찌감치 엄마를 포기하지 않았기 때문이다.

"똥통이 네 꼬락서니가 어떻게 될지, 빤하다. 나처럼 되지 않으려면 너도 확실하게 엄마를 버려."

"엄마는 날 버리지 않았어요. 또 난 절대로 깡패는 안 될 거예요."

"지금은 그러고 싶겠지. 두고 보자."

아, 듣기 싫어.

101호를 나오면서 일부러 요란하게 문을 닫는다. 물 가져와, 라는 쌍칼형의 목소리가 들린다.

닫힌 문을 힘껏 걸어찬다. 한 번 더.

☆

동동이는 부지런해.

해피빌라 식구들에게 자주 듣는 칭찬이다. 삐딱이할머니만 삐딱하게 말한다. 진득하지 못하게 오두방정을 떨어댄단다.

할머니 말이 어느 정도 맞다. 한자리를 오래 지키지 못한다. 나만 그럴까. 아이들은 뭔가를 해야 한다. 그렇게 생겨먹었다. 다리를 떨거나 손가락을 꼼지락대거나 하다못해 눈동자라도 부지런히 움직여야 한다.

1시간 넘게 꼼짝없이 의자에 앉아 있는 중이다.

개미떼가 스멀스멀 등판을 기어오르는 듯하다. 오줌도 누고 싶고 배도 살살 아프다. 그렇지만 하루 종일이라도 참아야 한다.

그제부터 중요한 역할을 맡았다. 화가아저씨를 위한 일이었다.

— 이번 전시회 주제를 꿈으로 정했단다. 동동이가 모델이 되어 아저씨를 도와줬으면 해. 가능할까?

그냥 명령만 해도 될 것을, 아저씨는 굉장히 어려운 일인 양 부탁했다.

아저씨의 도움을 받아왔다. 오랫동안 실컷.

나는 은혜를 모르는 까마귀가 아니다. 또 아저씨는 내가 가장 존경하는 어른이자 친구다. 다른 화가들의 그림에서처럼 발가벗지만 않는다면 얼마든지 모델이 되겠다.

우선 왜 나를 모델로 삼으려는지 이유가 궁금했다.

— 동동이가 나로 하여금 다시 꿈을 꾸도록 만들었다.

오히려 아저씨가 나의 꿈이다. 반드시 화가가 아니어도 좋다. 아저씨를 닮은 어른이 되고 싶다.

아저씨는 나 때문에 10년 만에 개인전을 준비할 용기를 얻었단다. 사실이길 바라지만 솔직히 믿기진 않았다.

— 꿈도 전염이 되더구나.

지난겨울 아저씨에게 독감을 옮겨준 적은 있었다. 나는 금방 나았다. 아저씨는 꽤 오랫동안 고생을 했다.

내가 아저씨에게 장래의 희망을 말했던가. 엄마 이야기는 실컷 해왔다. 내 진짜 꿈은 엄마가 돌아오는 거다.

아저씨가 자세를 정해주면서 말했다.

— 의자에 앉아 창밖을 바라봐다오. 다가올 좋은 일을 떠올리면서 말이다. 엄마라면 더더욱 좋고.

엄마를 생각하는 일은 쉽다. 아주 쉽다. 좋은 일보다 걱정이 앞서서 탈이지만.

어제 엄마의 편지를 받았다. 늘 비슷비슷, 거기서 거기인 편지였다. 글 솜씨가 원래 없는 걸까. 특별히 새로운 일이 생기지 않은 탓인지도 몰랐다.

편지에 코를 대고 엄마의 냄새를 맡아보곤 한다. 살짝 혀를 대고 봉투와 편지지를 핥아볼 때도 있다. 비슷비슷한 내용에 질렸다. 아니다. 내용만으로는 부족하다. 엄마를 실제로 느껴보고 싶다. 만지고 냄새 맡고 뭉치처럼 핥아보고…….

어제는 그럴 필요가 없었다. 그러고 싶지 않았다.

엄마는 열여섯 살 내 모습을 자주 상상한다고 썼다.

수염은 자라기 시작했을까. 동그란 얼굴은 좀 길어졌을까. 그 나이 때 엄마처럼 여드름으로 고생할까.

그냥 썼겠지. 특별한 뜻은 없을 거야.

간단히 넘어가려고 했다. 그럴수록 더 깊이 생각 속으로 빠져들어갔다.

하필이면 왜 열여섯 살의 나를 상상할까. 아무래도 그 전까지는 돌아오지 않겠다는 뜻인 듯했다.

엄마가 떠난 지 6년이다. 길다, 너무 길다. 열여섯 살이 되려면 다시 4년을 기다려야 한다.

어젯밤 일기에 썼다.

4년을 더 혼자 지내야 한다? 나는 엄마를 기다리지 않겠다. 열여섯 살이면 어른이나 마찬가지다. 그때라면 고등학생이 될 테고, 엄마가 꼭 필요하지도 않을 거다.

아저씨가 붓을 내려놓는다.

"힘들겠다. 오늘은 여기까지."

"힘들지 않아요."

말해놓고 아저씨를 향해 환하게 웃어 보인다. 아저씨가 허리를 주먹으로 두드리며 말한다.

"내가 지쳤구나."

아저씨가 성큼성큼 다가온다. 지쳤다더니, 내 양 겨드랑이에 손을 넣어 의자에서 번쩍 들어올린다.

"모델은 그만해도 되겠다. 고생했어."

"벌써 끝났어요?"

"덕분에 단숨에 그렸단다."

아저씨가 한턱을 내겠다며 외식을 하잖다. 내가 원하는 음식을 고르란다.

"내 얼굴, 한 번만 더 그려주시면 안 돼요?"

"충분해. 아주 만족한다."

"전시회 그림 말고요……."

화가는 눈에 보이는 너머의 것을 볼 줄 알아야 한다고, 아저씨

185

에게서 배웠다. 아저씨는 훌륭한 화가다. 전시회를 도와주는 친구의 평가다. 훌륭한 화가인 아저씨라면 분명, 지금의 내 속에서 열여섯 살의 모습을 찾아내 그릴 수 있다.

"열여섯 살이라……. 이유가 궁금하구나."

엄마의 편지에 대해 이야기한다. 불쑥 눈물이 나올 듯해 계속 바닥을 내려다본다.

"이모가 엄마한테 내 사진을 자주 보내요. 그렇지만 사진은 미래를 찍을 수 없잖아요."

"엄마를 생각하는 동동이 마음이 참 예쁘구나. 그려주마, 얼마든지."

엄마 때문이 아니다. 나를 위해서다. 상상만 하지 말고 그만 돌아오라는 표시다. 또 그렇게 오래 기다리진 않겠다는 경고다.

나는 아저씨에게 묻는다. 마치 엄마라도 되는 양 똑바로 쳐다본 채.

"열세 살, 열다섯 살도 있는데 왜 열여섯 살이라고 했을까요?"

아저씨가 내 어깨에 손을 얹는다.

"부모란 아이의 앞날을 미리 보고 싶어 하지. 특별한 이유가 있어서는 아니다. 뭐랄까, 아이가 이렇게 커줬으면 하는 일종의 희망 같은 거겠지."

아저씨의 말이 맞기를 바란다. 그래도 여전히 의문이다.

"내가 열여섯 살 될 때까지 엄마는 돌아올 생각이 없나 봐요."

아저씨가 잠자코 내 머리칼 속으로 손을 넣는다. 머리칼을 마구 흐트러뜨린다. 마치 내 말이 틀렸다는 듯이.

"아저씨가 그림을 그려주면요, 열여섯 살의 나를 보고 엄마 생각이 바뀔지도 몰라요."

"어머니께서 빨리 돌아오도록 그림에 마법을 걸어두마."

아저씨의 마법이 통했으면 좋겠다.

그동안 내 마법은 영 꽝이었다.

아이스크림을 절대로 먹지 않아도, 매일 일기 마지막에 엄마 이름을 세 번씩 써넣어도, 아무리 착하고 명랑한 어린이처럼 굴어도⋯⋯.

제4장

1.

네가 나를 길들인다면 나는 너에게 오직 하나밖에 없는 존재가 되는 거야.

어린왕자는 여우의 말을 듣고 기분이 어땠을까.

서둘러 책을 덮는다. 계속 읽지 못하겠다. 삐턱이할머니 때문이다.

할머니가 많이 아프다. 점점 더 나빠지는 중이다.

처음에는 감기 몸살이라고 생각했다. 할머니는 물론 어른들도 그렇게 말해줬다.

어제 할머니를 빼고 해피빌라 식구들이 201호에 모였다. 어른들끼리 할 말이 있다며 나와 아저누나는 끼워주지 않았다.

나는 202호 비온닥삼촌한테로 갔다. 엿듣기 위해 201호와 붙은 벽에 귀를 댔다. 나쁜 짓이지만 엄마 이야기일지도 모른다는 생각이 들었다.

— 오늘 하혈까지 하셨다는군.

붕어빵할아버지의 목소리였다.

— 야단났네요.

— 그럭저럭 괜찮으시더니, 이제 막바지가 아닌가 싶네요.

손씨아저씨와 장사장님의 말을 할아버지가 받았다.

— 아무래도 병원에 가야겠다는 생각이 드네.

— 돈이 이만저만 들지 않을 텐데…….

— 돈 걱정일랑 마시게. 내가 어떡하든 마련해볼 테니까.

저기요, 하며 미쑤노이모가 나섰다.

— 당신께서 수년째 피하셨잖아요. 이제 와서 병원으로 모시는 게 과연 잘하는 일인지 모르겠어요.

이어서 장사장님의 목소리.

— 병원에 가봤자 뾰족한 수가 생기는 턱도 없고, 여기서 편히 지내시게 하는 게 옳은 길 같군요.

손씨아저씨도 같은 생각이라고 했다.

할아버지의 목소리가 커졌다.

— 아침저녁으로 잠깐씩 들여다보니 말도 쉽게 하는구먼. 내가 보기엔 치료를 받지 않으면 해 넘기기도 힘들어.

할머니가 죽는다?

그럴 리 없다. 오해다. 누구도 나만큼 할머니를 잘 알지 못한다.

할머니와 나.

우리는 동업자다. 폐지를 줍는 일 말고도 거의 붙어 지내왔다. 나는 할머니가 무엇을 싫어하는지, 어느 순간 가장 크게 화를 내는지, 어떤 비밀을 숨겨두고 있는지 훤히 알고 있다. 그러니까 할머니가 죽게 된대도 내가 제일 먼저 알아차려야 마땅하다.

그동안 나를 부려먹는 할머니에게 불만이 많았다. 지금은 아니다. 그 이유를 깨달았다.

여우는 어린왕자에게 말했다. 길들인다는 것은 영원히 책임진다는 뜻이라고.

할머니가 나를 부려먹은 건 길들이기 위해서였다. 나를 책임지겠다는 각오였다.

보일러실에서 불붙은 연탄을 집게로 집어 든다.

10월부터 3월, 4월부터 9월.

해피빌라의 1년은 이렇게 둘로 나뉜다. 기준은 연탄이다. 연탄을 피우기 시작하면 힘든 시기가 다가왔다는 뜻이다. 반대라면 이제 편한 시절이 되었군, 하고 다들 안심한다.

어제부터 보일러에 연탄을 넣었다. 앞으로 6개월 동안 고생 좀 하게 생겼다.

연탄은 골칫거리다. 시간을 딱딱 맞춰야 한다. 밖에 있다가도 연탄 갈 때가 되면 재깍 돌아와야 한다. 연탄을 갈면서 어쩔 수 없이 맡아야 하는 가스도 문제다. 가스 때문에 뇌세포가 하나둘씩 죽어 결국 바보가 될까봐 걱정이다.

얼어 죽지 않으니 오히려 고마워해야 한다고, 어른들은 말했다.

물론 고맙긴 하다. 그렇지만 한밤중에 연탄을 갈라치면 짜증부터 난다. 저절로 돌아가는 기름보일러라면 얼마나 좋을까. 어림도 없다. 기름은 연탄에 비해 엄청나게 비싸다.

올해 초 학교에서 석탄박물관으로 견학을 갔었다.

박물관 안내원이 물었다. 연탄을 처음 본 어린이는 손을 들어 보세요? 대부분 아이들이 손을 들었다. 연탄이 무엇에 쓰는 물건 인지도 모르는 아이도 있었다. 한심하다, 한심해.

나는 연탄 갈기 선수다. 글씨를 깨우치기도 전에 연탄불 다루 는 법을 배웠다. 엄마가 일하러 나간 사이 할머니가 연탄을 갈아 주곤 했다. 어느 날 방법을 가르치더니 아예 떠넘겼다.

앞으로는 내가 할머니의 연탄불까지 맡아야 한다.

학교에 가 있던 사이 분명 꺼졌을 것이다. 302호로 들어선다. 할머니의 머리맡에 앉은 할아버지가 빙긋이 웃는다.

"한발 늦었구나. 내가 조금 전에 갈아났단다."

할아버지가 가장 열심히 할머니를 간병했다. 붕어빵장사도 중 단한 채 자리를 지키며 아침저녁으로 죽을 쒀 직접 먹여줬다.

서로 미워하고 무시하는 사이라고 생각해왔다. 내가 틀렸다. 겉으로 보이는 게 전부가 아니었다.

— 정이야, 정. 그리고 사랑하지 않으면 미워할 일도 없어.

누나의 말을 들으며 수애를 떠올렸다.

수애가 미웠다. 미워하는 걸로 끝났으면 좋겠는데 자꾸 신경 쓰였다. 잘난 척의 대마왕 수애의 코를 납작하게 만들어주고 싶 었다. 무엇이든 수애보다 잘해야겠다고 결심했다. 공부면 공부, 그림이면 그림, 하다못해 잘난 척까지.

기회는 금방 찾아왔다. 유치원생부터 고등학생까지 참가하는 큰 그림 대회였다.

그림에 진심을 담을 줄 알아야 한다. 화가아저씨의 말을 이번에는 지키지 않았다. 내 마음을 속였다. 멋지게 꾸미려고만 했다.

나는 물론 심사위원마저 속인 셈일까. 최우수상을 받았다. 수애는 꽝이었다. 성공했다. 완벽하게 복수했다. 실컷 비웃어주고 싶었다. 풀이 죽어 있는 수애를 보니 마음이 약해졌다.

시상식 뒤에 잠깐 마주쳤을 때 수애가 말했다.

— 다음에는 안 봐줄 거야.

다음에도 너는 안 돼. 한마디 쏘아붙이려다 참았다. 어쨌든 짝이 바뀐 이후 처음으로 걸어온 말이었다.

할아버지가 자리에서 일어선다.

"할머니 곁을 지켜다오. 잠시 다녀올 데가 있구나."

할머니가 벽을 향해 혼잣말처럼 중얼거린다.

"염병, 남이 보면 아주 서방인지 알겠네."

할아버지가 못 들은 척 302호를 나선다.

나는 할머니 이불 속으로 파고든다. 등 뒤에서 손을 뻗어 할머니의 불쑥 솟은 배를 만진다. 물을 가득 채운 튜브처럼 출렁거린다.

할머니는 오줌을 누지 못해서라고 했다. 나는 뚱뚱한 탓으로 여겼다. 뒤늦게 알았다. 오래전에 병에 걸렸다. 병균이 점점 많아지면서 할머니 배를 부풀어 오르게 만들었다.

바보. 그런 줄도 모르고 코끼리 배라고 놀리기까지 했다.

손바닥에 힘을 주고 정신을 집중한다. 만화영화 드래곤볼의 손오공처럼 에네르기파를 발사해 뱃속의 병균을 한방에 물리치고 싶다.

"생똥 싸는 꼴 볼 참이냐, 왜 배때지는 눌러대고 난리냐?"

"시원하죠?"

195

"아파, 이놈아."

잽싸게 손을 뺀다. 사람 하나 끼어들 만큼 할머니에게서 떨어진다. 남의 기분 망치는 건, 하여간 알아줘야 한다.

할머니가 팔꿈치로 내 옆구리를 찌른다.

"오살할 놈한테선 기별 없냐?"

오살할 놈은 쌍칼형이다. 할머니는 이따금씩 쌍칼형에 대해 묻곤 한다.

쌍칼형은 보름 전에 해피빌라를 떠났다. 신세를 잔뜩 졌으면서 인사조차 없이 사라졌다. 겨우 몸을 움직일 정도였다. 어른들은 걱정을 하면서도 한편 속 시원하게 여기는 눈치였다. 할머니만 어쩌자고 쌍칼형의 소식을 계속 궁금해하는지 모르겠다. 혹시 쌍칼형과 봉구형을 착각하고 있는 게 아닐까.

"몸뚱이나 온전해지거든 가버리지 않고……."

"쌍칼형은 나빠요."

"나쁜 걸로 치자면 천하에 이 할미보다 나쁜 두발짐승은 없다."

할머니가 내 쪽으로 고개를 돌린다.

"사람이 왜 악독해지는지 아느냐?"

나도 할머니 쪽으로 돌아눕는다. 할머니가 천장을 향해 길게 한숨을 토해낸다.

"속에 응어리진 게 많아서다. 그걸 숨기려니까 도리 없이 악독하게 구는 게다. 내가 꼭 그 짝이었다. 평생 그리 살아왔다. 정말 해야 할 말은 못한 채 엄한 생떼나 부리면서 말이다. 죽을 날이 다가오니 이제야 후회막심이구나."

악독한 이유 따위는 상관없다. 중요한 문제도 아니다.

"병원에 가면 괜찮아질 거예요. 할아버지가 다 알아서 한대요."

"영감탱이가 노망이 심하게 들었나 보구나."

할머니의 입술 주위가 파르르 떨린다. 말과는 달리 할아버지가 고맙고 또 미안하다는 표시다.

"할머니가 빨리 나아야 돼요. 흥부마트 박스를 다른 사람들한테 다 빼앗기고 있어요."

사실이었다. 흥부마트는 우리의 보물창고였고, 오랫동안 우리 차지였다. 누구도 끼어들지 못했다. 그랬다간 할머니한테 머리카락을 몽땅 뽑히고 말 테니까. 할머니가 나타나지 않으니 앞다퉈 가져간다.

"그만둬라. 네 엄마도 이젠 됐다고 생각할 게다."

그동안 일부러 데리고 다녔다고, 할머니가 덧붙인다. 내가 약해빠져서 강하게 키우기 위한 엄마의 작전이었단다.

나는 과연 강한 아이가 되었을까. 모르겠다. 엄마의 작전을 고마워해야 할까. 역시 모르겠다.

할머니가 이불 속에서 더듬더듬 내 손을 잡는다.

"무슨 일이 있어도 살면서 남한테 손가락질 받지 않겠다고, 약속해라."

할머니도 참 답답하다. 약속해서 될 일이 아니다.

이미 받고 있다. 엄마도 아빠도 없다는 걸 알게 되면, 사람들은 잠깐 동안은 안됐다는 표정을 짓는다. 곧 깔본다. 처음에는 은근히, 나중에는 대놓고.

할 테면 하라지.

내가 힘들게 깨달은 점은 이렇다. 시간이 꽤 흘러 친해질 때까지 참아내야 한다. 참고 참다 보면 어느 순간부터 나를 무시하지 않는다. 지난 일을 반성하는지는 모르겠지만.

할머니가 내 손을 힘주어 쥔다. 어서 대답하라는 뜻이다.

"알았어요, 알았다고요."

나도 모르게 목소리가 커졌다.

어디서 배워먹은 버르장머리냐고, 평소라면 꿀밤을 맞았을 것이다. 할머니가 내 손을 천천히 끌어당긴다. 손에 반지를 쥐어준다.

"잘 간직하고 있다가 네 엄마 돌아오면 주거라."

"왜요?"

물으면서 알아차렸다. 할머니는 엉뚱한 생각을 하고 있다.

나는 할머니 손가락에 반지를 다시 끼려 한다. 할머니가 입을 꽉 다문 조개처럼 주먹을 펴지 않는다.

"직접 줘요. 엄마 오면……."

"할미가 앞서 가게 생겼구나."

할머니는 지난번 휴게실에서처럼 살아갈 생각이 없어졌을까. 엄마가 올 때를 이미 알고 있을까. 엄마가 오기 위해선 할머니가 돌아가시기를 바라야 될까.

슬프다. 시냇물 위에 떨어진 가랑잎처럼 둥둥, 슬픔의 강을 향해 떠내려가고 있는 기분이다.

어쩌자고 어느 하나 내 마음대로 되는 일이 없을까.

모든 게 다 잘될 필요는 없다. 그렇게 되지도 않는다. 할머니가 다시 건강해지고, 엄마가 빨리 돌아오면 된다. 그 정도로 충분하다. 다른 건 바라지도 않겠다.

할머니 배 위에 반지를 올려놓는다.

"오래오래 살아야 돼요."

나를 더 길들여줘요, 라는 말을 하려다 꾹 참는다. 말하는 순간 그만 울고 말 듯하다.

할머니가 팔을 뻗어 내 어깨를 껴안는다.

할머니가 먼저 나를 안아준 적이 있던가. 처음이다. 다른 어른들은 덥석덥석 잘도 안아줬다.

나는 할머니의 가슴에 얼굴을 묻는다. 미쑤노이모 품에 안길 때는 봉긋 솟은 젖가슴 때문에 얼굴이 뜨거워지곤 한다. 이번에는 마음만 따뜻하다.

2.

지쳤다.

페달을 밟는 발에 힘이 실리지 않는다. 흐물흐물, 낙지가 됐다.

아침부터 기호와 자전거를 탔다. 원래는 점심 전 돌아갈 계획이었다. 너무 멀리 가버렸다. 돌아와서도 조금만 더 타자는 기호의 부탁을 모른척하지 못하고 있다.

기호는 확실히 제멋대로다. 남의 입장은 도대체 생각해주질 않는다.

기호가 못마땅할 때마다 어린왕자의 별에 사는 장미꽃의 말을 떠올리곤 한다.

― 나비를 보려면 벌레 두세 마리쯤은 견뎌야 해.

벌레가 속으로 아름다운 날개를 만들어내듯 기호도 그럴 거라고 믿는다.

일요일이 끝나가는 저녁, 학교는 텅 빈 채다.

나는 자전거를 미끄럼틀에 기대놓고 바닥에 주저앉는다. 기호는 지치지도 않는지 계속해서 운동장을 돌고 있다.

어서 돌아가야 한다. 해피빌라 식구들이 걱정할 게 빤하다. 빨리 돌아가지 않으면 잔소리 좀 듣게 생겼다. 특히 미쑤노이모는 그냥 넘어가지 않겠지.

혼나는 건 괜찮다. 삐턱이할머니 얼굴이 자꾸 아른거려 마음이 급하다. 붕어빵할아버지가 늘 곁에 있긴 해도.

어린왕자는 자신의 별에 남겨놓은 장미를 두고 말했다.

'나는 장미에 대해 책임이 있어……'

할머니는 내 책임이다. 나는 할머니를 돌봐야 한다.

기호의 뒤통수를 향해 소리친다.

"배고파. 그만 갈래."

기호가 자전거를 세운다.

"짜장면 먹자. 내가 살게."

고민된다. 흔해빠진 짜장면이지만 먹을 기회가 드물다. 해피빌라까지 배달해주는 중국집이 없다.

"기다리는 사람이 있어."

"뻥치고 있네. 너한테 기다리는 사람이 어딨냐?"

옆집에 누가 사는지도 모르는 아파트의 아이들이다. 이야기해봤자 해피빌라만 이상한 꼴이 되고 만다.

나는 잠자코 정문 옆 우뚝 서 있는 은행나무를 쳐다본다. 잎사귀가 노랗게 변해 있다.

내가 제일 싫어하는 겨울이 멀지 않았다. 사람에게도 곰이나 개구리처럼 겨울잠이 필요하다. 겨울은 생각을 많이 하게 만든다. 몸을 조금 움직이는 대신 머리를 굴려야 하는 시간이 너무 길다.

사람은 생각을 많이 해야 한다?

내가 보기엔 생각을 별로 해보지 못했거나 슬퍼본 적이 없는 사람들의 말이다. 즐거운 생각은 금방 사라진다. 슬픈 생각은 몇 날 며칠 이어진다. 하나의 슬픔이 다른 슬픔들을 불러와 계속 슬프게 만든다. 기나긴 겨울밤에는 특히 더.

엄마는 어느 계절을 좋아할까.

편지로 물었던 적이 있다. 엄마의 대답은 다음 계절이었다.

여름에는 가을이 좋고, 가을에는 또 겨울을 기다려.

그렇다면 엄마가 싫어하는 건 지나간 계절이 되는 셈이다. 여름에는 봄, 가을에는 여름.

기대하며 기다리는 게 엄마에겐 마냥 즐거운 일일까. 엄마 마음이니 어쩌겠어. 그래도 이젠 내 입장을 생각해줘야 한다. 엄마의 하나뿐인 아들은 머릿속이 점점 복잡해져 결국 바보가 되고 말 듯하다.

모르겠다. 모르겠어.

내가 꽤 똑똑한 줄 알았다. 요즘에는 자신이 없다. 모르는 것들이 자꾸 늘어나고 있다.

내가 어떻게 세상에 태어났는지, 나한테는 왜 그 흔한 친척조차 없는지, 내가 누구인지도…….

차라리 로봇이라면 좋겠다. 하나하나 뜯어내 이건 이렇고 저건 저렇게 생겨먹었군, 하고 분명히 알아내고 싶다.

기호가 옆에 앉으며 폭, 한숨을 쉰다.

"집에 가기 싫어."

"왜? 아빠 때문에? 아직도 맞아?"

"너네 집에 가보고 싶어."

갑작스런 기호의 말에 대꾸할 말이 떠오르지 않는다.

"싫어?"

"싫진 않지만……."

친구를 해피빌라에 데려간 적이 없었다. 데려가려 해도 아무도 원하지 않았다.

"하룻밤만 재워줘."

"그래도 돼? 아빠한테 혼나잖아?"

"지금 집에 갔다간 반쯤 죽어."

내일은 괜찮아진다는 뜻? 오히려 완전히 죽게 되지 않을까.

어쩔 수 없다. 기호의 휴대전화로 이모에게 전화를 건다. 이모의 허락이 필요하다. 연결이 되지 않는다.

기호가 자전거에 올라앉으며 묻는다.

"가출할 때 제일 중요한 게 뭔지 알아?"

"용기?"

흥, 하고 기호가 콧방귀를 뀐다.

"돈이야, 돈."

기호는 돈이 없어서 고생한 이야기를 길게 늘어놓는다. 그러면서 자신의 자전거를 팔아 돈을 마련하겠단다.

"엄청 비싸고 좋은 거야. 너한테는 특별히 싸게 줄게."

요즘은 아무도 그런 고물딱지는 타지 않는다고, 기호는 내 자전거를 두고 비웃곤 했다.

고물딱지, 맞다. 기호의 자전거에 비해 창피한 것도 사실이다.

얼마면 돼? 가격부터 묻고 싶다. 솔직히 탐이 난다.

나는 마음속으로 고개를 젓는다. 고물딱지라도 장사장님의 선물이다. 완전히 망가지기 전까진 계속 타야 한다.

엄마는 편지에 이런 식으로 쓰곤 한다.

은혜를 모르는 까마귀가 되지 마라. 해피빌라 어른들이 너를 키워줬고 지금도 지켜주고 있다. 그 은혜를 절대 잊어선 안 된다.

엄마는 아직도 나를 꼬맹이 취급이다. 해피빌라 식구들이 얼마나 고마운지 잘 안다. 그래도 걱정이 될 때가 있긴 하다. 나도 모르는 사이 까마귀가 되지나 않을까. 내 속에 숨어 있는 나쁜 아이가 툭 튀어나와 해피빌라를 배반하게 될 것 같다.

화가아저씨에게 방법을 물었다.

─ 사랑이다. 사랑만 간직하고 있으면 일부러 은혜를 떠올릴 필요도 없다.

203

까마귀는 은혜를 잊어버려서가 아니라 사랑할 마음이 없어진 탓이라고 했다. 무슨 뜻인지는 알겠다. 하지만 더 깊은 함정에 빠진 기분이었다. 사랑하는 마음이 없어지기도 하는 걸까.

"내 자전거 살래, 말래?"

나는 고개를 저으며 묻는다.

"또 가출하려고?"

"당장은 아냐."

언젠가는 하겠다는 소리다. 아빠와 친해질 방법을 찾아보라고 말해주고 싶다. 그렇지만 어떻게? 아빠가 있어본 적도 없는 내가 무슨 수로?

기호가 페달을 밟으려다 돌아본다.

"너, 가출할 맘 있어?"

"생각해보지 않았어."

"가출하겠다면 언제든 말해. 같이 해줄게."

"가출하면 뭐가 좋아?"

"바보야, 누가 좋아서 한대? 그냥 있다간 죽을 것 같으니까 하는 거야."

나는 죽을 것 같지 않다. 해피빌라에서 지내는 이상 가출할 일은 없다.

3.

뭉치를 데리고 301호를 나선다.

뭉치에게는 밖으로 나다니는 훈련이 필요하다. 통 움직이질 않으니 날로 뚱보가 되고 있다.

지금은 훈련보다 중요한 일이 있다. 뭉치가 202호에서 멋지게 활약해줘야 한다.

어젯밤 마이아줌마가 왔다. 드디어 내 소원 중 하나가 이뤄졌다.

삼촌이 엄청 기뻐할지 알았다. 그러나 아침에 나갔다 저녁에 돌아온 사람을 맞이하는 식이었다.

미쑤노이모가 삼촌에게 물었다.

— 누구예요? 누군지 알겠어요?

삼촌은 배부른 소처럼 연신 두 눈만 껌벅껌벅 감았다 떴다.

어른들은 앞다퉈 아줌마를 위로했다.

나는 잠자코 있었다. 삼촌이 대놓고 환영하지 않아서 다행이었다. 적어도 자존심은 지켰다. 갈 때는 멋대로 가고, 오고 싶다고 또 오고……. 반칙이다. 아줌마도 알아야 한다. 기다리는 게 얼마나 힘든 일이었는지를.

엄마가 오면, 엄마가 오기만 하면 나도 그럴 각오다. 속없는 아이처럼 마냥 좋아하진 않겠다.

아줌마는 아주 왔을까.

직접 묻진 못했다. 잠시 들렀다고 할까 봐 겁이 났다.

— 진작부터 돌아오려 했어.

이모의 말에 다른 어른들도 고개를 끄덕였다.

잘됐죠? 좋은 일이죠?

이 물음에는 모두 어물쩍 웃어넘겼다. 분명히 대답지 못하는 이유에 대해서 생각해봤다.

아줌마는 혼자가 아니었다. 이제 막 아장아장 걷기 시작한 아이와 함께였다.

학교에서 배웠다. 사람의 임신 기간은 열 달이다. 코끼리는 사람의 두 배. 아줌마가 삼촌 곁을 떠난 지 3년이다. 코끼리라고 해도 삼촌의 아이를 낳진 못한다.

삼촌이 알아차릴까. 삼촌의 머리로 거기까지 생각해낼까.

모를 것이다.

모르길 바란다.

202호 문을 연다.

문가에 있던 아이가 아줌마 뒤로 숨는다. 곧 고개를 내밀어 나를 쳐다본다.

아직 제대로 인사하지 않았다. '난이'라는 이름만 알고 있다.

아줌마를 닮았다. 삼촌의 모습은 보이지 않는다. 한쪽이라도 확실히 닮아서 다행이다.

삼촌은 설거지 중이다. 뭉치를 보더니 거품이 묻은 손을 허공에 내젓는다.

"개, 안 돼요. 아가, 물어요."

안으로 들어서려는 나를 향해 삼촌이 달려온다. 쌍칼형에게 박치기를 할 때처럼 빠른 속도다.

신기하다. 비온닥해요, 라는 말 외에는 거의 하지 않던 삼촌이

206

다. 아줌마가 나타나니 당장 달라졌다.

두 팔을 벌려 삼촌을 막는 아줌마다.

"강아지 좋아해요."

아줌마가 내 마음을 알아줬다. 난이와 친해지고 싶어 일부러 뭉치를 데려왔다.

삼촌이 입술을 모아 쭉 내민다. 뭔가 성에 차지 않을 때 나타나는 버릇이다. 그래봤자 길게 가진 않는다. 금방 까먹는다.

삼촌은 난이를 돌봐주겠다고 마음먹은 모양이다. 아줌마를 환영, 대환영한다는 뜻이겠지. 이제 안심이다.

아줌마가 난이를 앞으로 돌려세우며 말한다.

"오빠. 난이를 예뻐해줄 오빠."

나는 품에 안고 있던 뭉치를 난이 쪽으로 내려놓는다.

"뭉치야. 내 이름은 동동이고."

난이는 나에게 관심이 없다. 뭉치, 뭉치. 자그만 입술을 달싹이며 살금살금 다가온다.

뭉치가 난이의 손길을 피하지 않는다. 꼬리까지 부리나케 흔들어댄다.

뭉치 때문에 난이가 심심하지 않겠다. 뭉치도 난이와 지내면서 차츰차츰 사람을 무서워하지 않게 되길 바란다.

손을 뻗어 난이의 머리칼을 살짝 만져본다.

동생이 생겨서 기쁘다. 오빠 노릇을 잘해내고 싶다. 우선 해피빌라의 마스코트 자리부터 물려줘야겠다.

열심히 환영해주지 않아서 섭섭했을까, 아줌마가 나를 똑바로 쳐다보지 않은 채 말한다.

"잠깐만 기다려. 금방 쌀국수 만들어줄게."

나는 돌아서려는 아줌마의 치마를 살짝 잡는다.

"오래 있을 거죠?"

언제인가 떠난다는 뜻이 담긴, 바보 같은 질문이다. 치마를 놓고 아줌마의 손을 힘껏 잡는다.

"또 가출하면 안 돼요."

아줌마가 빙긋이 웃는다.

"동동이 내쫓지만 않으면."

이어 혼잣말처럼 덧붙인다.

"갈 데도 없어."

슬픈 말이다. 못 들은 척 삼촌에게 다가간다. 설거지를 하는 삼촌의 목을 잡고 등에 매달린다. 삼촌은 허리를 굽혔다 펴 제대로 업히게 만들어준다.

으흐흐, 으흐흐.

삼촌이 웃는다. 기분이 엄청 좋다는 표시로 웃고 또 웃는다.

잘됐다. 그런데 어쩌자고 콧잔등이 시려오는지 모르겠다. 할머니한테 갔다 올게요, 라는 말을 남기고 202호를 나선다.

302호 문을 열기 전 입을 크게 벌려 숨을 들이킨다. 입으로 숨쉬는 연습이다. 할머니 앞에서 코를 틀어막지 않기 위해서다.

할머니한테선 냄새가 심하게 난다. 평소에도 묵은 김치 냄새가 나긴 했다. 물이 아까워 샤워를 하지 않기 때문이다. 지금은 다르다. 오래된 생선의 배를 갈랐을 때처럼 지독하다.

냄새 때문에 문밖에서 그냥 돌아선 적이 있었다. 내가 얼마나 나쁜 짓을 했는지, 그날 일기를 쓰면서 알았다. 핑곗거리를 만들어 자주 할머니를 보러 가겠다고 결심했다.

솔직히 할머니의 아픈 모습을 보기 싫다. 돌아가실지도 모른다는 생각을 하는 나 자신 역시.

할머니는 이제 거의 움직이질 못한다.

해피빌라 식구들이 열심히 돌봐주고 있다. 하지만 돌봐주기만 해선 될 것 같지 않다. 병원에 가자고 해도 할머니가 고집을 부린다. 당장 혀 물고 죽는 꼴 보려거든 멋대로 해보란다.

할머니, 하고 소리치며 들어선다.

어른들은 할머니 앞에서 조용히 하란다. 내 생각은 다르다. 일부러라도 씩씩한 척 군다. 목소리를 높이고 엉뚱한 짓을 한다. 다리를 까불어대거나 눈을 뻔질나게 깜박이거나 코딱지를 파기도 한다. 욕을 얻어먹기 위해서다. 욕을 퍼붓는 순간 할머니의 병도 나을 것만 같다.

할머니 머리맡에 앉는다.

할머니가 천천히 눈을 뜬다. 눈초리에 눈곱이 달라붙어 있다.

"난이, 아직 못 봤죠?"

대꾸가 없다. 요즘은 내가 묻고 내가 대답할 때가 많다.

난이에 대해 이야기한다. 수다쟁이가 되어 길게. 난이와 뭉치로 넘어가려는데, 할머니가 힘겹게 모로 눕는다. 이어 팔을 길게 편다.

나는 재빨리 할머니의 팔을 베고 눕는다.

"똥떵아!"

할머니가 손을 뻗어 내 귓불을 어루만진다.

"이 할미는 네 덕분에 적적하지 않았구나."

목이 어깨에 붙는다. 귓불이 간질간질하다. 할머니한테 대놓고 칭찬을 듣는 게 어색한 탓이다.

봉구 말이다, 하며 할머니가 한숨을 내쉰다.

"나 죽어도 모른 척해라."

"왜요?"

묻는 즉시 후회한다. 할머니가 죽는다는 것을 내가 먼저 인정해버린 꼴이다.

"우리 봉구한테 한 달에 한 번씩 편지를 써다오. 어미가 쓰는 것처럼 꾸며서 말이다."

"안 죽으면요?"

할머니는 안 죽어요, 라고 얼른 덧붙인다.

"죽든 살든 써다오"

어려운 일도 아니다. 할머니가 어떤 말을 할지 빤하다. 매번 비슷비슷한 내용이었으니 쉽게 쓸 수 있다. 하지만……

가짜편지다. 가짜를 진짜로 읽어야 하는 봉구형은 도대체 뭐람. 나중에 속았다는 걸 알면 봉구형의 기분은 어떨까.

봉구형, 가짜편지 그리고 나.

갑자기 머릿속이 텅 비어버린 것처럼 멍해진다. 몸이 붕 떠올라 눈앞의 할머니가 점점 멀어지는 것 같다.

할머니가 내 귓불을 한 차례 당겼다 놓는다.

"이 할미의 마지막 부탁이다."

부탁이 아니다. 명령이다. 마지막이라는 말이 마음에 들지 않는다.

못하겠다고 버틸까. 봉구형에게 들키면 누가 책임질 거냐고 따지기라도 해볼까.

할머니가 질끈 눈을 감는다. 눈물 한 방울이 볼을 타고 주르르 흘러내린다.

302호를 나온다.

갑자기 갈 곳이 없어진 기분이다. 왜일까. 계단에 앉아 난간에 뒤통수를 댄다.

가짜편지가 문제다. 봉구형에게 보내야 할 가짜편지 때문은 아니다. 바로 내가, 이제껏 가짜편지를 받았는지도 모른다.

아니야. 그럴 리가 없어.

속말을 중얼거려본다. 머릿속만 더 복잡해진다.

어른들에게 물어볼까. 좋은 생각이 아니다. 엄마에 대한 이야기는 늘 비슷비슷했다. 내가 듣고 싶은 말만 골라 해주고 있다는 생각이 들었다. 스스로 알아내는 수밖에 없다.

아, 생각났다. 가짜인지 진짜인지 확인할 방법을 찾았다.

나는 계단을 두 칸쯤 뛰어오른다. 당장 편지를 써야 한다.

내 몸에는 사마귀가 있다. 엄마와 나만이 아는, 다른 어른들은 짐작도 못하는 곳이다.

— 어떻게 이런 데 사마귀가 있지. 신기하네. 웃기기도 하고.

목욕시킬 때마다 엄마는 일부러 사마귀를 만지작대며 나를 놀려

먹었다. 내가 화를 내면 둘만 아는 비밀이니까 괜찮다던 엄마다.

엄마, 사마귀가 내 몸 어디에 있어?

퀴즈처럼 물어보겠다. 다음 편지에 정답이 적혀 있다면, 진짜다. 의심 끝이다.

☆

화실은 어제 모습 그대로다.

방과 부엌, 화장실까지 살펴보고는 소파에 길게 눕는다.

아저씨는 전시회 준비 때문에 서울에 갔다. 하루, 길어야 이틀 내로 돌아오겠다고 했다. 사흘째다.

전시할 그림들을 완성하면 나와 실컷 놀아줄지 알았다. 정작 이젤 앞에 앉아 있을 때보다 더 바빴다. 걸핏하면 화실을 비웠다. 열여섯 살의 내 얼굴을 그려주겠다더니 아직 시작도 안 했다.

병 주둥이처럼 세상을 좁혀놓고 사는 걸 그만두기로 했을까.

사실이라면 아저씨에게 잘된 일이다. 알면서도 불안하다. 아저씨가 나까지 포기해버릴까 겁이 난다.

'동동의 자리'에서 앉아 책을 보다 깜박 잠이 들었다.

전화벨이 나를 깨웠다. 받아볼까. 괜한 짓을 해 아저씨를 곤란하게 만들지도 모른다.

전화가 걸려온 적이 있었던가. 내 기억에는 없다. 어쩌다 연락이 와도 휴대전화였다. 그나마 번호만 확인하고 받지 않을 때가 많던 아저씨다.

212

뚝 끊긴 전화벨이 다시 울린다. 이번에는 꽤 길게 이어진다. 받지 않으면 영원히 울려댈 듯하다.

수화기를 드는 즉시, 아저씨의 목소리가 들려온다.

"지금쯤은 화실에 있으려니 했다. 많이 걱정했냐?"

예, 라고 나는 정직하게 대답한다.

"미안, 미안. 오랜만에 갖는 전시회라 준비할 게 많구나."

아저씨는 정말 미안한 모양이다. 그러지 않아도 되는데 늦어지는 이유를 길게 설명한다.

정 화백, 하고 수화기 너머 아저씨를 부르는 소리가 들린다.

"바쁘면 끊어도 돼요?"

"내일은 꼭 돌아가마. 참, 단팥빵 좋아하니?"

내 대답에 앞서 아저씨가 덧붙인다.

전시장 옆에 단팥빵만 파는 빵집이 있다. 사람들은 단팥빵을 사려고 한 시간씩이나 줄 서서 기다린다. 잔뜩 사갈 테니 누가 더 많이 먹는지 시합을 하잖다.

통화가 끝났다.

기분이 좋아진다. 입안에서 살살 녹는다는 단팥빵 때문이 아니다. 시간을 맞춰 일부러 전화를 걸어준 아저씨가 고맙다.

우리는 친구라고, 아저씨는 종종 말하곤 한다. 친구는 유통 기간을 넘긴 우유처럼 버릴 수 있는 게 아니다. 아저씨의 세상이 아무리 넓어진대도 우리 사이는 변하지 않을 것이다.

화실을 나온다. 문을 잠그고 열쇠를 주머니에 넣는다. 더 이상 신발장에 숨길 필요가 없어졌다. 얼마 전 아저씨가 새로 만들었다며 아예 열쇠를 줬다.

모자를 쓰고 자전거에 올라탄다.

아저누나의 복어 모자는 여전히 내 차지다. 첫 월급 타면 자전거용 헬멧을 사주고 돌려받겠다던 약속을 까먹은 걸까. 크게 서운하진 않다. 누나의 기면증이 그만큼 좋아졌다는 뜻이니까.

감물저수지를 지나 해피빌라를 향해 달린다.

경운기와 콤바인 소리로 요란했던 들판이 다시 고요해졌다. 추수가 끝났다. 공룡 알처럼 생긴, 하얀 비닐에 싸인 짚단 뭉치만 듬성듬성 남았다.

볼을 스치는 바람이 제법 쌀쌀하다. 가을의 끝이 멀지 않았다.

오늘 아침, 누나가 했던 말이 생각난다.

─ 가을이라서 행복해.

누나는 고개를 한껏 젖힌 채 하늘에서 행복의 냄새라도 맡으려는 양 킁킁, 콧소리를 냈다.

요즘 누나는 정말 행복해 보인다. 가을 탓이 아니다. 사랑에 빠졌다.

누나의 상대는 미장원에 새로 들어온 상우오빠다. 짝사랑이지만 상우오빠가 누나를 행복하게 만들어주고 있다. 틈만 나면 상우오빠 이야기다.

오빠가 가위 잡는 법을 가르쳐줬어. 오빠에게선 아주 기분 좋은 향기가 나. 피자 한 조각을 떼어내더니 다른 언니들 제쳐놓고 나한테 먼저 주더라.

아직 만나보지 못했다. 무지무지 멋진 남자라는 생각이 들긴

214

한다. 하지만 걱정이다. 누나보다 열네 살이나 많다.

거칠게 브레이크를 낚아채 자전거를 세운다.

엄마도 누나처럼 짝사랑을 하다 나를 낳게 된 게 아닐까. 나이 차이 때문에 결혼도 못한 채 홀로 나를 키웠던 게 아닐까.

절로 한숨이 흘러나온다. 엄마에게 미안하다. 내 짐작이 맞다면, 엄마는 내가 알고 있는 것보다 훨씬 힘들게 살아온 셈이다.

내가 잘할게, 엄마.

다시 자전거 페달을 밟는다. 힘껏, 있는 힘을 다해서 달린다.

저만치 해피빌라가 보인다.

비온닥삼촌이 빗질을 하고 있다. 모래 알갱이 하나 없이 반들반들한데도 쓸고 또 쓴다. 더러운 걸 깨끗하게 쓸어내기 위해 이 땅에 태어난 것 같다. 설거지와 청소는 물론, 사람의 마음까지.

삼촌을 지켜보고 있으면 이런 생각이 든다.

바보라서 착한 게 아니다. 너무 착해서 바보 취급을 받는 거다.

삼촌이 나를 보더니 달려온다.

"낼 비온닥해요?"

이건 좀 아닌데……. 실망이다.

마이아줌마가 오면 다시는 묻지 않으리라 믿었다. 옛날 삼촌의 별명인 베트맨으로 돌아갈지 알았다.

삼촌이 또 묻는다. 나는 삼촌의 손을 잡는다.

"아줌마가 왔잖아요. 이젠 비를 기다리지 않아도 돼요. 알았죠?"

삼촌이 입술을 쭉 내밀고 하늘을 쳐다본다.

구름 한 점 없는 하늘이다. 비가 오려면 꽤 여러 날이 지나야 할 성싶다.

계단을 오르려는데 삼촌이 어느새 다가와 허리를 굽힌다. 내가 업히자 세 번째로 비 소식을 묻는다.

"와요. 엄청나게 많이 내려요."

으흐흐, 삼촌이 웃는다. 계단 하나를 밟을 때마다 웃어댄다. 삼촌을 따라 억지로라도 웃고 싶다. 돌멩이를 물고 있는 것처럼 웃음이 나오질 않는다.

삼촌이 부럽다. 비야 내리든 말든 삼촌의 기다림은 끝났다.

내 기다림의 끝은 언제일까. 아무리 잘하겠다고 결심해도 일단 엄마가 와야 가능하다. 차라리 삼촌처럼 끊임없이 비온닥을 외쳐서 될 일이라면 좋겠다.

4.

삐턱이할머니가 돌아가셨다.

마이아줌마가 알려줬다. 처음에는 나를 놀린다고 생각했다. 할머니와 나, 우리 사이를 시험해보려는 거짓말로 여겼다.

앰뷸런스에 실려 해피빌라를 떠난 게 어젯밤이었다.

할머니는 완전히 녹초가 되어 있긴 했다. 병원에 가지 않겠다는 고집을 부리지도 못했다. 그렇다고 돌아가실 정도는 아니었다. 매일매일 문병 가겠다고 했을 때, 할머니는 알아들었다는 표시로 천천히 눈을 감았다 떴다.

— 편히 가셨데.

말해놓고 아줌마가 울기 시작했다. 난이가 덩달아 앙, 울음을 터뜨렸다.

미쑤노이모에게 전화를 걸었다.

— 아줌마랑 장례식장으로 와.

아줌마를 따라가지 않았다. 아줌마에게 신경질까지 부리며 버텼다.

나는 지금 해피빌라의 마당에서 자전거를 타고 있다. 뒤집힌 풍뎅이처럼 같은 자리를 돌고 또 돈다.

할머니가 봤다면 냅다 욕부터 했을 것이다.

어지러워, 이놈아. 불알 떼놓고 장가가는 얼빠진 놈처럼 웬 오두방정이냐.

자전거를 멈춘다. 302호를 올려다보며 소리친다.

"내 마음예요. 참견하지 마요."

한 번 더 말대꾸를 해봐라. 주둥이를 귀밑까지 찢어주마. 당장이라도 창문을 열고 할머니가 욕을 퍼부을 듯하다.

욕 좀 그만해요, 라고 할 때마다 할머니는 말하곤 했다.

— 욕 많이 처먹어야 오래 산다. 똥땡이 명줄 길어지라고 씨불거리는 욕이니 달게 받아라.

나도 욕쟁이가 될 걸 그랬다. 마구 욕을 해댔으면 할머니가 오래오래 살았을까.

사람은 죽는다. 언젠가는 죽고 만다.

알고 있다. 바보가 아닌 이상 다 안다.

하루살이는 일주일을, 북극수염고래는 2백년을 산다. 바다 깊은 곳에는 4백년을 사는 조개도 있지만 결국 죽는다. 죽는 일이 자기 맘대로 되지도 않는다. 할머니 탓이 아니다.

그래도 화가 난다. 억울하다.

할머니는 치사하다. 반칙이다. 나는 준비가 되지 않았다.

"낼 비온닥해요?"

언제 다가왔는지 삼촌이 내 곁에 서 있다. 할머니가 어찌되든 여전히 내일의 비가 궁금한 모양이다.

"할머니, 돌아가셨어요."

삼촌이 흠흠, 콧잔등에 주름을 만든다. 할머니의 죽음을 마치 냄새로 확인하려는 듯이.

"죽으면 아파요. 아파서 안 돼요."

삼촌은 반대로 말했다. 아파서 죽는 법이다. 죽으면 끝이다.

내가 틀렸다. 삼촌의 말뜻은 그러니까, 죽은 사람이 아픈 게 아니다. 죽은 사람 때문에 산 사람이 아프다.

삼촌이 똑똑해졌다. 일부러 바보인 척 굴었다는 생각이 들 정도다. 아줌마가 떠난 후 너무 슬퍼서 바보가 되지 않고선 견딜 수 없었는지 모른다. 내가 지금 그렇다. 차라리 바보였으면 좋겠다.

나는 다시 풍뎅이가 되어 마당을 맴돈다.

들판 한가운데 자리한 해피빌라에는 여름이면 온갖 곤충들이 날아왔다 간혹 뒤집힌 풍뎅이를 발견할 때가 있었다. 뱅글뱅글, 기를 쓰고 맴돌았다. 스스로 몸을 바로 해 날아가기를 기다렸다.

번번이 내가 먼저 지쳤다. 나뭇가지를 슬쩍 밀어주면 그제야 발을 걸어 몸을 일으켰다.

뒤집힌 풍뎅이에게 나뭇가지를 밀어주듯 할머니한테도 그랬으면 좋겠다.

삼촌은 즐거운 모양이다. 으흐흐, 소리를 지르며 자전거 꽁무니를 낚아챌 듯 뒤따른다.

삼촌이 즐겁다면 밤새도록 탈 수 있어요. 그러나 몇 바퀴 돌지 못하고 다시 멈춘다.

아저누나의 모습이 보인다. 할머니 때문에 미장원을 일찍 나온 듯하다.

누나의 눈 주위가 붉게 물들어 있다. 나를 껴안고 어깨에 얼굴을 기댄다. 누나는 소리 죽여 울고, 내 어깨는 금방 누나의 눈물로 뜨겁다.

나는 울지 않는다. 참으려 애쓸 필요도 없다. 도대체 눈물이 나오질 않는다.

"잠깐만 기다려. 옷 갈아입고 나올게."

비틀비틀, 더디게 계단을 오르는 누나를 바라본다.

뭐가 저렇게 슬플까. 할머니를 그다지 좋아하지도 않던 누나다.

할머니와 나.

우리는 동업자였고, 실과 바늘이었다. 해피빌라의 누구도 나보다 할머니와 친하지 않았다. 그런데 왜 누나만큼도 슬프지 않을까. 어쩌자고 자꾸 화가 나고 억울하다는 생각만 들까.

자전거를 탈 마음이 싹 사라졌다.

바닥에 주저앉는다. 부지런히 먹이를 주워 나르는 개미들에게 번호를 붙여준다면 모를까, 할 일도 없다.

누나가 계단을 내려온다. 하얀 블라우스에 검은 치마를 입고 있다. 내 팔을 잡아 일으키며 누나가 말한다.

"가자."

나는 누나의 팔을 뿌리치며 다시 바닥에 앉는다.

"누나 혼자 가."

"왜 그래?"

돌멩이를 주워 바닥에다 복어를 그리기 시작한다. 한 마리, 두 마리……

누나가 내 옆에 쭈그리고 앉는다.

"할머니한테 안 갈 거야?"

"할머니는 죽어서 어차피 온 지도 몰라."

"맞아. 할머니는 몰라. 그렇지만……"

누나가 내 손에서 돌멩이를 빼앗는다.

"동동이, 바로 네가 알잖아."

★

삐턱이할머니는 사진 한 장으로 남았다.

주민등록증 사진을 확대해 놓았다. 굳게 다문 입술은 한쪽으로 심하게 처져 있다. 코는 삶은 만두처럼 펑퍼짐하다. 툭 불거진 광대뼈 때문에 가뜩이나 가늘게 째진 눈이 더 사나워 보인다.

할머니는 못생겼다. 그렇다고 사진만큼은 아니다. 사진은 못생긴 부분만 일부러 강조해놓은 것 같다.

미쑤노이모의 울음이 길어지고 있다.

영안실로 들어서는 나와 눈이 마주친 순간, 마치 나 때문인 듯 울기 시작했다. 불쌍해서 어떡해. 이모가 서럽게 운다.

붕어빵할아버지가 이모의 어깨를 두드린다.

"동동이 인사드려야 하니, 그만하시게."

이모가 말리지 않아서 계속 울었던 것처럼 뚝, 울음을 그친다. 엉덩이를 움직여 뒤로 물러난다.

할아버지가 사진을 쳐다보며 말한다.

"할멈이 금이야 옥이야 키운 동동이가 왔구려."

사진이 마음에 들지 않는다. 제발 다른 걸로 바꿨으면 좋겠다. 그럴 만한 사진이 있다면 말이다.

할머니는 사진 찍기를 끔찍이 싫어했다. 휴대전화의 카메라로 찍자고 했다가 욕만 얻어먹었다. 못생긴 걸 이유로 꼽진 않았다. 사진을 찍으면 혼이 놀라 달아난다나.

할아버지가 시키는 대로 향을 피우고 사진을 향해 절을 한다.

끝이다.

간단하다. 간단한 게 억울해서 이모가 오래 울었다는 생각마저 든다.

나는 사진 속의 할머니를 노려본다. 이게 다냐고, 따지고 싶다.

"이런 데선 울어도 돼."

"할머니가 무척 기다렸을 거다. 왔다고 큰 소리로 울어라."

"할머니 잘 가시라고 우는 거야."

이모, 장사장님, 손씨아저씨의 목소리가 차례로 들려왔다. 울지 않으면 큰일이라도 날 것처럼 야단이다.

할아버지가 나를 구해준다.

"그만들 하시게. 기가 막히면 울음도 나오지 않는 법일세."

이모가 다시 운다. 마이아줌마가 끼어든다. 아저누나까지 훌쩍훌쩍 흐느낀다. 장사장님과 손씨아저씨는 연달아 헛기침을 토해낸다.

커다란 돌덩이를 올려놓은 것처럼 가슴이 답답하다. 슬그머니 밖으로 나온다.

황혼이 대학병원 본관의 유리창에 붉게 번져 있다. 내가 입원했던 12층을 올려다본다.

입원실에서 치마를 훌렁 걷어 올려 오리 알을 꺼내던 할머니가 생각난다. 푹푹 삶았으니 처먹고 후딱 기운 차려라. 할머니 목소리가 금방이라도 들려올 듯해 두 손을 모아 귓바퀴에 대본다.

아무 소리도 들리지 않았다. 할머니의 사진만 손톱 끝에 박힌 가시처럼 계속 신경 쓰인다.

할 일이 생각났다.

정문을 향해 뛰어간다. 학교 문방구까지 내처 달려 스케치북과 색연필을 산다. 다시 병원으로 돌아와 본관 엘리베이터를 타고 하늘정원으로 간다.

어린왕자는 몹시 슬플 때면 황혼을 보러 간다고 했다.

스케치북을 펼쳐놓고 황혼을 바라본다. 슬픈 건지, 슬퍼지고 싶은 건지 헷갈린다. 무엇을 해야 되는지는 분명하다.

몇 장을 그리다 망쳤고, 겨우 완성했다. 웃는 얼굴을 그리고 싶었다. 할머니의 웃음이 좀처럼 생각나지 않아서 힘들었다.

할머니를 닮은 듯하다. 닮지 않았대도 사진보다야 낫다. 게다가 웃고 있지 않은가.

영안실로 들어선다.

어른들이 둥글게 원을 만들어 앉아 있다. 아무도 울지 않는다. 자주 울어봐서 안다. 몸을 움직이는 일도 아닌데 금방 지쳐버린다.

나는 그림을 들어 보인다. 손으로 사진을 가리키며 말한다.

"이걸로 할래요."

아무도 대꾸하지 않는다. 헤, 입을 벌린 채 그림만 쳐다볼 뿐이다.

누나가 번쩍 손을 든다.

"저는 찬성예요."

아줌마와 장사장님과 손씨아저씨가 고개를 끄덕인다.

나는 할아버지에게 그림을 내민다.

"할멈이 마지막 길에 큰 선물을 받는구나."

"그래도 남의 눈이 있는데……."

이모의 말을 할아버지가 받는다.

"우리가 언제 남 눈치 살피고 살아왔나. 우리끼리 좋으면 됐네. 문상 올 사람이 딱히 있는 것도 아니고."

할아버지가 액자 뒤를 열어 사진을 빼고 그림을 넣는다.

"이제야 진짜 할멈 같구먼."

나는 이모의 뒤편에 앉는다. 세운 무릎에 턱을 올려놓아 그림에 눈을 맞춘다.

액자에 넣고 보니 마음에 들지 않는 부분이 많다. 시간이 넉넉했으면 잘 그릴 수 있었다. 그래도 사진을 봤을 때처럼 화가 나진 않는다.

어른들이 할머니에 대한 이야기를 주고받는다. 옛날 기억을 들춰내며 미안하단다. 후회된다는 말도 들려온다.

벌써 할머니를 멀리 떠나보내고 싶은 듯하다. 참, 쉽다.

눈을 감는다. 할머니, 하고 입술만 움직여 불러본다. 한 번, 두 번…….

똥떵아, 똥떵아.

할머니의 목소리가 들려온다. 나는 당장 항의한다.

동동예요, 우동동.

알았다, 똥떵아.

할머니가 웃는다. 왼쪽 이가 몽땅 빠진 입안을 훤히 보이며 웃고 또 웃는다.

어린왕자는 자기 별로 돌아가기 위해 노란 뱀에 물렸다. 잠이 든다고 했지만 사실은 죽은 셈이다.

할머니도 어린왕자처럼 자기 별로 돌아가는 중일까.

나도 어린왕자를 만났던 조종사아저씨처럼 밤하늘에서 할머니 별을 찾게 될까. 똥떵아, 하고 부르는 할머니 목소리를 듣게 될까.

그러길 바란다. 그래야만 된다.

제5장

1.

별들이 저렇게 아름다운 건, 눈에 보이지 않는 꽃 한 송이를 가지고 있기 때문이야.

〈어린왕자〉 중에서 제일 못마땅한 부분이다. 똑똑한 어린왕자도 엉뚱한 소리를 할 때가 있다.

별들이 아름다운 이유는 모여서 함께 반짝이기 때문이다. 딱 하나의 별이라면 작고 시시한 유리조각 같을 거다. 사람들도 마찬가지다. 해피빌라를 보면 금방 알게 된다. 우리는 식구다. 한 팀이라서 반짝반짝 빛난다. 식구가 되어 한 팀을 이루지 못했다면, 나에게 해피빌라는 지긋지긋한 바퀴벌레 소굴일 뿐이다.

눈에 보이지 않는 꽃 때문에 아름답다고?

눈에 보이지 않으면 말짱 꽝이다. 그냥 꽝으로 끝나지 않는다. 보이지 않는 것으로 자신을 괴롭혀 문제다.

엄마는 보이지 않는 꽃이다. 보이지 않아 괴롭다. 엄마를 아무

227

리 아름다운 꽃으로 상상해도 마찬가지다.

책상에 던져놓은 엄마의 편지를 집어 든다.

온통 삐딱이할머니 이야기였다. 끝으로, 할머니는 좋은 곳으로 가셨으니 힘내자고 했다.

할머니가 어디로 갔는지 어떻게 알 수 있을까. 좋은 곳은 어디고, 어떻게 생겨야 좋은 곳인지 말해주지도 않은 채 무턱대고 힘내란다. 엄마에게 나는 아직도 여섯 살 꼬맹인가 보다.

어느 때보다 손꼽아 기다린 편지였다. 퀴즈의 정답이 궁금했다. 그러나 비밀 사마귀에 대해선 한마디도 없었다.

할머니 때문에 슬퍼서 그만 까먹었을까. 오랫동안 헤어져 있어 기억을 못하는 걸까.

둘 다 아니라면, 엄마의 편지는 가짜다. 누군가 엄마인 척 편지를 보내고 있다.

엄마는 어디에 있을까. 파라과이에 산다는 말을 믿어도 될까. 엄마의 말대로 할머니처럼 좋은 곳으로 가버린 게 아닐까. 나는 올 수 없는 엄마를 기다리는 중일지도 모른다.

아냐. 그럴 리 없어.

혼잣말을 중얼거려 봐도 소용없다. 머릿속만 점점 뒤죽박죽 복잡해진다.

벽을 냅다 걷어찬다.

쿵쾅, 쿵쾅.

할머니가 걸핏하면 발길질을 해댄 이유를 알겠다. 벽이라도 걷어차지 않으면 견딜 수 없을 정도로 답답했기 때문이다. 지금의 나처럼.

미쑤노이모가 나를 부른다.

2층과 3층 사이 계단참에서 들려온다.

이모는 3층까지 올라오지 못한다. 할머니 생각이 나기 때문이란다.

거짓말이다. 할머니가 귀신이라도 된 것처럼 무서워한다. 어른들 말로는, 할머니의 작전이다. 정을 떼기 위해서 일부러 이모를 겁먹게 만든 탓이라고 했다.

이해할 수 없다. 정을 따진다면 이모보다는 내가 훨씬 많다. 우리는 동업자였고, 실과 바늘 사이였다.

나는 무섭지 않다. 돌아가시긴 한 걸까. 똥떵아, 하고 당장이라도 불러줄 것 같아 302호를 기웃거리게 된다. 어쨌든 다행이다. 할머니를 무서워한다? 할머니에게 굉장히 미안한 기분이 들 테니까.

이모가 소리를 지른다.

"밥 먹어."

생각할 게 많다. 밥이나 먹을 때가 아니다. 하지만 배에선 벌써부터 꼬르륵, 밥 달라고 야단이다.

"갈비찜하고 잡채 했어. 빨리 안 오면 이모가 다 먹는다."

실컷 먹었다. 이모의 요리 솜씨는 별로지만 갈비찜과 잡채만큼은 인정한다.

설거지를 하는 나를 이모가 뒤에서 껴안는다.

"고향에 갔다 와도 될까?"

고향에는 광수삼촌이 산다. 일주일 전, 할머니 장례식에 왔었다. 그새 또 보고 싶어진 모양이다.

"광수 부모님이 한번 보자네."

드디어 결혼하기로 결심했나 보다. 손꼽아 기다렸던 소식이다. 고개만 슬쩍 끄덕인다. 이모도 떠나는구나, 하는 생각이 입을 막아버린 듯하다.

이모가 내 어깨에 턱을 올려놓는다. 요즘 내가 기운 없어 보인다며 바람도 쐴 겸 함께 다녀오자고 한다.

바다가 보고 싶고, 광수삼촌과 배를 타고 고기도 잡아보고 싶다. 하지만 내 욕심만 차릴 수 없다. 이모는 광수삼촌 부모님한테 잘 보여야 한다. 나까지 끼어들어 신경 쓰게 만들 수는 없다.

나중에, 라고 대꾸하고 이어 묻는다.

"얼마나 걸려?"

"사나흘쯤."

"금방이네, 뭐. 걱정 마. 해피빌라는 내가 잘 지킬게."

"오케이. 누가 훔쳐가지 못하도록 두 눈 부릅뜨고 지켜줘."

이모가 내 목덜미에 입을 맞춘다. 간지러워. 항의하자 이번에는 엉덩이를 톡톡 두드린다.

이모가 방으로 들어간다. 반쯤 열린 문으로 이모를 바라본다.

나와 엄마를 연결해주는 정거장이 이모다. 나는 편지를 써 이모에게 주고, 엄마에게 온 편지는 이모를 통해 받는다.

편지가 진짜인지 가짜인지, 이모가 확인해줘야 한다. 이모의 책임이다. 하지만 대답은 빠르다. 쓸데없는 의심이라며 혼을 낼 것이다. 나 스스로 찾아내야 한다.

201호에서 202호로 건너간다.

뭉치가 나를 향해 깡충깡충 뛰어오른다. 난이가 뒤뚱거리며 달려와 뭉치를 품에 안는다.

뭉치는 요즘 202호에서 지낸다. 난이가 떨어지지 않으려 떼를 써 하룻밤만 놔두려 했다가 어느새 당연한 일이 되어버렸다. 뭉치도 한동안 나를 따라 나서려 끙끙대더니 이젠 그러려니 한다.

뭉치가 나보다 똑똑하다는 생각이 든다. 포기할 건 재빨리 포기할 줄 아니까.

뭉치를 다시 데려올 수 있을까. 점점 가망이 없다. 차라리 난이에게 아주 양보하겠다고 선언할까, 고민 중이다. 뭉치를 위해선 차라리 나을지도 모른다. 나는 난이처럼 하루 종일 놀아줄 수 없다.

화장실에서 마이아줌마의 목소리가 들려온다. 비온닥삼촌의 모습은 보이지 않는다.

삼촌은 그대로다. 변하지 않았다. 평소처럼 해피빌라 주위를 들쑤시고 다닌다. 여전히 비 소식을 묻는다. 나 같으면 꼼짝 않고 아줌마를 지키겠다고, 확실히 말해주려 한다. 알아들을 때까지 꽤 힘들겠지만.

조용히 202호를 나와 계단을 내려간다.

붕어빵할아버지가 리어카에 밀가루반죽이 든 통을 싣고 있다. 어제부터 다시 붕어빵을 굽는다. 두 달을 쉰 탓에 단골이 많이 줄었단다.

할머니가 없어지면 큰일이라고 생각했다. 우리는 오랫동안 한 팀이었고, 할머니의 빈자리 때문에 아무것도 못할 줄 알았다.

모두들 자기의 일로 돌아갔다. 장사장님은 고물상으로, 손씨아 저씨는 경비실로, 누나는 미장원으로. 어느덧 할머니의 빈자리를 당연하게 여겼다.

할아버지가 오른손을 들어 하와이 식으로 인사를 한다. 나도 엄지와 새끼손가락을 펼쳐 흔들어 보인다.

"곧 하와이에 가게 될 듯하구나."

"정말요?"

"비행기 표를 보내겠다네."

몇 년째 비슷한 소리다. 하와이에 사는 딸은 지키지도 못할 약 속으로 번번이 할아버지를 괴롭히고 있다. 내가 할아버지라면 표 를 손에 쥐기 전까지는 믿지 않겠다.

하와이에 가지 못하는 이유가 오로지 표 때문이라고 생각했다. 착각이었다. 장례식 비용 전부를 할아버지가 냈다.

결국 표가 문제가 아니었다. 이제껏 딸의 허락을 기다렸던 셈 이다.

할아버지도 참 답답하다. 나 같으면 무작정 가보겠다. 주소도 있고, 비행기표를 살 돈도 있는데 뭘 망설이는지 모르겠다. 반겨 주지 않아도 얼굴은 보고 돌아올 수 있을 테니까.

할아버지 기분을 망쳐버리긴 싫다.

"하와이에는 어떤 복어가 사는지 알아봐주세요. 꼭요."

"아예 산 채로 한 마리 가져오마."

화실로 가기 위해 자전거에 오른다.

쥐똥나무 울타리를 끼고 돌며 곁눈질을 한다. 해피빌라에게 미안하다. 오랫동안 뿌리가 되어준 해피빌라를 우리가 먼저 버리고 있다는 생각이 든다.

할머니는 돌아가셨다. 이모는 결혼해 고향에서 살게 될 것이다. 할아버지는 언제든 하와이로 떠날 준비가 되어 있다.

나는, 모르겠다.

나도 해피빌라를 버리게 될 것만 같다.

화가아저씨는 겨울 동안 벽난로에 지필 장작을 준비 중이다.

전시회가 사흘 앞으로 다가왔다. 아저씨는 느긋했다. 오히려 전시회를 맡은 아저씨의 친구가 초조해 보였다. 걸핏하면 찾아왔다. 그제 화실에서 마주친 친구가 내게 슬쩍 말해줬다. 이번 전시회는 대박 조짐이 보인다고 했다. 옛날의 명성을 완전히 되찾을 거라고도 했다.

얍, 하는 기합과 함께 아저씨가 도끼를 내리친다. 한 아름 됨직한 나무가 반으로 갈라진다.

아저씨가 땀으로 범벅이 된 얼굴을 목에 두른 수건으로 닦아낸다.

"힘들구나. 좀 도와줄래?"

벌써부터 해봐도 되냐고 묻고 싶었다. 내 속을 뻔히 알면서도 아저씨는 마치 스스로 원한 듯 도끼를 건네준다.

확실히 아저씨는 특별하다. 보통 어른들은 아이 취급부터 하고 본다. 도끼질만 해도 그렇다. 다친다며, 혹은 거치적거린다는 이유로 얼씬도 못하게 한다.

보는 것처럼 만만치 않다. 빗나가기 일쑤다. 정통으로 맞춘 듯해도 좀처럼 쪼개지지 않는다. 얍, 기합을 넣어도 효과 없다.

왜 나는 아저씨처럼 한 방에 끝내지 못할까.

아저씨는 입가에 미소를 머금은 채 지켜볼 뿐이다. 스스로 답을 찾을 때까지 기다리는 듯하다. 내가 먼저 항복한다.

"먼저 나무를 살피는 게 중요하단다. 아무리 강한 나무라도 어느 한 곳 약한 부분이 있거든. 그곳에 도끼날을 스윽 밀어 넣는다는 느낌으로 해보렴."

신기하게도 두 동강이 난다. 가르쳐준 대로 했을 뿐이다. 아저씨가 천재라며 나에게 엄지손가락을 치켜세운다.

"허기지네. 뭐 좀 만들어 먹자꾸나."

아저씨가 어깨동무로 나를 화실 안으로 데려간다.

스파게티는 줄어드는 게 아쉬울 정도로 맛있었다. 같은 재료를 쓰면서도 이모의 스파게티는 고무줄을 씹는 듯했다. 이모에게는 미안하지만, 요리도 머리가 좋아야 잘하는 모양이다.

설거지를 끝내고 부엌을 나온다.

아저씨가 유자차가 든 잔을 건넨다. 나는 '동동의 자리'에서 유자차를, 아저씨는 책상 모서리에 엉덩이를 붙인 채 커피를 마신다.

"할머니께서 많이 편찮으시니?"

아저씨의 물음에 고개를 젓는다.

아저씨는 할머니 소식을 모른다. 비밀로 해두자고 마음먹은 건 아니다.

내가 아직 준비되지 않았다. 입으로 말하는 순간, 할머니가 영영 내 곁을 떠나버릴 듯했다.

"동동이를 좋아하는 이유가 백 개쯤 된다. 웃는 모습도 그중의 하나지. 그런데 요즘은 통 웃는 얼굴을 보여주질 않는구나."

웃으려 했다. 어렵다. 솔직히 웃고 싶지 않다. 웃을 일도 없는데, 울어야 맞는데 억지로 웃는 짓은 더 이상 못해 먹겠다.

"사람은요……."

나는 목을 젖혀 유자차를 마지막 한 방울까지 마신다.

"혼자서도 살 수 있나요?"

"불가능하다."

"아저씨는 혼자 살잖아요?"

"한 번도 혼자인 적이 없었다."

아저씨가 내 눈을 들여다보다 입을 연다.

"내가 누군가를 생각하고 또 누군가 나를 생각해준다면, 이미 혼자가 아니란다. 곁에 있든 없든 상관없이."

아저씨는 어린왕자처럼 말하고 있다. 보이지 않는 꽃에 대해서.

나는 정말 혼자가 될지 모른다. 보이지 않는 꽃 따위로 안심할 수 없다.

창가로 다가가 커튼을 들치고 밖을 바라본다.

은행나무는 벌거숭이다. 단 한 장의 잎도 남겨두지 않았다. 그래도 은행나무에게는 내년 봄이 있다.

나는, 점점 벌거숭이가 되어가는 중이다. 기대하고 기다릴 엄마마저 아주 없어질까 봐 무섭다.

아저씨가 내 어깨에 손을 올려놓는다. 당장 무슨 말인가 할 듯싶더니 잠자코 창밖만 바라본다.

참새 한 마리가 날아와 은행나무 가지에 앉는다. 앙상한 가지 사이를 부리나케 옮겨 다닌다. 혼자서도 꽁지를 까불대며 잘 논다.

아저씨가 어깨에 올려놓은 손에 힘을 더한다.

"혼자라는 생각이 들면 언제든 나한테 오렴. 기다리고 있으마."

"옛날처럼 유명한 화가가 되도요?"

"그때는 더 열심히 기다리겠지. 잘난 척을 하려고 말이다."

말해놓고 아저씨가 소리 내어 웃는다.

참새가 호로록, 가지를 떠난다. 함께 모여 재잘댈 무리들을 찾아갔을까. 그러길 바란다.

2.

슬프지 않다.

화도 나지 않는다.

아프다. 어디가 어떻게 아픈지 모르겠다. 누군가 내 몸을 로봇처럼 하나하나 분해해놓는 듯하다.

4시 53분.

날이 밝기를 기다리고 있다.

나는 떠날 거다. 돌아오지 않겠다. 그냥 있으면 죽을 것 같아서 가출한다는 기호의 말이 맞았다.

바퀴벌레 소굴에 질렸다. 해피빌라의 어른들에게는 더더욱.

바보였다, 나는.

꽤 똑똑한 줄 알았는데 착각이었다. 바보, 멍청이라서 오랫동안 속아 넘어갔다.

해피빌라 사람들은 식구였다. 남들에게 손가락질 받아도 우리 끼리는 똘똘 뭉치는 한 팀이라고 생각했다. 나만 우리가 아니었다. 처음부터 나는 식구에, 한 팀에 끼어 있지 않았다.

왜 이제야 알아차렸을까. 후회된다. 차라리 계속 모를 걸 그랬다는 생각도 든다.

어젯밤 이모의 방을 뒤졌다.

이모가 고향으로 간 틈을 노렸다. 나쁜 짓이었다. 그렇다고 의심만 하고 있을 수 없었다. 의심이 길어지면 이모가 점점 멀리 느껴지겠지. 나는 물론 이모를 위해서도 확인하는 편이 낫겠다고 생각했다.

반드시 가짜라는 증거가 필요하진 않았다. 솔직히 아무것도 발견하지 못하길 바랐다. 그래야 더는 의심하지 않을 것이고, 그래야 다시 답장 쓸 마음이 생길 테니까.

화장대, 옷장, 싱크대, 장롱 밑까지 샅샅이 살폈다. 증거는 마지막에 나타났다.

쓰레기통에서 편지지를 찾아냈다. 쓰다가 망친 듯 구겨진 채 들어 있었다.

누구를 미워하는 게 왜 나쁜 줄 아니? 결국 자신을 제일 많이 미워하게 되기 때문이야. 그러니까 동동아, 우리는 아무도 미워하지 말고 살자.

이틀 전 받아 내 책상 서랍에 넣어둔 편지와 똑같았다. 내용도, 글씨도 완전히.

이모의 원래 글씨 모양과는 달랐다. 그쯤이야 쉽다. 나도 얼마든지 꾸며 쓸 수 있다.

사마귀 퀴즈에 대해 시치미를 뗀 이유가 분명해졌다. 이모가 엄마와 나만의 비밀을 알 턱이 없었다.

엄마의 편지는, 가짜였다. 진짜라고 우길 수도 없게 됐다.

6년이었다. 한 달에 두 통씩, 나는 가짜 편지를 받아왔다. 일주일에 한 통씩, 나는 진짜 답장을 썼다.

아무도 미워하지 말고 살자고? 흥, 웃겨.

미움은 손톱 같다. 깎아내도 어느새 자라 있다. 손톱에게 그만 자라라고 명령할 수 없는 것처럼 결심한다고 미움이 사라져주질 않는다.

나는 구겨진 편지지를 찢었다. 박박, 더는 찢을 수 없을 때까지.

편지는 가짜고 내용도 엉터리다. 한 가지는 맞다. 누구를 미워하든 결국 자신을 제일 많이 미워하게 된다.

바보, 멍청이.

결국 나는 불쌍한 아이였다.

불쌍해서 이모가 나를 돌봐줬다. 불쌍해서 엄마 대신 편지를 보내줬다.

해피빌라 어른들도 마찬가지다. 이모와 짜고 잘도 속여왔다.

엄마는 어디에 있을까.

머나먼 파라과이에 있긴 할까. 삐턱이할머니처럼 하늘나라로 가버렸을까.

어디에 있든, 이젠 상관없다. 살아 있든 아니든, 신경 쓰지 말자. 더 이상 가짜에 속아 넘어가지 않으면 된다. 불쌍한 꼴만 면하면 된다.

어둠이 제법 옅어졌다.

서둘러야 한다. 아파트 경비를 마치고 돌아올 손씨아저씨와 마주칠 수 있다. 날이 밝기도 전에 일어나는 비온닥삼촌도 위험하다.

화장실로 들어간다.

두 개의 칫솔을 바라보다 파란색 칫솔을 집어 든다. 엄마 칫솔로 정해놓은 건 분홍색이다. 쓰레기통에 던져버린다. 아깝다. 칫솔이 아니라 엄마에게 써버린 나의 시간들이.

양치질을 하면서 계속 쓰레기통의 칫솔을 노려본다. 눈을 떼지 못하겠다. 다시 집어 든다. 내 거보다 훨씬 덜 닳았기 때문이다. 다른 이유는 없어, 라고 혼잣말을 중얼거린다.

배낭을 메고 현관문을 연다. 4층을 올려다본다.

아저누나에게는 말해야 될 것 같다. 누나까지 어른들 편에서 나를 속이진 않았을 테니까. 하지만 누나는 요즘 상우 형한테 푹 빠져 있다. 옛날만큼 나는 누나에게 중요하지 않다.

안녕, 누나. 기면증 약 잘 챙겨 먹어. 누나는 최고의 헤어디자이너가 될 거야.

더듬더듬 계단을 내려간다.

201호는 쳐다보기도 싫다. 엄마의 둘도 없는 친구라면서 앞장서 나를 속였다.

202호 마이아줌마와 난이, 삼촌의 얼굴이 차례로 떠오른다.

그리고 뭉치. 나는 뭉치를 버리는 게 아니다. 뭉치에게 나보다 더 좋은 주인을 찾아줬다.

해피빌라를 빠져나온다.

불쑥, 삼촌이 쥐똥나무 울타리 뒤에서 나타난다. 아직 잠이 덜 깼는지 목젖이 훤히 보이도록 하품을 하며 다가온다.

나는 못 본 척 고개를 숙이고 걷는다. 삼촌이 등에 멘 배낭을 잡아당기며 묻는다.

"낼 비온닥해요?"

와요, 와.

간단히 대꾸하려는데 콧잔등이 먼저 시큰해진다. 삼촌이 제발 비는 그만 기다렸으면 좋겠다. 헛수고다. 내가 엄마를 기다렸던 것처럼.

손목에서 시계를 푼다. 편지와 마찬가지로 이모가 꾸민 엄마의 생일선물이다.

240

삼촌에게 시계를 보여준다. 스톱워치 버튼을 누른다. 빠르게 변하는 숫자를 검지로 가리킨다.

"이렇게 움직이면 비가 온다는 표시예요. 그러니까 비온닥해요, 묻지 말고 시계를 봐요."

시계를 삼촌의 손에 쥐어준다. 삼촌은 고개를 숙여 시계를 들여다본다.

꼬맹이 때부터 지금까지 나를 업어준 삼촌이다. 내가 불쌍해서? 아니다. 삼촌은 누구도 불쌍하게 여기지 않는다. 아예 그럴 줄 모른다.

삼촌, 나 좀 업어줘요, 마지막으로.

겨우 참았다. 말하는 순간 해피빌라를 영영 떠나지 못할 것만 같다. 삼촌의 팔을 슬쩍 만져보고는 돌아선다.

잰걸음으로 걷다가 곧 달리기 시작한다.

달리지 않으면 당장이라도 돌아볼 듯하다. 해피빌라를 바라보며 엉엉, 소리 내 울게 될지도 모른다.

은혜를 모르는 까마귀가 되고 싶지 않았다.

엄마와 상관없이, 화가아저씨는 나를 아껴줬다. 해피빌라 식구들처럼 불쌍하게 여기지 않았다. 우리는 친구가 될 수 있겠구나. 그 말을 하는 순간부터 지금까지 아저씨는 나를 친구로 대해줬다.

인사 없이 헤어질 수는 없었다. 두고두고 후회할 짓이었다.

인사만 하겠다. 해피빌라를 나온 사실을 말하진 않겠다. 아저씨를 걱정하게 만들고 싶지 않다.

화실 문이 잠겨 있었다.

전시회 시작이 내일이다. 하루 앞서 서울로 갈 거라고 말해줬는데 깜빡했다.

화실 안으로 들어갔다. 말끔했다. 내가 청소를 할까 봐 아저씨가 미리 정리해둔 모양이었다.

'동동의 자리'에 놓인 쇼핑백이 눈에 들어왔다. 쇼핑백에 메모지가 붙어 있었다.

늦어졌네. 미안.

그리는 건 쉬운데 마법을 거는 일이 어렵더구나.

열여섯 살 동동의 모습이 어떠냐?

마음에 들길 바란다. 엄마에게 특히.

마법이 잘 통해 엄마가 빨리 돌아오길 기도하마.

쇼핑백에서 액자를 꺼냈다.

열여섯 살의 내가 제대로 보이지 않았다. 목욕탕 안으로 막 들어섰을 때처럼 눈앞이 흐릿했다.

액자 속의 나는 웃고 있었다. 너무 심하게 웃는다는 생각이 들 정도로 활짝.

액자 밖의 나는 울고 싶었다. 아저씨 때문이었다. 아저씨의 마법을 헛수고로 만든 탓이었다. 그게 전부였다. 전부라고 믿고 싶었다.

액자를 옆구리에 끼고 밖으로 나왔다. 아저씨가 따로 만들어준 열쇠를 신발장 등산화에 넣어뒀다.

감물저수지는 텅 빈 채였다.

가을이 깊어지면서 낚시꾼들의 모습은 완전히 사라졌다. 내년 봄까지는 끝이었다.

액자를 쥔 손을 높이 쳐들었다. 보낼 곳도, 받을 엄마도 없어졌다. 마법 따위는 처음부터 믿지 말았어야 옳았다.

힘껏, 최대한 멀리 던져버려야 했다. 잔챙이들의 놀이터가 된대도, 장구벌레가 먹이를 노리는 은신처로 써먹는대도 도리 없었다. 깊이 가라앉아 떠오르지만 않으면 된다고 생각했다.

불던 바람이 멈추고 다시 불어왔다. 기슭을 따라 늘어선 갈대들이 서로의 등을 기댄 채 넘어졌다 일어서고 또 넘어졌다.

액자를 쇼핑백에 넣었다.

그림을 그리는 데 써버린 아저씨의 시간까지 말짱 꽝으로 만들 수 없었다. 그리고 먼 훗날에는 엄마에 대한 미움이 닳아 없어질지도 몰랐다.

아파트 입구가 시끄럽다.

아이들이 둘씩 셋씩 짝지어 아파트 입구로 들어오고 있다. 수애만 혼자다.

커플까지는 아니더라도 좋은 친구로 남을 수 있었다. 어른들이 제멋대로 끼어들어 망쳐놓았다. 어른들은 오해의 명수고, 어른들

243

의 오해 때문에 아이들이 힘들다.

수애가 나를 보자 대뜸 묻는다.

"왜 결석했니?"

"그럴 일이 생겼어."

수애가 턱은 치켜들고 눈은 내리깐다.

"날 기다렸구나."

"부탁이 있어서."

수애의 턱이 더 치켜 올라가기 전에 쇼핑백을 내민다. 맡아달라는 말과 함께.

수애가 윗니로 아랫입술을 깨물며 쇼핑백을 쳐다본다. 나한테는 중요한 거라고 말하자 그제야 받는다.

"왜 나야?"

"믿으니까."

사실이다. 잘난 척을 해도 엉뚱한 짓을 벌이진 않는다. 또 내 마음속에는 아직 수애의 자리가 남아 있다.

지금도 천체망원경으로 해피빌라를 보고 있을까. 물어보고 싶다. 앞으로 그럴 필요가 없다는 말도.

배낭을 연다. 수애가 선물이라고 줬던 스케치북을 꺼낸다.

복어왕자의 모험을 완성했다. 마녀문어의 성에서 엄마복어를 무사히 구해냈다.

"가져. 재미없을지도 몰라."

복어가 싫다. 좋아할 이유가 사라졌다. 앞으로 복어를 그릴 일도 없다. 볼을 부풀리는 복어 흉내도 끝이다.

문득 수애 고모의 얼굴이 떠오른다. 고모를 만나 아들로 삼아
달라고 말해볼까.

얼른 마음속으로 도리질을 친다. 손을 흔들어 수애에게 인사를
한다. 돌아서려는데 수애가 팔을 잡았다 얼른 놓는다.

"다시 친하게 지내고 싶어."

나는 수애를 똑바로 쳐다본다. 고맙다. 하지만 늦었다. 대신 아
이들과 친해지는 방법을 가르쳐줘야겠다.

"너는 우리 반에서 제일 똑똑해. 모두 다 알고 있어."

그러니까 굳이 잘난 척 할 필요가 없다는 뜻이다.

안녕, 한수애.

이번에는 속으로만 인사하고 아파트 입구를 향해 빠르게 걸어
간다.

☆

뱃속이 부글부글 요란하다.

벌써 두 번이나 화장실에 다녀왔다. 너무 오랜만에 아이스크림
을 먹어 배가 놀란 것 같다. 레인보우 샤베트 하나만 먹을 걸 그
랬다.

기호가 말해줬다. 가출할 때 제일 필요한 게 돈이다. 통장에
있는 돈을 몽땅 찾았다. 은행을 나와 곧바로 아이스크림 가게로
갔다.

아이스크림 금지.

6년이나 참아왔다. 아이스크림을 먹으면 엄마는 아주 돌아오지 않아. 스스로에게 주문을 걸며 지켜왔다.

레인보우 샤베트, 이어서 바닐라 아이스크림까지 먹었다.

이제껏 나를 속여온 엄마에 대한 복수였다. 통쾌했다. 잠시뿐이었다. 별것도 아닐 걸 기를 쓰고 지켜온 나 자신에게 화가 났다.

고속버스 터미널 벽에 걸린 시계는 2시 35분을 가리키고 있다.

30분 간격으로 출발하는 버스다. 앞으로 석 대를 보내야 한다. 어둡기 전에 서울에 도착하긴 틀렸다. 4시 티켓도 겨우 구했다.

무릎에 올려놓은 배낭을 어깨에 걸치고 자리에서 일어난다. 화장실도 가야 되고, 기호에게도 다시 전화를 걸어야 한다.

― 가출할 마음이 생기면 언제든 말해. 같이 해줄게.

막상 가출을 했다니까, 기호는 10분만 시간을 달라고 했다. 이미 20분이 흘러갔다.

공중전화 박스로 들어가 기호의 휴대전화 번호를 누른다.

"요즘 아빠가 잘해줘. 그래봤자, 오래 가진 않아. 아빠는 변덕이 심하거든."

기호 아빠가 변덕을 부릴 때까지 기다릴 수는 없다. 알았어, 라고 끊을 참이다.

"근데 돈은 있어?"

"걱정 마. 충분해."

"잘됐다. 일단 피씨방에 가서 신나게 게임 한판 때리자."

네 머리부터 신나게 때려봐. 쏘아붙이려다 말았다.

상대의 기분을 알아주는 게 그렇게 어려운 일인가. 어른들도 마찬가지다. 넘어져 우는 아이에게 '우는 건 바보짓'이란다.

대합실 의자에 앉는다. 4인용 의자에 혼자다.

초대장 뒤편의 약도를 들여다본다. 터미널에 도착해 몇 호선 지하철을 타고 어느 역에 내려야 할지, 다시 한 번 머릿속에 새긴다.

화가아저씨의 전시회를 모른 척할 수 없다. 10년 만의 전시회다. 나를 모델로 삼은 그림도 전시된다. 또 아저씨의 얼굴을 봐야 한다. 마지막으로.

마지막으로? 내 속의 또 다른 내가 아우성이다.

아저씨와 화실에서 살고 싶다는 말을 해봐. 물어보기라도 해.

꼬마야, 라고 부르는 소리에 고개를 든다.

"서울에 가냐?"

30분쯤 전 나에게 돈을 얻어간 아저씨다. 고개를 끄덕이자 옆에 앉으며 다시 묻는다.

"혼자서 가냐?"

겨울점퍼에 털모자까지 쓰고 있으면서 손을 덜덜 떤다.

배가 너무 고파서 그러니 천 원만 주슈.

아저씨는 대합실을 돌아다니며 사람들에게 손을 내밀었다. 대부분 고개를 돌리거나 딴전을 부렸다. 아예 다른 자리로 옮겨가는 사람도 있었다.

내 앞을 그냥 지나치려는 아저씨 손에 천 원을 쥐어줬다. 돈과 내 얼굴을 번갈아보더니 너무 추워 뜨끈한 국밥을 먹고 싶다고 했다. 가방에서 지갑을 꺼내 5천 원을 더 건넸다.

아저씨가 내 어깨에 팔을 올려놓는다.

"서울엔 뭐하러 가냐?"

국밥 대신 술을 마신 듯 냄새가 지독하다.

"너, 가출했지?"

"아뇨. 친구 만나러 가요."

홍, 하고 아저씨가 콧방귀를 뀐다.

"그건 그거고, 신세를 졌으니 나도 갚아야지."

아저씨가 점퍼 주머니에서 오렌지주스를 꺼낸다.

받고 싶지 않다. 설사도 하고, 주스 한 병으로 또 돈을 달랠까봐 불안하다.

아저씨가 병뚜껑을 열어 내 입술에 갖다 댄다.

"어른이 줄 때는 무조건 감사합니다, 하고 마셔야지."

쭉 마시라며, 재촉한다. 쳐다보고만 있다간 강제로라도 입안에 쏟아놓을 기세다.

3.

꿈을 꿨다.

또 그 꿈이었다. 똑같은 장면이 똑같은 모습으로 되풀이되는 꿈. 실제로 일어났던 일인데도 그냥 머릿속으로 멋대로 꾸며냈다고 여겨지는 꿈. 꿈꾸는지 알면서도 중간에 깨어날 수 없는 꿈.

깨어나서도 끈질기게 머릿속에 달라붙어 있는 꿈.

내가 아찌라고 불렀던 악당의 꿈이다.

아찌는 낮부터 술을 마셨다. 어느 때보다 빨리, 심하게 취했다.

나는 아찌 앞에 무릎을 꿇고 있어야 했다. 내 임무는 술잔이 빌 때마다 잽싸게 술을 따르는 거였다. 동작이 늦거나 술잔 밖으로 술을 흘리면 아찌는 주먹으로 내 머리통을 후려쳤다. 나는 소리 내 울지 못했다. 울음이 입 밖으로 나오는 순간 시끄럽게 군다는 이유로 다시 맞았다.

일을 마치고 엄마가 돌아왔다. 끝이 아니었다. 아찌의 악당 짓이 엄마에게로 더 심하게 옮겨갔다.

무엇인가를 내놓으라며 소리를 쳤다. 엄마를 때리기 시작했다. 엄마도 아저씨를 향해 악을 썼지만 오래가진 못했다. 엄마는 무릎 사이에 얼굴을 묻은 채 아찌의 매질을 참아냈다.

아찌가 주먹을 잘못 휘둘러 화장대의 거울이 와장창 깨졌다. 손에 피가 뚝뚝 떨어지는데도 멈추지 않았다. 살림살이를 부수기 시작했다. 더 이상 박살낼 것이 없었을까, 보일러실에서 석유통을 꺼내왔다.

― 이놈의 집구석, 불을 싸질러 다 태워버리겠어.

아찌는 석유를 여기저기 마구 뿌렸다.

아찌가 정말 불을 질러 엄마와 나를 통닭처럼 구워버릴 것만 같았다. 나는 겁이 나 죽겠는데 엄마는 아무렇지도 않은 모양이었다. 너무 많이 맞아 정신이 이상해진 듯했다.

아찌가 석유를 엄마의 머리에 부었다. 라이터를 켰다.

나는 비명조차 지를 수 없었다. 엄마는 흠뻑 젖은 채 멀뚱히 천장만 바라봤다.

부엌에서 칼을 가져왔다. 엄마에게 칼을 줘 아찌를 막아야 한다고 생각했다. 하지만 아찌가 빨랐다. 내 손에서 칼을 빼앗아 바닥에 내동댕이쳤다. 이어 내 멱살을 잡아 그대로 집어던졌다.

어디에 부딪혔는지 알 수 없었다. 빡, 하는 소리만은 분명히 들었다.

나는 봤다, 부러진 뼈가 팔뚝을 뚫고 나와 있는 것을. 또 봤다, 밀가루를 뒤집어쓴 듯 하얗게 질린 엄마의 얼굴을.

꿈은 언제나 거기서 끝이 났다.

더 있었다. 더 많은 일들이 벌어졌다. 하지만 그 뒤의 일들은 생각나지 않았다. 아니 못했다. 누군가 싹둑 기억을 잘라냈거나 나 스스로 일부러 지워버렸다는 느낌만 남아 있었다.

"일어나, 새꺄!"

아프다. 옆구리를 걷어차이고 있다.

나는 안간힘을 다해 눈을 뜬다.

"이 새끼 눈깔 봐라. 본드를 얼마나 불어댔는지 아주 썩은 동태 눈깔이네."

낯선 얼굴이다. 고등학생쯤 되어 보이는 빡빡머리다.

나는 일어나려다 풀썩 주저앉는다. 무릎이 저절로 꺾여버렸다. 온몸이 낙지처럼 흐물흐물하다.

앞을 가로막고 있는 빡빡머리를 피해 주위를 둘러본다.

만물고물상에 있는, 비에 젖지 말아야 할 고물을 보관하는 창

250

고 같다. 크기는 훨씬 크다. 콘크리트 벽에는 창문 하나 달려 있지 않다. 바닥에서 천장까지 닿는 철문이 통로의 전부다.

한쪽 구석에 내 또래의 아이들이 보인다. 남자애 둘, 여자애 하나.

나는 빡빡머리에게 묻는다.

"형, 여기가, 어디야?"

"몰라도 돼."

"내가 왜 여기에 있어?"

"조용히 해라."

"여기 어떻게 왔어?"

"새끼, 정말 말 많네. 한 번만 더 아가리를 놀렸다간 양말을 벗어 쑤셔놓는다."

아이들 쪽을 바라본다. 아무것도 묻지 말라는 표시일까, 나와 눈이 마주치자 서둘러 고개를 돌려버린다.

서울행 고속버스를 기다리고 있었다.

주스를 마셨고, 배가 아팠고, 화장실을 다녀왔고, 대합실 의자에 앉아 하품을 계속 해댔고, 주스를 준 아저씨가 다시 내 옆자리에 앉는 것까지 생각난다.

그 뒤에 무슨 일이 벌어졌을까.

배낭이 보이지 않는다. 돈이 잔뜩 든 지갑과 〈어린왕자〉, 그리고 엄마의 칫솔이 있었다.

물어볼 사람은 빡빡머리뿐이다. 양말로 입이 틀어막히게 되더라도 알아야겠다.

"내 배낭 못 봤어?"

대꾸가 없다.

"노란색이고, 크기는……."

빡빡머리는 양말을 쑤셔놓는 대신 입을 후려갈긴다. 분이 덜 풀렸는지 마구 주먹을 휘두른다. 새끼에다 갖다 붙일 수 있는 갖가지 욕을 퍼붓는다.

나는 공처럼 몸을 동그랗게 웅크린다.

아찌한테 많이 당해봐서 안다. 등을 얻어맞는 게 제일 낫다. 비명을 지르지 말고, 아파도 표시를 안 내고, 기절한 척을 하다 보면 어느 순간 끝난다.

꿈에서도 맞고, 꿈을 깨서도 맞고…….

아찌가 사라진 후 나는 안전했다. 해피빌라 식구들이 지켜줬다. 어미의 품에서 잠든 강아지처럼 편안했다.

해피빌라를 떠나자마자 매를 맞고 있다. 이럴 줄 몰랐다. 돌아가고 싶다.

드르륵, 철문 열리는 소리가 요란하다. 빡빡머리가 쏜살같이 달려간다.

"형님, 오셨습니까?"

웅크린 채로 고개만 살짝 돌린다. 남자들이 우르르 들어온다.

단박에 알겠다. 깡패들이다. 나는 깡패들에게 잡힌 거다.

이상하다. 깡패는 깡패끼리 치고받고 싸운다. 나 같은 아이를 잡아올 이유가 뭐람.

깡패들이 내 쪽으로 가까이 다가온다. 재빨리 눈을 감는다. 사마귀와 마주친 풍뎅이처럼 죽은 척, 숨소리도 내지 않는다.

녹슨 철판을 유리조각으로 긁어대는 듯한 목소리가 들린다.

"쟨 왜 저러고 있냐?"

"말을 안 들어서 몇 대……."

"인마, 흠집이라도 나면 네가 책임질래?"

시정하겠다는 빡빡머리의 목소리가 뒤따른다.

"정말 탈 없는 물건이냐?"

"예, 형님."

빡빡머리의 목소리가 아니다.

"지난번처럼 문제 생기면 몽땅 골로 보낸다."

"알겠습니다, 형님."

"데려와 봐."

빡빡머리가 내 목덜미를 낚아챈다.

"꼬마야, 고개 들어라. 집이 어디냐?"

얼굴이 괴상하게 생겼다. 꼭 개미핥기 같다. 이마에서 턱까지 엄청나게 길다. 두 눈은 감았는지 떴는지 물어보고 싶을 지경으로 작다. 턱은 또 왜 그리 뾰족한지 연필을 깎아놓은 듯하다.

"엄마 아빠가 기다리겠는 걸."

"없어요."

"엄마 아빠, 둘 다?"

"없어요. 둘 다."

"그럼 고아?"

엄마가 파라과이든 어디든 살아 있다면, 나는 아직 고아는 아니다. 대답할 겨를도 없이 개미핥기가 다시 묻는다.

"시설에서 네 발로 나왔냐?"

시설이 뭘 뜻하는지 모르겠다. 내 발로 나온 건 확실하기에 고개를 끄덕인다.

"언제 도망쳤냐?"

"오늘이 며칠예요?"

개미핥기가 둘러싸고 있는 남자들을 돌아본다.

"꼬마가 엄청 궁금한가 보다. 아는 놈 있으면 말해줘라."

해피빌라를 나오고 백만 년은 흘러간 느낌이다. 겨우 하루가 지났을 뿐이다.

개미핥기가 작은 눈을 번득이며 쏘아본다. 정말 개미핥기처럼 혀를 내밀어 입술 주위를 골고루 핥는다. 무섭다. 한 마리 개미가 되어 개미핥기의 혀에 휘감겨버릴 듯하다.

개미핥기 뒤편에 열중쉬어 자세로 서 있는 남자들을 곁눈질로 세어본다. 모두 다섯. 네 번째 남자에게서 눈을 뗄 수 없다. 설마?

아, 쌍칼형.

나도 모르게 한숨이 나온다. 다행이다. 쌍칼형이 악당이긴 하다. 그래도 아는 사람이 있다는 게 어딘가.

눈이 마주치자 쌍칼형이 두 눈을 부릅뜬다. 이어서 겨우 알아차릴 수 있을 만큼 작게, 그러나 빠르게 머리를 흔든다. 아는 척하지 말라는 신호일까. 계속 쳐다본다. 쌍칼형은 아예 다른 깡패들 뒤로 몸을 옮긴다.

너무해, 너무해.

나는 입술을 깨문다. 빡빡머리에 얻어맞은 입 주위가 퉁퉁 부어올라 있다.

"얘는 됐고."

개미핥기가 손가락으로 내 뒤편을 가리킨다.

"계집애도 됐고, 두 애는 지금 보내."

깡패들이 빠르게 움직인다.

쌍칼형이 내 옆을 스쳐간다. 이번에는 아무 신호도 없다. 눈길조차 주지 않는다.

☆

영주.

여자애는 자신에 대해 아는 건 이름뿐이라고 했다. 나이가 몇 살인지조차 모른다고 했다. 내가 자기보다 덩치가 크니까 그냥 오빠라고 부르겠단다.

몸은 작아도 먹는 속도는 엄청 빠르다. 나는 짜장면을 반도 못 먹었다. 영주는 벌써 제 몫을 다 먹고 나를 쳐다본다.

"여긴 굶지 않아서 좋아. 그래도 배는 계속 고프지만."

먹을 때는 웬만하면 영주와 눈을 마주치지 말아야 한다. 하지만 영주가 내 곁으로 바투 옮겨 앉는다.

"짜장면은 곱빼기로 두 그릇도 먹을 수 있다, 난."

"먹어봤어?"

"아니. 먹어보는 게 소원이야."

항복. 짜장면 그릇을 영주 앞으로 밀어준다.

나는 배 고파본 적이 없다. 해피빌라 식구들은 앞다퉈 나를 불렀다. 하나라도 더 먹이려 야단이었다.

해피빌라는 잘 있을까.

안녕하셨어요, 붕어빵할아버지.

102호부터 계단을 오르며 차례로, 속으로 이름을 불러가며 인사를 한다. 이런 식 인사는 처음이다. 안녕이 궁금할 만큼 떨어져본 적도 없었다. 손을 들거나 고개를 숙이거나 품에 안기는 걸로 충분했다. 기껏해야 잘 주무셨어요, 하는 정도였다.

이젠 해피빌라 식구들이 밉지 않다. 미워할 수 없다. 엄마만 빼놓고는 아무도 미워해선 안 된다.

폭, 한숨이 나온다.

한숨만큼 몹쓸 버릇도 없다고, 삐턱이할머니는 어쩌다 한숨을 쉬는 나를 나무랐다. 정작 할머니 자신은 한숨을 입에 달고 살았으면서.

어른들은 똘똘 뭉쳐 나를 찾아다닐까.

당연하다고 생각하면서도 자신이 없다. 해피빌라를 나온 지 벌써 사흘 밤낮이 지났다. 지금쯤은 나를 포기했을 것 같다. 은혜를 모르는 까마귀를 돌봐줬다며 후회할지도 모른다.

여기가 어디쯤일까.

차 지나는 소리도, 인기척도 없다. 새벽이면 닭 우는 소리가 아득히 들려올 뿐이다. 그래도 해피빌라와 아주 멀리 떨어지진 않

256

았다는 생각이 든다. 쌍칼형이 바로 증거다.

오빠, 하고 영주가 부른다.

이틀이 지날 때까지 영주는 나를 상대하지 않기로 굳게 마음먹은 듯했다. 몇 번이나 말을 붙여봐도 대꾸가 없었다. 어쩌다 곁눈질을 할 뿐이었다.

어젯밤 처음으로 말을 걸어왔다. 갑자기 마음을 바꾼 이유는, 아마도 짜장면을 나눠 준 탓인 것 같다. 그동안 어떻게 참았을까. 조잘조잘, 영주는 엄청난 수다쟁이였다.

"고아라는 말 뻥이지? 고자질 안 할게 솔직히 말해."

영주의 입술 주위가 짜장면 자국으로 지저분하다. 나는 손등으로 내 입가를 닦는다. 눈치 없는 영주가 빤히 쳐다보기만 한다.

"티가 팍팍 나."

"무슨 티?"

"척 보면 알아. 고아도 아니면서 왜 집에서 도망쳤어?"

"도망 안 쳤어. 엄마를 찾으러 가는 중이야."

거짓말을 하려던 게 아니다. 나도 모르게 튀어나왔다.

갑자기 가슴이 두근거린다. 정말 엄마를 찾으러 해피빌라를 떠나온 듯하다.

"엄마가 어디에 있는데?"

"엄마는……."

파라과이, 라고 뒷말을 잇지 못한다. 영주가 더 묻지 않았으면 좋겠다.

엄마를 찾으러 가는 상상을 하고 싶다. 오래오래. 가슴이야 두

257

근거리든 말든, 설사 엄마를 못 만나게 된대도, 찾아간다는 상상
만으로도 즐거울 테니까.

철문이 열리는 소리에 고개를 돌린다.

형님, 오셨습니까. 평소라면 목청껏 외치며 쏜살같이 달려갔을
빡빡머리가 어기적어기적 문 쪽으로 걸어간다. 두목인 개미핥기
라면 저럴 리 없다.

쌍칼형이다.

드디어 나를 구해주러 왔다. 아는 척을 못하게 한 이유가 있었
다. 구해줄 기회를 엿보기 위해서였다.

빡빡머리의 목소리가 들린다.

"여긴 어쩐 일로?"

"지나는 길에 들렀다. 혼자 고생하는 것도 마음에 걸리고 해
서."

영주와 나를 지키는 게 빡빡머리의 임무다. 의자에 앉아 종일
휴대전화만 만지작대면서 우리를 꼼짝 못하게 한다.

"옷이라도 갈아입고 와라. 냄새 난다."

"그래도 되겠습니까?"

"딴 데로만 새지 마."

금방 돌아오겠다며, 빡빡머리가 창고를 나간다. 곧 오토바이
소리가 들린다.

쌍칼형이 한동안 문틈으로 밖을 살핀다. 오토바이 소리가 아주
사라진 뒤, 빡빡머리의 의자에 앉아 손가락 하나를 세워 나를 부
른다.

쌍칼형이 나를 아래위로 훑으며 쓴웃음을 짓는다.

"기가 막힐 노릇이군. 하필이면 똥통이, 너냐."

"내가 왜 잡혀왔어요?"

"쪼다냐? 모르는 사람이 주는 걸 날름 왜 받아먹어."

오렌지주스가 문제였다는 소리다. 가방을 가져간 게 누군지는
분명해졌다.

"날 구해주러 왔죠? 그렇죠?"

"뭘 찾아먹겠다고 가출을 해."

그러게요, 라는 말을 겨우 참는다.

쌍칼형이 찍, 이 사이로 침을 물총처럼 쏜다.

"나를 아는 척하지 않은 건 잘했다."

"신호를 보냈잖아요. 알고 있으면 왜 안 돼요?"

"삐턱이할멈은 잘 있냐? 할멈한테 프라이팬으로 맞은 자리가
아직도 욱신거린다."

말해놓고 쌍칼형이 히죽 웃는다. 따라 웃으라는 뜻일까. 웃고
있을 때가 아니다. 할머니 소식을 말해주고 싶지도 않다.

"해피빌라 식구들이 날 기다릴 거예요. 보내줘요."

대꾸가 없다. 우두둑, 요란하게 손마디만 꺾고 있다. 나를 구해
줄 생각이 없는 걸까. 피투성이로 쓰러진 자신에게 누가 물을 갖
다 줬는지를, 쌍칼형이 부디 기억해내길 바란다.

"나가게 해줘요. 그 다음은 알아서 할게요."

"뭘 알아서 해, 인마?"

"나갈 거예요."

259

문 쪽으로 걸어간다. 곧 쌍칼형이 내 목덜미를 낚아채 잡아당긴다.

"누구 맞아 죽는 꼴을 보려고. 이 자식이 환장을 했네."

옛날처럼 욕을 해볼까. 쌍칼형은 나쁜 개새끼예요. 속이라도 시원해지도록.

개미핥기 앞에서 열중쉬어 자세로 서 있던 쌍칼형의 모습이 떠오른다.

"형이요, 굉장히 유명한 깡패인지 알았어요."

쌍칼형이 담배를 꺼내 입에 문다. 빡빡, 소리를 내며 담배를 핀다. 약점을 찌른 걸 복수라도 하려는 듯 내 얼굴에 연기를 뿜어댄다.

"언제까지 여기에 있어야 돼요?"

"오래 걸리진 않아. 당장 내일이 될 수도 있고."

흘낏 영주를 바라본다. 영주는 이쪽에 전혀 관심이 없는 듯 1회용 짜장면 그릇을 팽이 삼아 돌리고 있다.

"처음에 있던 아이들은 어디로 갔어요?"

"나도 몰라, 짜샤."

쌍칼형이 담배를 불붙은 채로 바닥에 내던진다. 곧 새로운 담배를 꺼낸다. 물고만 있다. 불을 붙일까 말까를 고민하듯 앞니로 질겅질겅 담배를 씹어댄다. 모르는 게 아니라 말해주고 싶지 않은 것 같다.

쌍칼형이 갑자기 주먹으로 내 머리통을 때린다.

"가출은 아무나 하는지 알아. 그리고 해피빌라 꼰대들이 널 친

자식 이상으로 잘해줬는데, 그걸 배신하고 나와. 너 같은 새끼는
당해도 싸."

나는 머리를 감싸며 주저앉는다. 쌍칼형의 주먹보다 배신이라
는 말이 더 아프다.

"난요, 엄마를 찾으러 가야 돼요."

주룩, 눈물 한 방울이 뺨을 타고 흘러내린다.

거짓말에 내가 먼저 속아 넘어갔을까. 나도 모르는 새 진짜 믿
어버린 건지도 모르겠다.

"그러니까 이러고 있을 시간이 없어요. 날 보내줘요."

"난 앵벌이로 팔려갈 거야."

"어떻게 알아?"

"계속 그랬으니까."

영주는 별거 아니라는 투로 말했다.

해피빌라에서 미쑤노이모의 가게를 가려면 육교를 건너야 한
다. 육교 중간에 앉아 구걸하는 아이가 있었다. 사람들은 아이를
두고 앵벌이라고 했다. 아이의 얼굴은 까먹었다. 지나는 사람을
향해 내밀던 철사처럼 가느다란 팔뚝은 지금도 또렷하다.

육교 건널 일이 생기면 미리 동전을 챙겨뒀다. 이모는 그럴 필
요 없다고 했다. 결국 나쁜 사람의 주머니로 들어가기 때문이라
며 말렸다. 거기까지는 생각하고 싶지 않았다. 모른 척 지나치면

당장 내가 힘들었다.

손톱을 이로 물어뜯고 있는 영주에게 묻는다.

"언제부터 앵벌이를 했는데?"

"몰라. 아마 태어나면서부터였을걸."

영주는 손톱 조각이 입안으로 들어갔는지 퉤퉤, 침을 뱉는다.

"앵벌이를 하면 뭐가 제일 힘든지 알아?"

창피함. 영주의 기분을 망쳐놓을 대답일 듯해 포기한다.

"배고픈 거야. 하루에 벌어야 하는 돈이 있어. 못 채우면 밥을 안 줘. 이틀 동안 쫄쫄 굶은 때도 있었어."

육교의 아이에게 돈을 주길 잘했다. 빼앗기더라도 굶지는 않았을 테니까.

"못 벌면 계속 굶어야 돼?"

"참다 참다 도망쳐. 잡히면 반쯤 죽지만."

아, 도망칠 수는 있구나. 됐다. 나는 무슨 수를 써서든 도망쳐 해피빌라로 돌아가야겠다.

"안 잡히면 되겠네."

"잡혀. 나처럼 갈 데가 없는 애들은 누구한테든 잡히게 돼 있어."

"잡힐 걸 알면서 왜 도망쳐?"

"재수 좋으면 새로운 곳으로 가거든."

"새로운 곳에서 앵벌이를 하면 뭐가 달라?"

"처음에는 밥을 잘 줘. 하루에 벌어야 할 돈도 적고. 시간이 지날수록 점점 늘어나지만."

하루빨리 앵벌이가 돼야 한다. 해피빌라로 돌아가기 위해선 그수밖에 없다.

"나도 앵벌이로 팔려가겠네?"

영주가 고개를 흔든다.

"앵벌이는 무조건 불쌍하게 보여야 돼. 그래야 사람들이 돈을 줘."

"나도 불쌍해."

"오빠는 보통 아이들이랑 똑같아. 앵벌이 하기엔 덩치도 너무커."

"앵벌이로 써먹지 못한다고? 그럼 왜 잡아 왔어?"

으쓱, 영주가 어깨를 들어올린다.

짜장면이나 먹이려고 나를 가둬놓을 리 없다. 나는 바닥에 깔린 스티로폼 위에 눕는다. 벽을 향해 몸을 돌려 영주를 등진다.

"또 자려고?"

"졸려."

잠이라면 너무 많이 자고 있다. 하지만 잠이라도 자야 할 처지다. 눈을 뜨고 있으면 머릿속이 너무 복잡해진다. 걱정과 후회가 끝없이 이어진다. 좋았던 순간들을 떠올리려 기를 써봐도 소용없다.

지금은 다르다. 정신 똑바로 차려야 한다. 생각하고 또 생각해야 한다. 앵벌이로도 쓰지 못할 나를 가둬둔 꿍꿍이를 알아내야한다.

쌍칼형이 다시 찾아와줬으면 좋겠다. 눈물까지 흘리며 사정했

263

었다. 구해주고 싶어도 그럴 형편이 아니라고 했다. 쌍칼형에게 더 매달리진 않겠다. 날 어디에 써먹으려는지, 그것만 솔직히 대답해주면 된다.

영주가 내 옆에 눕는다.

"안 자는 거 다 알아."

영주의 숨결에 목덜미가 근질거려 다시 일어나고 싶다.

"복어왕자 이야기해줘"

두 번이나 해줬다. 복어왕자를 좋아해줘서 고맙다. 그렇지만 내가 지겹다. 또 지금은 꿍꿍이 때문에 머리가 터져버릴 지경이다.

"문어마왕하고 싸우는 게 제일 재밌어. 만화로 보면 훨씬 재밌겠지."

스케치북에 그린 만화는 수애에게 줬다. 재미있게 봤을까. 자신 없다. 수애는 까다롭고, 복어를 싫어하고, 복어왕자 말고도 읽을거리가 얼마든지 있다.

영주가 특별해서 복어왕자를 마음에 들어 하는 걸까. 영주는 학교를 다녀본 적이 없다. 당연히 읽고 쓸 줄 모른다.

나는 등을 돌려 영주를 마주 본다. 자칫 코와 코가 부딪힐 만큼 가깝다.

"또 도망을 치면, 그때는 날 찾아와."

영주는 천천히 눈을 감았다 뜬다. 내 말을 믿지 못하겠다는 표시처럼.

"복어왕자 만화 보여줄게. 그리고 해피빌라에서는 절대 굶을 일이 없어."

"해피빌라?"

"내가 사는 데야."

해피빌라 식구들이 영주를 환영해줄까. 뭉치도 받아줬다. 개는 개다. 사람보다 중요하지 않다. 영주를 모른 척하진 않을 것이다.

"부창초등학교 알아?"

"들어본 것 같아."

"거기서 해피빌라가 어디냐고 아무한테나 물어봐."

"누구나 알 정도로 유명해? 엄청 멋지고 좋겠네?"

골칫거리라서 유명하다는 말은 못하겠다.

"좋은 곳이야. 세상에서 제일."

거길 내 발로 나왔다. 쌍칼형 말대로 쪼다 짓이었기 때문에 지금 벌을 받고 있다는 생각이 든다.

"가고 싶어, 꼭."

말해놓고 영주가 다시 손톱을 입으로 가져간다. 나는 얼른 새끼손가락을 내민다.

작다. 너무 자그마한 손이다. 마치 작은 새와 새끼손가락을 걸고 약속을 하고 있는 기분이다.

드르륵, 철문이 열린다.

빡빡머리가 허리를 숙여 형님을 외친다. 처음 보는 남자지만 깡패인지 한눈에 알겠다. 깡패는 자신이 깡패라는 사실을 온몸으로 표시내고 싶어 한다.

"계집애 데려와."

깡패의 말에 빡빡머리가 다가온다.

265

영주가 움찔 뒤로 물러난다. 빡빡머리의 손을 피하려는 듯 내 등에 찰싹 달라붙는다.

도망치고, 잡히고, 팔려가고…….

계속 그래왔다던 영주다. 어디로 팔려가든 굶지만 않으면 된다는 식이었다.

빡빡머리가 영주의 머리칼을 낚아챈다. 영주가 내 허리에 매달려 발버둥을 친다. 필사적으로.

싸울 일이 생기면 냅다 불알부터 걷어차고 봐라. 삐턱이할머니의 말을 떠올리며 빡빡머리의 사타구니를 노려본다. 걷어차는 즉시 거품을 물고 꼬꾸라진다는데, 꼼짝을 못하겠다.

"병신새끼."

언제 왔는지 깡패가 빡빡머리의 뺨을 후려친다. 맞은 건 빡빡머리다. 영주가 재깍 일어난다.

깡패가 영주의 어깨에 손을 얹는다. 둘은 문 쪽으로 걸어간다.

영주가 나를 흘깃 돌아본다. 복어처럼 손을 옆구리에 붙인 채 팔랑팔랑 흔든다.

입이 열리지 않는다. 영주처럼 복어인사라도 해야 한다. 생각하면서도 멀뚱히 쳐다본다.

아, 깜박했다. 이름을 말해주지 않았다.

웃기는 이름이라 금방 외울 수 있다. 혹시 내가 없어도, 내 이름을 말하면 어른들이 반갑게 받아줄 것이다. 그리고 우동동과 영주, 서로 이름만 까먹지 않는다면 언젠가는 만나게 되겠지.

영주가 등이 밀려 철문을 나가고 있다.

벌떡 일어나 달려간다. 얼마 가지 못한다. 빡빡머리의 다리에 걸려 넘어진다.

"내 이름은 동동이야. 우동동."

영주가 제대로 들었을까. 깡패가 문틈으로 고개를 내민다.

"뭐라고?"

나는 깡패가 아닌 영주를 향해 악을 쓴다.

우동동, 우동동······.

깡패가 내 이름을 중얼거린다. 머리에 새겨야 할 쪽은 영주다. 깡패가 고개까지 갸웃거리며 기억할 필요는 없다.

영주는 떠났다. 앵벌이가 되기 위해.

어린왕자의 말이 생각난다.

죽게 되더라도 친구를 뒀다는 건 좋은 일이야.

영주가 나를 친구로 여겨줄까. 그랬으면 좋겠다. 영주는 힘들 때마다 내 이름과 복어왕자를 떠올리며 빙그레 웃게 될 테니까. 나는 어디에서든 앵벌이와 마주치면 영주를 생각하겠고, 내 마음 편하자고 앵벌이 손에 돈을 쥐어주진 않을 것이다.

4.

파리나 모기로 변신하고 싶다.

참새는 곤란하다. 참새의 몸으로는 벽과 벽, 벌어진 틈을 빠져

나갈 수 없다.

창고를 샅샅이 뒤졌다. 달아날 만한 곳을 찾아내지 못했다. 살려주세요. 목이 아프도록 고함을 쳐봤지만 소용없었다.

혼자가 된 지 얼마나 됐을까.

나와 함께 시간마저 꼼짝없이 갇혀버린 듯했다. 과연 시간이 지나가긴 하는지 의심스럽다.

영주가 떠났고 빡빡머리도 사라졌다. 나를 지키는 게 빡빡머리의 임무였다. 누구의 명령이나 허락을 받은 것 같지도 않았다. 멋대로 움직였다간 다른 깡패들에게 죽도록 얻어맞을 게 빤했다.

빡빡머리는 바보가 아니었다. 나도 마찬가지였고.

느닷없이 바나나우유를 내밀었다. 하나뿐이라서 영주 때문에 주지 못했다며 크게 인심 쓰듯 굴었다.

마셔도 될까. 대합실에서 겪은 일이 되풀이되는 듯했다. 오렌지주스를 날름 받아먹어서 이런 꼴이 되었다는 쌍칼형의 말이 귓가에 윙윙거렸다.

빡빡머리는 단숨에 쭉 마시라고 했다. 나는 원래 물이든 우유든 한꺼번에는 마시지 못한다며 시간을 끌었다. 처음에는 약간 마셨고, 얼마쯤은 입안에 머금고 있다 옷에 흘리는 척 뱉어냈고, 빡빡머리가 한눈을 파는 틈에 바닥에 버렸다.

앉은 자세로 푹 고개를 꺾은 채 잠든 체했다. 빡빡머리가 내 어깨를 흔들었다. 나는 깊이 잠들어버린 듯 아예 옆으로 픽 쓰러졌다. 빡빡머리가 옆구리를 발로 차보더니 끽끽, 웃으며 창고를 나갔다.

한 번도 억울한데 두 번 연속으로 당할까. 빡빡머리를 실컷 비웃어주고 싶었지만 서러움이 먼저 복받쳤다.

앞으로는 누구도 믿을 수 없게 되어버린 듯했다. 남들이 나를 믿지 못해도 당연하게 여겨야 한다는 것이 슬펐다.

빡빡머리가 사라진 후, 탈출하려 안간힘을 썼다. 헛수고였다.

화가아저씨의 말이 생각난다.

― 세상에는 안 되는 일이 있단다. 네가 못나서가 아니다. 노력이 부족했던 것도 아니다. 처음부터 안 되게 꾸며져 있는 탓이다.

지금이 딱 그렇다. 내 힘으로 어쩔 수 없다. 아저씨의 말대로 내 탓이 아니다.

아저씨, 하고 불러본다.

전시회는 대박이죠? 못 가봐서 죄송해요. 가려고 했는데…….

나는 울보가 됐다. 울지 않으려 애쓸 필요도 없다. 그동안 울지 못했던 것들이 한꺼번에 밀려와 계속 울게 만든다.

내가 왜 이런 꼴로 당해야지?

가출 때문이다. 아니 더 중요한 문제가 있다. 나는 원래 나쁜 아이고, 그래서 지금 벌을 받고 있는 중이다. 그러니까 당해도 싸다.

오토바이 소리가 들린다.

빡빡머리가 자신의 임무를 위해 돌아오는 모양이다. 다른 깡패들도 오는 듯 자동차 소리가 뒤따른다.

깊이 잠든 척을 해야 한다. 빡빡머리가 떠날 때 모습 그대로 나는 재빨리 벽을 향해 눕는다.

"깨워."

개미핥기다.

부하들 중 누군가 내 쪽으로 다가온다. 옆구리를 발로 건드리더니 손바닥으로 뺨을 때린다. 완전히 맛이 갔다며, 내 겨드랑이에 팔을 낀다.

"전단지 줘봐."

곧 개미핥기의 목소리가 이어진다.

"맞네, 빌어먹을."

겨드랑이를 낀 팔이 풀리면서 나는 바닥에 얼굴을 찧고 만다. 터져 나오려는 비명을 겨우 참아낸다.

"탈 없는 아이라면서? 이제 어쩔 건지 아가리들 놀려봐."

개미핥기의 말을 신호로 다른 목소리들이 들려온다.

"하오네한테 넘기면 간단하지 않습니까?"

"동네방네 소문난 애를 승냥이 같은 하오가 얼씨구나 하고 받겠냐?"

"이렇게 보상금까지 걸고 찾는 거 보면, 돈푼께나 있다는 소리지 않습니까. 잘하면 목돈 좀……."

"유괴로 걸리면 몇 년인가 알기나 해, 닭대가리야. 최소 십년이야. 그것도 아이가 살아 있을 때."

"똥 밟았다 생각하시고 그냥 아무 데나 내다버리죠."

"우리 얼굴을 봤는데 그냥? 눈깔이라도 뺀 다음이라면 몰라도."

"그럼 어쩝니까, 형님?"

갑자기 주위가 고요해진다.

눈알을 뺀다는 말에 일부러 죽은 척할 필요가 없어졌다. 온몸이 꽁꽁 얼어버린 듯하다.

"터미널 걸뱅이한테 제일 먼저 줄 댄 놈이 누구야?"

앞으로 나와, 라고 개미핥기가 고함을 지른다.

"접니다."

쌍칼형의 목소리였다.

"이런 병신새끼! 옛정을 봐서 거둬줬으면 사고는 치지 말아야지."

"죄송합니다."

"똥은 싼 놈이 치우는 법이야. 안 그래?"

"알겠습니다. 저를 믿고 맡겨주십시오."

"믿어? 좋아. 무슨 수가 있는지 말해봐."

"엄마 찾아서 집을 나온 불쌍한 애더라고요. 알아듣도록 잘 이야기를 하겠습니다."

"그래서?"

"입 조심하라고 공갈 좀 쳐서 보내도 충분할 것 같습니다."

여기저기서 끽끽, 웃음소리가 들린다.

"야, 방기만. 이름처럼 방귀만 뀌는 소리할래?"

이번에는 와그르, 대놓고 웃어댄다.

쌍칼형의 이름을 알았다. 방기만.

나처럼, 아니 나보다 훨씬 괴로운 이름이다. 어렸을 때부터 놀려대는 아이들과 싸우다 보니 어느새 깡패가 된 게 아닐까. 나만이라도 계속 쌍칼형이라고 불러야겠다.

"에고, 방귀야, 방귀야! 그러니까 그 나이 처먹도록 새파란 아이들한테까지 호구 잡히는 거다."

개미핥기가 크악, 가래침을 뱉고는 덧붙인다.

"사고로 꾸며. 그게 최선이다. 문제가 생겨도, 그럴 리도 없겠지만, 기껏해야 1년이야."

"그렇게까지 할 필요가……."

아이쿠, 하고 쌍칼형이 뒷말을 잇지 못한다. 개미핥기는 발길질을 시작으로 주먹을 마구 휘둘러댄다. 쌍칼형의 비명과 신음이 뒤섞여 들려온다.

아찌에게 얻어맞던 장면이 떠오른다.

매는 몸이 맞는다. 보이지도 만져지지도 않는 마음이 몸보다 더 아프다. 길에 뒹구는 돌멩이라도 된 기분이다. 아, 나는 아무렇게나 걷어차여도 되는구나. 맞고 걷어차이는 게 점점 당연하게 여겨진다. 나는 사람이 아니라 돌멩이에 불과하니까.

개미핥기가 거친 숨을 몰아쉰다.

"지금이 얼마나 중요한 시기인지 알아, 몰라?"

"압니다."

"그런데 꼬맹이 하나 때문에 화근을 만들자고? 자신 없으면 빠지던지?"

"아닙니다."

"갈아버려."

갈아버린다는 게 무슨 말일까. 토마토처럼 나를 믹서에 넣는다는 뜻일까.

벌떡, 일어선다. 누군가 멋대로 내 몸을 일으켜 세운 듯하다.

"집에 갈래요."

개미핥기가 기가 막힌 표정으로 빡빡머리를 쳐다본다.

"약 먹여 재웠다며? 그래서 네 멋대로 싸돌아다닌 거 아냐?"

빡빡머리는 겁먹은 얼굴로 시정하겠다며 고함을 지른다. 당장 주먹을 날릴 줄 알았는데 노려만 본다. 개미핥기는 시정하는 걸 좋아하는 모양이다.

나도 시정한다고 해볼까. 사정하는 편이 맞다.

"갈리고 싶지 않아요. 살려주세요."

개미핥기가 혀를 내밀어 입술 주위를 스윽 핥는다.

"우리 얘기를 다 들었다는 소리네. 그렇다면 더더욱 답은 하나야. 안 그래, 방기만?"

"내일 처리하겠습니다."

"뭘 꾸물거려. 지금 당장 해결해."

캄캄하다.

좁다. 숨이 막힌다. 나는 깜깜하고 좁은 자동차 트렁크 속에서 종이상자처럼 구겨진 채 숨을 헐떡이고 있다.

무섭다. 무서워 죽을 것만 같다. 이미 죽었다는 생각마저 든다.

쌍칼형이 나를 트렁크에 넣으려 했다. 악을 쓰며 버텼다. 알아서 들어가는 편이 나을 거라는 말을 무시했다. 옛날 피자를 빼앗겼을 때처럼 나쁜 개새끼라고 욕도 했다. 쌍칼형의 말이 맞았다. 깡패 둘이 나서 내 입을 막고 손을 묶어 트렁크에 쑤셔 넣었다.

삐턱이할머니의 관이 불속으로 들어가던 장면이 떠오른다. 머리를 흔들어 보지만 악착같이 달라붙어 떨어지지 않는다.

관이 쑤욱 밀려들어가고 유리문이 닫히고 잠금장치까지 단단히 채워질 때까지 나는 울지 않았다. 유리문 너머로 할머니가 불길에 휩싸이는 순간, 눈물이 터져 나왔다.

브레이크 소리와 함께 차가 멈췄다.

트렁크가 열린다. 쌍칼형과 깡패 둘이 보인다.

쌍칼형이 내 입에서 테이프를 뜯어낸다. 손까지 풀어주려는 순간, 깡패 중 하나가 쌍칼형을 막는다.

"우선 확실히 보내놓고 봐야지. 섣불리 풀어줬다가……."

"여긴 나한테 맡겨. 너희 둘은 앞과 뒤로 가서 주위나 살펴."

"3시가 넘었어. 이 시간에 어떤 미친놈이 여길 오겠어. 쫄리면 우리가 하고."

"나, 쌍칼이야. 호랑이 죽었다고 개 되지 않아."

"예예. 어련하시겠어요."

깡패 둘이 마지못한 듯 양쪽으로 갈려 걸어간다.

쌍칼형이 나를 번쩍 안아 트렁크에서 빼낸다. 죽기 싫다고, 나는 악을 쓰며 허공에 발길질을 한다.

쌍칼형이 뺨을 후려친다. 비틀비틀 넘어지려는 내 팔을 잡으며 속삭인다.

"널 살리려고 이러는 거니까 정신 바짝 차려."

쌍칼형의 말이 제대로 들리지 않았다. 나는 소리치며 쌍칼형의 팔을 떼어내려 몸부림을 친다.

"정말 엄마를 찾고 싶으면 내 말 똑바로 들어."

엄마, 라는 말에 그만 몸이 굳어버린다.

늘 그래왔다. 엄마라면, 엄마가 있으면, 엄마가 안다면…….내 마음속의 엄마는 별이었다. 길을 잃은 사람이 별을 보고 방향을 정하듯이.

쌍칼형이 턱짓으로 건너편을 가리킨다.

"저기 오솔길 보이지. 이 근방 사람들이 다니는 등산로야. 내가 신호를 주면 죽을힘을 다해 뛰어. 뒤돌아보지 말고 큰길이 보일 때까지 무작정 달려."

알아들었으면 고개를 끄덕여보라고, 쌍칼형이 또 뺨을 때린다.

"한 대 더 때려야 돼. 그럼 바닥에 쓰러져 꼼짝하지 말고 있어. 내가 차를 뒤로 뺐다가 라이트를 끌 거다. 갑자기 어두워지겠지. 그게 신호다. 잽싸게 일어나 죽기 살기로 달려. 그래야 살 수 있어. 알아들었냐?"

모르겠다. 머릿속이 하얗게 변해버려 아무것도 생각할 수 없게 됐다.

"내가 해줄 수 있는 건 거기까지다."

쌍칼형이 밤하늘을 향해 길게 한숨을 내쉰다.

"여기서 빠져나간다면 말이야……. 앞으로는 무슨 일이 생겨도 해피빌라를 떠나지 마. 적어도 어른 구실을 할 수 있을 때까지는."

쌍칼형 뒤편에서 깡패가 소리를 지른다.

"방기만, 언제까지 꾸물거릴래."

쌍칼형이 한 손으로 뺨을 잡더니 다른 손으로 후려친다. 짝, 소리가 크게 울린다. 아프지 않다. 자기 손바닥을 때려 소리만 크게 만들었다. 쓰러져, 라는 속삭임을 듣고 나는 바닥에 눕는다. 차바퀴가 코에 닿을 듯 가깝다.

쌍칼형이 차에 올라탄다.

바퀴에서 눈을 뗄 수 없다. 갈아버리라는 게 무슨 뜻인지 알겠다. 차가 그대로 전진해 바퀴가 내 몸을 타고 넘어가면, 나는 파리채로 얻어맞은 파리 꼴이 된다.

지금 도망쳐야 돼. 쌍칼형은 악당이잖아. 악당을 어떻게 믿어.

차가 슬금슬금 뒤로 움직이기 시작한다. 제법 멀어진다. 뚝, 헤드라이트 불빛이 사라진다.

나는 쌍칼형이 가르쳐준 대로 달린다. 길을 건널 때 고함이 들려온다.

"저 새끼 튄다! 빨리 갈아버려!"

뒤돌아보니 차가 나를 향해 달려온다. 그렇게 빠른 속도는 아니다. 깡패 둘이 양 쪽에서 뛰어온다.

오솔길로 들어서자 등 뒤에서 브레이크 소리가 날카롭게 들린다. 곧이어 깡패들의 외침까지.

"야, 방기만, 길을 막았잖아. 차 빼. 라이트 켜."

"차를 빼라고, 병신아."

달리고 또 달린다. 길이 제대로 보이지 않는다. 내리막이라 자꾸 발을 헛딛고 고꾸라진다. 아픈지도 모르겠다. 엄마를 찾으러 가라는 쌍칼형의 말만 귓가에 윙윙거린다.

쿵쿵, 발자국 소리가 요란하다. 나를 잡으려는 깡패들이다.

더 빨리 달려야 한다. 마음뿐이다. 나뭇가지가 앞을 가로막고 가시덤불이 발목을 잡아끈다.

"보이냐?"

"아직."

"쥐새끼만 한 게 어디로 숨었지?"

아래쪽에서 들려온다.

깡패들이 나를 앞지른 게 아니다. 내가 오솔길을 벗어나 엉뚱한 곳으로 가는 셈이다.

나뭇가지가 얼굴을 할퀴고 가시덤불이 종아리를 마구 찔러댄다. 계속 앞을 향해 달린다. 엄마, 엄마를 중얼거리며 기를 쓰고 달린다.

그냥 도망치는 게 아냐. 엄마를 찾으러 가는 중이야.

툭, 무엇인가 발에 걸린다. 넘어지지 않으려 안간힘을 써본다. 부웅, 몸이 떠오른다.

엄마!

제6장

1.

사막이 아름다운 것은, 어딘가에 샘을 숨기고 있기 때문이야.

딩동댕, 어린왕자는 정답을 말했다.

사막의 샘처럼 해피빌라에는 해피타임이 있다. 일주일에 한 차례씩 손꼽아 기다려 우리가 식구라는 점을 확인한다. 그러니까 해피빌라를 반짝반짝 빛나게 해주는 건 바로 해피타임이다.

이번 당번은 누구였더라. 지난번에 손씨아저씨가 마련한 보쌈을 먹었으니까, 맞다, 붕어빵할아버지 차례다.

엄청 먹을 각오부터 해야 한다. 할아버지는 손이 크다. 음식을 너무 많이 준비해 아무리 먹어도 남기게 된다. 그때마다 할아버지는 실망한다. 자신의 음식이 맛없기 때문이라고 여긴다.

할아버지, 미쑤노이모, 아저누나, 마이아줌마, 손씨아저씨, 장사장님.

비온닥삼촌이 보이지 않는다. 나만큼 해피타임을 기다리는 삼촌이 어쩐 일일까.

이상하다. 해피빌라도, 할아버지의 102호도 아니다.

이상하다. 평소의 해피타임이라면 왁자지껄 시끌시끌해야 한다. 모두 말하지 말라는 명령이라도 받은 양 조용하다. 묵묵히 한곳을 보고 있다.

나는 손씨아저씨 어깨 너머로 고개를 내민다. 언제 내 키가 이렇게 자랐지, 하는 생각을 하면서.

아이가 침대에 누워 있다. 얼굴이 잔뜩 부풀어 오른 찐빵 같다. 게다가 상처투성이다. 반질반질한 머리통에는 왕창 고장 난 로봇을 수리하는 듯 선들이 어지럽게 연결되어 있다.

〔이모, 쟨 누구야?〕

대답이 없다. 이모는 눈물이 그렁그렁한 눈으로 아이를 바라볼 뿐이다.

〔이모가 왜 저래요?〕

대답이 없긴 할아버지도, 손씨아저씨도 마찬가지다.

아저누나에게로 간다.

누나와 나, 우리 사이에는 비밀이 없다. 특히 해피빌라에 관한 일은 전부 털어놓는다. 누나가 나에게 말해주지 않는 게 있다면 자신도 모른다는 소리다.

〔무슨 일 있어?〕

누나는 아예 듣지 못한 듯하다. 나는 누나의 어깨를 흔든다. 꿈쩍하지 않는다.

"정신 차려. 눈 좀 뜨라고."

이모가 풀썩 바닥에 주저앉아 울먹인다.

"동동아, 이것아, 이모 애 끓이다 죽는 꼴 보려고 이러니."

이모마저 이상하다. 나는 지금 이모 맞은편에 얌전히 서 있다. 왜 고장 난 로봇 같은 아이에게 동동아, 라고 부르는지 모르겠다.

〔요상할 것 하나 없다.〕

삐턱이할머니 목소리다. 할머니가 뒷짐을 쥔 채 내 옆에 서 있다.

〔어, 할머니. 할머닌 돌아가셨잖아요?〕

〔그랬지.〕

〔그런데 왜 여기에 있어요?〕

〔너를 데려가려고.〕

〔어디로요?〕

〔좋은 곳.〕

할머니는 좋은 곳으로 가셨다는, 엄마의 편지가 생각난다.

〔나, 죽었어요?〕

할머니는 빙그레 웃는다. 죽었다는 뜻이다.

나는 죽었다?

그럴 리 없다고 고함을 지르거나 적어도 깜짝 놀라기라도 해야 맞다. 아하, 그렇군, 하는 정도다. 확실히 이상한 일이 벌어지는 중이다.

할머니를 머리에서 발끝까지 살펴본다. 할머니가 분명하지만 어딘가 많이 달라져 있다. 코끼리처럼 부풀었던 할머니의 배가 홀쭉하다. 삐뚤어졌던 턱도 반듯하다.

〔왜 할머니가 나를 데리러 왔어요?〕

〔가장 가까웠던 사람을 길잡이로 보내는 게 원칙이다. 그래야 얌전히 따라나서고, 말썽을 부리지 말아야 무사히 도착할 수 있단다.〕

가장 가까웠던 사람이 바로 자신이라고, 할머니가 덧붙이며 뻐기듯이 턱을 약간 치켜든다.

잘난 척을 하다니? 할머니는 겉모습만 변한 게 아닌 모양이다. 일단 욕을 하지 않는다. 하늘나라에선 약간의 잘난 척은 허락해도 욕은 절대 금지인 모양이다. 욕을 해야 진짜 할머니 같은데 서운하다.

할머니는 과연 좋은 곳에서 왔을까. 할머니를 따라가야 한다면 미리 알아둬야 할 것 같다.

〔다행히 좋은 곳으로 보내주더구나.〕

〔할머니는 욕쟁이에다 우기기의 명수고 거짓말쟁이잖아요. 나쁜 걸로 치자면 할머니보다 심한 두 발 짐승은 없다면서요?〕

〔글쎄 말이다. 아마 동동이한테 좋은 물이 들어서 많이 봐준 모양이다.〕

설마? 내가 무슨 물감이라도 되나? 그동안 다른 건 모두 줄어들고 뻥만 늘었나 보다.

〔영정사진 걷어내고 올려준 그림, 고마웠다. 하늘길 가는 동안 내내 동무 삼을 수 있어 행복했구나.〕

〔그림 솜씨 하나는 내가 최고잖아요.〕

나도 잘난 척을 해봤다. 할머니를 시험해보기 위해서다. 평소라면 머리통을 쥐어박았을 텐데 빙긋이 웃기만 한다.

이모가 침대의 나를 향해 두 손을 모은다.

"내가 잘못했어. 사실대로 말해주지 못해서 미안해. 이렇게 싹싹 빌 테니 제발 일어나. 눈 떠서 이모를 마구 혼내줘."

"그만 하시게. 잘못을 따진다면, 마지막으로 본 이 늙은이겠지. 풀 죽어 있는 얼굴을 보고도 그냥 돌아섰으니……."

할아버지가 뒷말을 잇지 못하고 천장을 바라본다. 울음을 참으려는 것처럼 눈을 감고 입술을 깨문다. 그러나 기어코 눈물이 닫힌 눈꺼풀을 밀고 흘러내린다.

오해예요. 마지막으로 본 건 삼촌이었어요.

나는 할아버지의 눈물을 닦아내려 손을 뻗는다.

〔알아보지도, 목소리를 듣지도 못한다. 우리만 보고 들을 수 있지. 하지만 우리에게도 구멍이 있다. 할아버지 눈물을 닦아주고 싶어도 거기까지는 어쩌지 못한단다.〕

만질 수는 있어도 실제로 느끼진 못한다는 뜻이다. 몸으로는 아무것도 할 수 없는 셈이다.

할머니가 얄미워진다. 이런 식이라면 선수가 골을 아무리 넣어도 심판은 매번 오프사이드 깃발을 들어 보이겠다는 거다.

빈껍데기처럼 몸뚱이로 남은 나, 정신만 빠져나와 가짜 몸뚱이로 움직이는 또 다른 나.

죽기 전에는 이래야만 되는 법일까. 언제까지 둘로 나뉘어 있어야 하는지 궁금하다.

〔왜 날 안 데려가요?〕

〔이왕 온 김에 봐야 할 사람이 있구나.〕

〔할머니는 귀신이랑 비슷하니까, 하늘도 날고 벽도 무사통과니까 아무 데나 갈 수 있잖아요.〕

〔정해진 길로만 갈 수 있단다. 그리고 귀신이라니? 별 소리를 다 듣겠구나. 하늘나라에서 동동이를 위해 특별히 보냈으니, 말하자면 천사인 셈이다.〕

아이들이 죽으면 천사가 된다고 들었다. 세상을 제대로 보기도 전에 하늘나라로 간 아이들이 하나님에게 항의를 했다. 하나님이 아이들에게 천사의 날개를 달아줘 다시 돌려보냈다. 세상 구경을 실컷 하도록.

나도 죽으면 천사가 될까. 별로 가망이 없다. 천사가 되기엔 너무 컸다. 화가들의 그림 속 천사들은 하나같이, 고추를 함부로 내놓고 다녀도 될 갓난아이였다.

그런데 할머니가 천사?

천사든 귀신이든, 상관없다. 어서 날 데리고 하늘나라로 가버렸으면 좋겠다.

〔봐야 할 사람이 언제 와요?〕

〔조금 더 기다려야 한다.〕

〔그럼 딱 시간 맞췄어야지 왜 미리 왔어요?〕

〔동동이, 네가 멋대로 빨리 오려 안달을 떤 탓이다.〕

동동이가 아니라 똥땡이에요. 항의라도 할까. 나는 할머니에게만은 영원히 똥땡이로 남고 싶다. 그래야 동업자 사이가 변하지 않을 듯하다. 할머니에게 사랑받고 있다는 기분도 팍팍 들 테고.

〔기다리는 사람이 누구예요?〕

〔아주 중요한 사람.〕

〔누군데요?〕

할머니가 잠자코 웃는다.

누나가 침대의 나에게 다가온다. 단단히 화가 난 얼굴로 귓가에 대고 속삭인다.

"네가 이러고 있어서 해피빌라는 망했어. 슬픈 빌라가 됐어. 아주 슬픈 해피빌라. 그러니까 책임져. 알아서 해."

2.

어린왕자는 자신의 별을 떠나 머나먼 지구까지 왔다.

장미꽃과 말썽이 생겼기 때문이다. 1년이 지나 어린왕자는 깨달았다. 장미꽃을 돌보는 건 누구에게도 떠넘길 수 없는 어린왕자 자신의 책임이었다.

나도 해피빌라를 떠나왔다. 해피빌라 식구들이 나를 속였다고 생각했다. 사실이래도 이제는 중요하지 않다.

거짓말 뒤에 사랑이 숨어 있다는 걸 눈치 챘어야 했다고, 어린왕자는 후회했다. 내가 꼭 그 짝이다. 해피빌라를 슬픈 빌라로 만들었다. 내 책임이다.

늦었다. 원래의 해피빌라로 돌려놓을 수 없다.

나는 저주의 마법에 걸린 숲속 공주처럼 깊이 잠들어 있다. 식물인간. 사람들은 나를 두고 풀이나 나무라도 된 듯 말한다.

그렇다. 내 몸은 거의 죽은 거랑 마찬가지다. 대신 또 다른 내가 몸을 빠져나와 있다. 멋대로 벌어진 일이다. 삐턱이할머니 말로는 당분간 이렇게 지내야 한다. 죽지도 살지도 못한, 징검다리 이쪽과 저쪽에 두 발을 나눠 걸친, 어정쩡한 꼴로.

중환자실은 따분한 곳이다.

깊은 물속에 가라앉은 듯 고요하다. 여덟 명의 환자들은 침대의 나와 비슷한 처지다. 죽음을 기다리는 중이다. 갑자기 의사선생님과 간호사누나들이 종종걸음을 치며 바쁘게 움직이곤 한다. 누군가 징검다리 저쪽으로 폴짝 건너뛴 셈이다. 그러고 나면 침대 하나가 정리되고 곧 새로운 환자로 채워진다.

낯익은 얼굴이 들어선다. 감자샘이다.

수애도 같이 왔을까. 감자샘의 뒤를 살펴본다. 나를 책임지고 있는 노수호 과장님만 따라 들어온다.

감자샘이 한 손으로 턱을 받친 채 침대의 나를 내려다본다. 감자샘을 흘낏거리며 노 과장님이 말한다.

"할 수 있는 조치는 다 했습니다. 뇌압이 떨어졌고 뇌부종도 잡혔습니다. 그렇지만 의식이 돌아오질 않으니 달리 조치할 길이 없네요."

"코마가 계속 이어질 거라는 뜻인가?"

노 과장님이 선뜻 대답지 않고 차트를 뒤적인다. 감자샘이 툭툭 노 과장님의 어깨를 두드린다.

"뇌 분야는 노 선생이 최고잖소. 보호자를 대하듯 편하게 말해 주게."

"한참 성장기에 접어든 아이는 함부로 예단하기 어렵습니다. 다만 코마 상태가 성인의 경우처럼 한없이 길어지진 않을 겁니다."

"다시 말하면?"

"자생력이 강한 시기인지라 기적처럼 회복이 될 수 있습니다. 반면 포기 역시 상당히 빠르게 진행될 가능성도……."

"노 선생이 보기엔 어떤가, 솔직히?"

"하루 이틀이 절호의 기회였습니다. 벌써 닷새가 지난 게 마음에 걸리는군요. 뇌간이 한순간에 무너져버릴 위험을 염두에 두지 않을 수 없습니다."

"뇌사?"

"최악의 경우는요."

"큰일이군."

감자샘이 침대 위의 내 손을 잡고 눈을 감는다. 수애처럼 감자샘도 교회에 다니는 모양인지 입술을 달싹이며 기도를 한다.

눈을 뜬 감자샘에게 노 과장님이 묻는다.

"환자와 각별한 사이인가요?"

"딸애가 좋아해."

"아하, 얼마나 좋아하기에 선배님께서 직접?"

"친구를 살려야 한다며 새벽마다 교회에 간다네."

"환자 보호자와는 친분이?"

"전혀 모르네. 그건 왜?"

"동의서를 미리 받아둬야 될 듯해서요."

감자샘이 침대의 나를 5초쯤, 다시 그만큼 천장을 바라본다. 나는 감자샘의 얼굴에서 수애의 모습을 떠올린다. 딱히 보고 싶어선 아니다.

잘 부탁한다는 말을 남기고 감자샘이 돌아선다. 노 과장님이 뒤따른다.

수애가 날 위해 기도하고 있구나. 고맙다. 거기까지다. 옛날이라면 당장 눈물 콧물을 훌쩍거렸을 거다.

나는 미지근한 물이 되어버린 듯하다.

크게 놀랍거나, 엄청 기쁘거나, 몹시 슬프지 않다. 전부 당연하게 여겨진다.

몸을 빠져나오면 원래 이렇게 되는 걸까. 할머니에게 물어봐야겠다.

마음만 먹었는데 어느새 할머니 곁에 와 있다. 편리하다. 하지만 병실 안에서만 가능할 뿐 밖으로는 한 발짝도 나가지 못한다.

〔뭐해요?〕

할머니는 대꾸치 않는다. 조용히 하라는 표시로 검지를 세워 입술에 댄다.

웃긴다. 고함을 질러도 아무도 알아듣지 못한다. 병실을 운동장인 양 뛰어다닌대도 누가 뭐라고 할까.

할머니는 어제부터 자주 예림이에게 와 있다.

최예림. 네 살이다. 입원한 지 한 달이 넘었다. 그런데도 계속 아프기만 하다. 차라리 내가 낫다는 생각이 든다. 몸에서 빠져나오면 적어도 아픈지는 모르니까.

〔예림이도 할머니가 데려가요?〕

〔너처럼 빨리 떠나고 싶어 하긴 하는구나.〕

들켰다. 차라리 잘됐다. 미지근한 물처럼 지내긴 싫다고 확실히 말해야겠다. 할머니가 슬쩍 곁눈질을 한다.

〔나중에 안 가니, 못 가니 떼나 쓰지 말거라.〕

〔할머니한테는 떼를 써봤자 통하지도 않잖아요.〕

할머니가 웃는다. 1년에 한 번 볼까 말까 했는데 지금은 걸핏하면 웃는다. 하늘나라에서는 잘 웃는 사람에게 특별대우라도 해주는 모양이다. 아니면 하늘나라답게 웃을 일만 가득하든지.

〔반가운 얼굴이 보이는구나. 네 자리로 돌아가거라.〕

병실 문이 활짝 열린다. 오늘의 마지막 면회이다.

붕어빵할아버지의 뒤를 좇아 해피빌라 식구들이 줄줄이 들어선다. 마지막으로 비온닥삼촌이다.

침대의 나를 빙 둘러싼다. 미쑤노이모가 삼촌을 앞으로 끌어낸다.

"삼촌이야. 동동이가 제일 좋아하는 삼촌이 왔어."

삼촌은 그다지 반갑지 않은지 손목에 찬 시계만 들여다본다. 해피빌라를 떠나기 전 내가 준 시계다.

손씨아저씨가 답답한 듯 시계를 손으로 가린다.

"동동이한테 물어보게나, 내일 비가 오느냐고."

침대의 내 모습이 마음에 들지 않는지 삼촌이 입술을 쑥 내민다.

"짐몇져?"

"비온닥해요, 라고 물으랬더니 웬 뜬금없는 소리야."

"짐몇져?"

나는 알아들었다. 지금 몇 시예요? 비 소식이든 시간이든, 솔직히 거기서 거기다. 어쨌든 삼촌은 약속을 지켰다.

이모가 할아버지의 품에 얼굴을 묻는다.

"저요, 영란이를 어떻게 봐요."

이모의 말을 신호로 어른들의 이야기가 이어진다.

"염치없긴 우리도 매한가지일세."

"이게 모두 그놈 탓예요."

"우리가 어리석었어요. 어차피 천벌을 받아 마땅한 놈, 그때 우리가 팔 걷어붙이고 처리하지 못한 게 두고두고 원통하네요."

"결국 할머니가 옳았어요. 뒤탈이 생기면 당신이 뒤집어쓸 테니 절대 보내지 말자던, 그 말대로 했어야."

할아버지가 모두를 향해 손사래를 친다.

"할멈이 그리 나와서 동동이 엄마가 서둘러 결단을 내렸던 게야. 거기다 우리가 약속을 했으니까. 동동이는 걱정 마라, 아무 부족함 없이 키우마⋯⋯. 6년을 잘 지내다 4년 남겨두고 이 무슨 해괴한 변고인지. 하늘도 참으로 무심하군."

"편지만이라도 사실대로 말해줄 걸 그랬어요. 동동이는 속이 깊어서 충분히 이해했을 텐데, 후회돼요."

"편지에 검열 도장만 안 찍혔어도⋯⋯."

말해놓고 장사장님이 풀썩 주저앉는다. 무릎걸음으로 침대의 내게로 다가간다.

"동동아, 우리는 네가 없으면 안 된다. 하루하루 너를 보는 낙에 살아왔다. 우릴 위해서라도 제발 정신 차려라."

3.

엄마가 왔다.

드디어, 엄마가 오고 말았다.

늦었다. 죽게 돼서야 겨우 나타났다.

엄마는, 침대의 나를 본다. 바닥에 무릎을 꿇고 반쯤 입을 벌린 채 바라만 보고 있다. 나처럼 머리를 심하게 다친 건 아닐까 하는 생각이 들 정도다.

나는, 형광등 불빛이 만든 엄마의 그림자를 쳐다본다. 그림자가 더 진짜 같을 때가 있다. 속임수가 통하지 않는다. 꾸미지도 못한다.

엄마를 보는 순간 곧바로 기절해버릴 거라고 생각해왔다. 미리 알아챈 탓일까. 아무렇지도 않다. 그냥 미지근한 물처럼 굴고 있다.

어젯밤 미쑤노이모가 침대의 나에게 말해줬다. 엄마가 올 거라고 했다. 잠든 모습으로 맞이할 테냐고, 제발 정신 차리라며 화를 냈다.

엄마는 파라과이에서 오지 않았다.

감옥에서 왔다. 봉구형처럼 감옥에 갇혀 있었다. 해피빌라 식구들이 왜 나를 속였는지 알 만하다.

감옥은 나쁜 사람이나 들어가는 곳이다. 죄가 클수록 오래 갇혀야 한다. 그러니까 엄마는 나쁜 사람이고, 6년씩이나 길게 갇혀야 할 만큼 나쁘다는 뜻이다.

무슨 죄를 저질렀을까. 신경 쓰고 싶지 않다. 엄마의 문제다. 세계지도 속 파라과이를 손가락으로 짚어보며 당나귀 똥을 걱정한 나, 나만 멍청이였다.

삐턱이할머니가 엄마에 착 달라붙어 있다. 보고 가야 할 사람이 바로 엄마였던 모양이다.

엄마의 머리를 쓰다듬는다. 볼을 만지고 어깨를 다독인다. 지치지도 않고 계속. 헛수고다. 시늉일 뿐이다.

몸으로는 아무것도 할 수 없는 처지다, 할머니는. 어차피 할머니를 알아보지도 손길을 느끼지도 못한다, 엄마는.

나를 구분할 수도 없다. 침대의 나는 몸만 엄마의 아들이다. 손가락 하나 꿈쩍하지 못하는 가짜라고 봐야 한다.

나는 할머니 곁에 쪼그리고 앉는다.

〔봤으니까 됐죠?〕

〔아직 덜 봤다.〕

칫, 막무가내, 고집불통은 여전해.

〔너만 네 엄마를 기다렸는지 아느냐. 이 할미도 너 못지않게 참고 기다렸다.〕

사실이라면, 할머니는 적어도 고맙다는 말 정도는 해야 옳다. 내 덕분에 엄마를 보게 된 셈이니까.

할머니가 째려본다. 생각도 마음대로 못하게 생겼다.

〔왜 그리 킁킁대고 난리냐?〕

〔내가 언제요?〕

〔엄마 냄새가 그렇게 그리웠더냐?〕

나는 얼른 손가락 두 개를 펼쳐 콧구멍을 막는다. 출입문 쪽으로 고개를 돌린다.

해피빌라 식구들이 서 있다. 이쪽을 애써 보지 않으려는 듯 더러는 고개를 숙이고 또 더러는 천장을 바라보고 있다. 미쓰노이 모는 아예 두 손으로 얼굴을 가린 채다.

눈길 둘 데 없는 건 나도 마찬가지다.

할머니 말이 맞다. 나는 엄마의 냄새가 그리웠다. 품에 안기면, 그런 날이 오면 냄새를 맡아 엄마를 확인하고 싶었다.

"동동아."

목구멍이 막힌 듯 간신히 소리 내고 있지만 맞다, 엄마의 목소리다.

"엄마, 엄마야."

눈물 한 방울이 엄마의 뺨을 타고 흘러내린다.

누군가 우는 모습만 봐도 덩달아 눈물을 찔끔대곤 했다. 지금은 끄떡없다.

"미안해. 미안해……."

미안할 짓은 처음부터 하는 게 아니래.

미지근한 물 같던 마음이 한순간 꽁꽁 얼어붙은 듯하다. 차갑게 굴 것까지는 없어. 속말을 중얼거려 봐도 나아지질 않는다.

차라리 자리를 피하는 편이 낫겠다. 병실 구석 자리 예림이한테로 간다.

할머니 말로는 예림이도 나처럼 빨리 하늘나라로 가고 싶어 한단다. 태어나면서부터 계속 아프기만 했으니 그럴 만도 하겠다.

엄마가 없는 동안 나는 튼튼했다. 다시 아파지니까 엄마가 돌아왔다. 일부러라도 아플 걸 그랬다는 생각마저 든다.

엄마 쪽으로 자꾸만 곁눈질을 하게 된다.

내 머릿속은 온통 6년 전 엄마의 모습으로 가득했다. 깊게 새겨져 있었다.

엄마는 변하지 않았다. 반칙이다. 나는 이만큼 자랐다. 엄마만 그대로라면 말이 안 된다.

엄마의 입에서 울음인지 신음인지 모를 소리가 새어나온다. 침대의 내 팔뚝 위로 뚝뚝, 눈물이 떨어지는 게 보인다.

아, 싫다. 귀를 틀어막고 눈을 감아버리고 싶다.

〔엄마가 미우냐?〕

어느새 다가왔는지, 할머니가 내 옆에 서 있다.

〔미워해선 못 쓴다. 너 하나 바라보고 지금까지 견뎌낸 엄마다.〕

〔뻥치지 마요. 엄마는 나빠요. 봉구형이랑 똑같아요.〕

〔다르다. 제 욕심에 눈이 멀었던 봉구와는 다르고말고. 네 엄마가 잘못했다면, 착하고 모질지 못해 질질 끌려다녔던 게다.〕

〔누구한테요?〕

할머니가 내 어깨에 손을 얹는다.

〔그때는 그 수밖에 없었다.〕

〔그때? 그때, 뭐요?〕

잠자코 눈만 감았다 뜨는 할머니다. 다시 물어도 딴전을 부린다.

대답을 듣지 못해도 상관없다. 앞으로는 내가 직접 알아낸 것만 믿기로 했다. 그래봤자, 곧 하늘나라로 올라가겠지만.

해피빌라 식구들에게로 간다. 할머니가 언제 변덕을 부릴지 모르니 미리 인사를 해둬야겠다.

가출할 때는 일부러 모른 척했다. 인사를 했다간 어른들이 나를 놔주지 않았을 테니까. 지금은 백만 번 인사를 해도 소용없다. 인사는커녕 내 모습도 보지 못한다. 그래도 해야 한다. 두고두고 후회하고 싶진 않다.

비온닥삼촌을 빼놓고 전원 참석.

모두 하루 두 번의 면회만 손꼽아 기다리고 있는 듯하다. 말리고 싶다. 나 때문에 괴로워하는 모습을 보는 게 힘들다. 자기 탓이라는 후회의 말도 듣기 싫다.

어른들은 아무 잘못이 없었다. 엄마 책임이었다.

내 책임도 있다. 쌍칼형의 작전이 반쯤만 성공한 건 나의 실수였다. 쌍칼형에게 미안하다. 그리고 걱정된다. 개미핥기에게 죽도록 얻어맞지 않았을까.

〔쌍칼형은 할머니 닭죽이 최고래요.〕

〔닭죽이라곤 처음 먹어봐서 그런 게다.〕

〔거짓말?〕

〔흔해빠진 닭죽조차 먹어보지 못하고 자랐다, 기만이는.〕

〔쌍칼형 이름을 어떻게 알았어요?〕

〔동동아, 너는 복 받은 게다. 닭죽을 실컷 먹었으니까 말이다.〕

질리도록 먹었다. 해피빌라 식구들은 내가 감기라도 들면 앞다 퉈 닭죽을 끓였다. 아무리 그래도 닭죽과 복이 무슨 상관이람.

〔단 한 명이라도 내 편이 있으면, 그게 복이란다. 자, 봐라, 동 동이 편이 얼마나 많은지. 너처럼 복 받은 아이를 또 어디서 찾아 보겠느냐.〕

말해놓고 할머니가 해피빌라 식구들을 손으로 가리킨다.

그렇긴 하다. 악당인 쌍칼형까지 내 편이 되어주었다. 하지만 엄마를 끼워주고 싶진 않다.

4.

문병 온 사람들이 병실을 빠져나간다.

해피빌라 식구들도 뒤따른다. 엄마는 꿈쩍하지 않는다. 엄마를 째려보는 간호사누나에게 다른 간호사누나가 귀엣말을 속삭인 다. 엄마는 계속 머물러도 되는, 특별허가를 받은 모양이다.

엄마와 함께 지내야 한다? 언제까지?

삐턱이할머니가 빤히 쳐다본다.

〔왜, 마음에 안 드냐?〕

왜 좋아해야 하는지 솔직히 모르겠다. 파라과이에 있다고 믿었을 때가 엄마와 훨씬 가까웠다는 생각마저 든다.

〔이 할미의 생전 모습처럼 삐딱하구나.〕

〔할머니는 할 일이나 해요. 어서 나를 데려가요.〕

〔네 엄마는 어쩌고?〕

대꾸할 말이 떠오르지 않는다.

〔할미 죽었을 때, 마음이 쓰리지 않더냐?〕

처음에는 얼떨떨했다. 차츰 화가 났다. 할머니가 불속으로 들어가는 순간이 돼서야 어른들 말대로 가슴이 찢어지는 듯 아팠다.

〔할미 따라 나섰다간 다신 엄마를 못 본다.〕

생각해보지 못했다. 솔직히 생각하고 싶지도 않다. 하지만 나는 괜찮다는 표시로 으쓱, 어깨를 들어올린다.

〔엄마는 오래 있지 못한다.〕

〔어디 가요?〕

빤한 걸 괜히 물었다. 엄마는 앞으로도 4년 더 감옥에 갇혀 지내야 한다.

나쁜 아이, 우동동.

그동안 찜찜했던 이유를 알겠다. 엄마 때문이다. 엄마의 아들인 탓이다. 엄마는 나쁜 나무고, 나는 나쁜 열매다. 하나는 다행이다. 나쁜 아들이라서 엄마가 떠난 건 아니니까 내 잘못이 아니다. 앞으로는 나 자신을 못마땅하게 여기지 않아도 된다.

나는 할머니 어깨 너머 엄마를 바라본다.

엄마는 아직도 운다. 마치 울기 위해 온 것처럼 계속 주룩주룩 눈물을 흘리고 있다.

울음을 그치라고 말릴 수도 없다. 다시 예림이에게로 가는 편이 낫겠다. 자리를 뜨려는 순간, 엄마의 귓불이 눈에 들어온다.

꼬맹이 때 엄마의 귓불을 자주 만지작댔다. 말랑말랑한 느낌이 좋았다. 마음이 편해졌다. 새우처럼 옆으로 누워 귓불을 쥔 채 잠들곤 했다. 엄마는 나 때문에 귀걸이를 못 한다며 투덜댔지만 정말 싫어서 그런 것 같진 않았다.

귓불을 만지면 옛날의 엄마가 고스란히 느껴질까. 좋고, 마음이 편해질까.

엄마가 먼저라는 생각이 든다. 엄마가 내 볼을 당겨 복어를 만든다면, 나도 엄마의 귓불을 만지겠다.

엄마는 복어 만들기는 아주 까먹은 듯하다. 침대의 내 손을 쥔 채 눈물만 흘리고 있다.

어린왕자가 죽게 되었을 때 조종사에게 했던 말이 생각난다.

나의 몸은, 아무 데나 버려진 오래된 껍질 같아. 그렇다고 슬픈 것은 아니야. 오래된 껍질과 같은 거거든.

침대의 나로 돌아가고 싶다. 엄마의 손길을 느껴보고 싶다. 딱 한 번만이라도.

동동아, 하고 부르며 엄마가 침대의 내 어깨를 흔든다.

"이 엄마가 어떡하면 좋겠니?"

늦었다. 한참 늦고 말았다. 엄마가 해줄 건 없다. 내 몸은 오래된 껍질이 되었고 마음은 딱딱해졌다.

"어떡해야 엄마, 하고 불러줄 거야?"

나는 윗니로 아랫입술을 힘껏 깨문다. 엄마, 라는 말이 터져 나올 것 같아서다. 불러도 듣지 못하겠지만 혹시 몰라, 정말 중요한 것은 마음으로 보고 듣는 법이라니까.

바지주머니에 손을 넣어 손가락을 꼼지락거린다.

엄마.

편지를 쓰고 싶다. 파라과이 있다고 생각하며 편지를 쓰면 딱딱한 마음이 부드러워질까. 엄마가 덜 미워질지도 모른다.

일주일에 한 통씩 편지를 쓸 수 있어서, 미쑤노이모의 글씨라도 엄마의 편지를 받아서 좋았다는 생각이 든다. 하지만 까마득한 옛날 일로 여겨진다.

엄마가 침대의 내 귀에 입술을 댄다.

"엄마가 대신 해줄게. 아들 대신 잠들 테니 깨어나 줘. 제발, 제발······."

할머니가 엄마 흉내를 내려는 듯 귀엣말로 묻는다.

〔잘 들었느냐?〕

나는 고개를 돌려 예림이를 바라본다.

예림이를 면회 오는 사람은 아빠뿐이다. 사흘 연속으로 오지 않았다. 아빠가 먼저 지쳐버렸을까. 한 달 넘게 중환자실에 있으니 그럴 만도 하겠다.

〔엄마는 제 목숨과 바꾸자는데, 아들은 나 몰라라 딴청을 부리

는구나.〕

〔아무리 애를 써도 안 되도록 정해진 일이 있대요.〕

원래 붕어빵할아버지가 입버릇처럼 하던 말이다. 그때마다 엄마를 기다리는 나를 겨냥한 것처럼 들렸다. 하와이에 가지 못하는 할아버지 스스로에게 한 말인지 뻔히 알면서도.

〔늦지 않았다. 네가 어떻게 마음먹느냐에 따라 아직 기회가 있다.〕

〔무슨 기회요?〕

할머니가 대답을 하려다 엄마 쪽으로 고개를 돌린다.

나는 할머니처럼 마음을 읽을 수 없다. 살지도 죽지도 못한 어정쩡한 상태라서 그런가 보다.

엄마 울음이 흐느낌으로 바뀐다. 입술을 깨물어 막아보지만 소용없다. 너무 크게 울다간 쫓겨날지도 모른다. 엄마를 쳐다보는 간호사누나들의 눈초리가 점점 날카로워지고 있다.

복어를 보여주면 울음을 그칠까.

볼을 힘껏 부풀고 눈꺼풀을 빠르게 깜박인다. 화장실이 급한 복어다.

제아무리 코믹복어가 되어도 어차피 엄마는 보지 못한다. 안다. 잘 알고 있다. 엄마에게만 복어가 필요한 게 아니다. 나 자신을 위해서 더 웃긴 복어가 되어야 한다.

5.

"아이스크림 먹자."

엄마가 쉬지 않고 아이스크림을 먹잖다. 말뿐이다.

"원래 아이스크림 돼지였잖아. 오랜만에 엄마랑 아이스크림 사
먹으러……."

슬슬 짜증이 난다. 아이스크림 때문에 이렇게 되었다는 걸 가
르쳐주고 싶다. 아이스크림을 입에 대면 엄마가 영영 돌아오지
않을 거라고 생각했던 점까지.

아이스크림 이야기를 하는 이유가 있다.

정신이 번쩍 들 만한 말을 줄기차게 들려주라고, 간호사누나가
시켰다. 실제로 그렇게 깨어난 일이 있었단다. 기적은 애타게 희
망하는 자를 찾아가는 법이라는 말도 했다.

깨어나 봤자, 뭐해.

아무것도 바뀌지 않는다. 엄마는 다시 나를 떠날 거고, 나는 또
엄마를 기다려야 한다.

"생각나, 아이스크림을 통째로 다 먹고 배탈이 났던 거?"

앞으로 그럴 일은 없다. 깨어난대도 옛날처럼 좋아할 것 같지
않다. 아니 아예 쳐다보기도 싫어지겠지.

감자샘이 병실로 들어선다.

침대에 걸터앉아 있던 엄마가 일어난다. 두 손을 아랫배에 가
지런히 모은 채 허리를 굽혀 인사를 한다. 의사선생님이든 간호

사누나든 그렇게 인사를 한다. 나에게 늘 예의바르게 행동하라더니, 엄마가 직접 시범을 보여주는 듯하다.

감자샘이 자신을 소개한다. 수애 아빠라는 말에 엄마의 눈이 휘둥그레진다.

편지에 수애 이야기를 썼었다. 우리 반에서 제일 똑똑한 수애가 나한테 엄청 잘해준다고 뻥을 쳤다. 그래야 엄마가 좋아할 테니까.

감자샘은 눈치 짱이다. 쌍칼형에게 배를 걷어차여 수술했던 이야기를 꺼낸다. 나를 칭찬하려는 뜻은 알겠다. 하지만 엄마한테 비밀로 해둔 일이었다.

엄마의 눈에 금방 눈물이 고인다. 본격적으로 울 것 같진 않다. 이미 눈물이 다 말라버렸을까. 어쨌든 지금에 비하면 그때는 아무것도 아니었다. 시간만 지나면 나을 상처였다.

시간과의 싸움.

노수호 과장님은 침대의 내가 그러고 있는 중이라고 했다. 시간이 지날수록 깨어날 가능성이 점점 적어진단다.

감자샘이 옆구리에 끼고 있던 쇼핑백을 엄마에게 건넨다.

"동동이가 중요한 거라면서 수애한테 맡겨뒀답니다."

복어왕자 만화. 화가아저씨가 그려준 열여섯 살의 나.

액자만 맡겼다. 만화는 수애에게 준 선물이었다. 수애는 아직도 복어와 친해지지 못했을까. 그럴 만도 하겠다. 무엇인가를 좋아하는 건 결심과 노력이 필요하다. 엄마와 나처럼 분명한 이유가 있던지.

엄마가 서둘러 쇼핑백을 연다. 신음인지 감탄인지 모를 소리가 엄마의 입에서 흘러나온다.

"딸아이 말로는 동동이한테 보여주면 깨어날 거라는군요."

감자샘의 말을 듣기나 한 걸까. 혹시 그림이 마음에 들지 않아서 저럴까. 엄마의 눈길은 액자를 뚫고 지나 허공의 뭔가를 좇고 있는 듯하다.

고마워, 한수애.

그리고 미안해.

잘난 척을 하는 아이는 자기밖에 모른다. 수애도 그런 아이라고 생각해왔다.

하늘나라에 간다면, 어린왕자처럼 자기 별이 생긴다면, 수많은 별 중에서 하나를 고를 수 있다면, 돌고래자리를 택하겠다. 수애가 가장 아끼는 돌고래자리에서 반짝반짝 빛나고 싶다.

나는 엄마 옆으로 간다.

아저씨는 그림에 엄마가 빨리 돌아오게 할 마법을 걸었다고 했다. 이런 식은 아니었지만 어쨌든 마법은 통했다. 감물저수지에 던져버리지 않길 잘했다.

삐턱이할머니가 내 등 너머 목을 쭉 빼 그림을 살핀다.

〔그럴듯해. 잘 그렸어. 암만 그래도 이 할미는 동동이 그림이 훨씬 맘에 드는구나.〕

아저씨가 얼마나 훌륭한 화가인지 말하려다 그만둔다.

아저씨가 그립다. 전시회 소식도 궁금하다. 문병을 와줬으면 좋겠다고 생각하다 곧 도리질을 친다. 아저씨를 슬프게 만들고

305

싶지 않다.

감자샘이 침대의 내 손을 잡고 기도한다. 할머니도 덩달아 감자샘의 어깨에 손을 얹으며 눈을 감는다.

엄마는 꿈쩍 않고 액자만 쏘아본다. 침대의 나에게 보여주려는 기색조차 없다. 생각이 너무 많아서 어느 하나 제대로 생각해낼 수 없게 된 듯하다. 기도를 끝낸 감자샘이 고개를 숙여 인사를 해도 엄마는 알지 못한다.

열여섯 살의 내 모습을 과연 알아차렸을까.

왜 열여섯의 내가 엄마에게 중요했는지, 이제는 알았다. 엄마는 감옥에 갇혀 있어야 할 4년의 시간을 상상으로나마 앞당기고 싶었던 모양이다.

드디어 엄마가 움직인다. 침대에 걸터앉아 액자를 무릎 위에 내려놓는다. 손가락으로 열여섯 살의 내 얼굴을 머리에서 뺨을 따라 턱까지 천천히, 눈이 아니라 손끝으로 확인하려는 듯 더듬는다.

소용없다. 그림은 그림일 뿐이다. 하늘나라에 가서야, 거기서도 나이 먹는 게 가능하다면, 나는 열여섯 살이 될 것이다.

엄마가 액자를 들어 침대의 나에게 보여준다.

"동동아, 이것 좀 봐. 정말 아들이 맞는지, 몇 살 때 모습인지, 누가 그렸는지 가르쳐줘."

엄마는 비슷비슷한 말을 되풀이한다. 참 끈질기다.

할머니가 엄마를 두고 했던 말이 생각난다.

ー 네 엄마는 남의 말을 무턱대고 믿어서 탈이었지. 범처럼 모질

게 굴 때가 있어야 하는 법인데, 속고 당하면서도 번번이 믿었다.

지금도 감자샘의 말을 너무 믿고 있다. 아이스크림보다 나은 방법 같긴 해도 결과는 마찬가지다. 침대의 내가 눈을 떠 그림을 확인할 성싶진 않다.

회진 때마다 의사선생님들이 눈꺼풀을 까뒤집어 손전등을 비춰보곤 한다. 불빛에 눈동자가 약간 움직이긴 한다. 거기까지다. 그게 전부다. 스스로의 힘으로 눈을 뜨지 못한다.

엄마가 나에게 해줄 게 없다. 나도 마찬가지다. 우리 사이는 어긋난 톱니바퀴처럼 억지로 돌아가는 꼴이다.

6.

노수호 과장님이 차보연 선생님과 함께 병실로 들어온다.

노 과장님은 회진 때 외에는 거의 볼 수 없다. 어젯밤 엄마와 둘이서 한참 이야기를 나누긴 했지만 수시로 드나드는 쪽은 차 선생님이다.

차 선생님은 정말 의사가 맞을까 싶을 지경으로 젊다. 게다가 굉장히 예쁘다. 그러나 주위에 온통 못마땅한 것들뿐인지 항상 인상을 쓰고 있다. 중환자실이 웃고 떠들 수 없는 곳이긴 해도 환자를 대할 때만큼은 살짝 웃어줬으면 좋겠다.

노 과장님이 엄마에게 다가간다.

"내일 돌아가셔야 한다고요?"

예, 하고 속삭이듯 대꾸하는 엄마다.

"아침에 떠나시나요?"

엄마가 침대의 나를 흘낏 바라본다.

벽시계는 8시를 넘어섰다. 아침까지는 기껏해야 12시간밖에 안 남았다.

내일 떠난다는 건 이미 알고 있었다. 하필이면 아침일 게 뭐람.

어린왕자는 슬플 때는 황혼을 보러 간다고 했다. 감물저수지 제방에 앉아 있던 내 모습이 떠오른다. 나는 늘 혼자였다.

엄마와 함께 황혼의 시작부터 끝까지 지켜보고 싶다. 심하게 욕심 부리는 것도 아니다. 잠깐이면 된다. 입 없이 태어난 하루살이의 목숨처럼 황혼은 순식간에 끝나니까.

"내일은 외래환자 진료가 있어서 뵙기 힘들겠군요."

엄마가 갑자기 노 과장님의 가운 소매를 잡는다. 노 과장님이 놀란 듯 주춤 뒤로 물러선다.

"부탁합니다. 무슨 일이 있어도 깨어나게 해주세요. 반드시, 꼭 요."

부탁이 아니라 숫제 명령이다. 아무리 소매를 붙잡고 늘어져도 소용없다. 내가 듣기론 노 과장님 역시 기다리는 수밖에 없다.

"최선을 다하겠습니다."

말해놓고 노 과장님이 차 선생님을 턱으로 가리킨다.

"따로 드릴 말씀이 있는 모양입니다. 기다리는 환자가 있어서 저는 이만."

노 과장님이 고개를 숙여 보이고는 돌아선다.

엄마는 멀어지는 노 과장님을 향해 손을 뻗는다. 노 과장님의 모습이 사라진 뒤에도 허공에 뻗친 손을 차마 거둬들이지 못한다.

"저쪽으로 가실까요."

차 선생님이 말해놓고 간호사 대기실로 간다.

엄마가 걸음을 떼어놓으려다 쓰러질 듯 휘청거린다. 주먹으로 무릎을 두드린다. 너무 오래 쪼그려 앉아 다리가 저린 모양이다. 허긴 잠을 자지도 먹지도 않은 채 침대 곁을 붙어 있었다. 화장실에 다녀올 때를 빼놓고는 꼼짝하지 않았다.

엄마가 차 선생님 건너편 의자에 앉는다. 나는 차 선생님 뒤편에 선다.

차 선생님이 테이블 위에 올려놓은 진료차트를 뒤적거린다.

"다시 오시긴 힘들겠죠, 상황이 상황이니만큼 아무래도?"

엄마는 잠자코 눈을 감았다 뜬다.

차 선생님이 눈썹 사이 자리 잡은 주름을 손가락으로 문지른다. 인상 쓰는 게 대단히 나쁜 버릇인 걸 깨달았을까. 아니다. 엄마와 눈을 마주치지 않으려 손으로 슬쩍 가린 듯하다.

"그래서 드리는 말씀인데, 저희로선 만일의 사태를 생각하지 않을 수 없습니다."

만일, 하고 엄마가 낮은 목소리로 묻는다.

"더 이상 손쓸 수 없다면 결정을 내려야 합니다."

차 선생님이 차트 뒤편에서 종이를 꺼낸다. 여러 장으로 묶인 모양새가 서류인 듯하다.

309

"당장 환자가 어떻게 된다는 뜻으로 오해하진 마세요. 다만 보호자께서 항상 환자 곁을 지킬 수 있는 입장도 아니고, 연락하기도 쉽지 않으니까 미리 말씀드리는 겁니다. 상황이 상황이니만큼."

상황이 상황이니만큼?

두 번씩이나 말하는 이유가 궁금하다. 아니 신경 쓰인다. 엄마의 입장도 생각해줘야 맞다.

할머니의 목소리가 등 뒤에서 들려온다.

〔엄마가 당하는 건 싫은 모양이구나.〕

〔그게 아니고요, 할머니가 했던 말이 생각나서요.〕

부창초등학교 버스 정류장에서 고구마 등 채소 따위를 팔 때, 할머니는 예쁜 아줌마들에게는 사달라고 매달리지 않았다. 예쁜 것들은 제 잘난 꼴에 취해서 도무지 인정머리가 없다는 이유였다.

〔네 엄마 낯빛이 영 안 좋구나.〕

할머니의 말에 얼른 엄마를 살핀다.

엄마는 페이지를 넘겨 확인하지 않고 첫 장만 뚫어지게 쳐다보고 있다. 얼굴이 점점 굳어진다. 종이 속에서 손이 튀어나와 목을 조르기라도 하듯이 하얗게 변한다.

저 얼굴, 본 적이 있다.

언제였지? 어디서 봤지?

곰곰이 생각할 필요도 없다. 피하고 싶지만 번번이 꾸게 되는 꿈. 꿈인지 알면서도 깰 수 없는 꿈. 아찌가 해피빌라에 불을 지르려 했고, 나를 집어던져 팔을 부러뜨렸던 꿈.

엄마는 하얗게 질린 얼굴로 나를, 살을 뚫고 나온 뼈를 쳐다봤었다.

"뇌사에 대해선 과장님께서 충분히 설명하셨죠?"

차 선생님 말을 듣고 있기나 할까. 여전히 하얗게 질린 얼굴로 서류만 노려볼 뿐이다.

"뇌사라면 소생할 가능성이 전혀 없는 상태를 의미합니다. 기계 장치에 의존해 죽음을 다소 늦추는 조치에 불과하죠. 따라서 뇌사로 판명될 경우, 정식으로 위원회가 열릴 겁니다. 물론 보호자 동의하에 가능한 일이긴 합니다."

엄마의 대꾸를 재촉하려는 듯 차 선생님이 손가락을 세워 손톱 끝으로 테이블을 타닥타닥 두드린다.

"아드님을 헛되이 보낼 수야 없지 않습니까?"

헛되이, 라고 엄마가 나직하게 차 선생님의 말을 따라 한다. 차 선생님이 재깍 받는다.

"예. 헛되이."

차 선생님이 마치 잘 정리된 메모지를 펼쳐 읽듯이 또박또박 덧붙인다.

"장기 기증은 인간이 인간에게 베풀 수 있는 가장 거룩한 사랑이죠. 아드님도 분명 그렇게 하길 원할 겁니다."

엄마의 얼굴이 빠르게 붉어지고 일그러진다. 차라리 하얗게 질려 있던 편이 나았다는 생각이 들 정도다.

"못해요. 안 해요."

엄마가 서류를 탁자에 내려놓는다. 이어 차 선생님의 앞으로

휙 밀어버린다.

차 선생님이 그럴 줄 알았다는 듯 고개를 까닥거린다.

"지금 결정하라는 건 아닙니다."

"지금이든 나중이든, 똑같아요."

엄마는 몹시 화가 난 듯하다. 불에 댄 듯 벌겋게 달아오른 얼굴에 숨소리마저 거칠어지고 있다.

차 선생님이 두 손을 깍지 껴 테이블 위에 올려놓는다.

"알고 계셔야 할 것은 뇌사 상태 유지가 쉽지 않다는 점입니다. 의학적으로도 그렇고, 보호자가 감당해야 할 경제적 부담도 상당히 큽니다."

"누가 돈 걱정 해달랬어요."

엄마의 목소리가 지나치게 컸다. 걸을 때조차 사푼사푼 발소리를 낮춰야 하는 중환자실이라는 걸 까먹은 모양이다. 엄마를 향한 간호사들의 눈초리가 사나워진다. 그러거나 말거나 엄마는 차 선생님을 향해 다시 소리친다.

"선생님은 자신의 일만 해요. 어서 아이를 깨어나게 하라고요."

엄마가 벌떡 일어선다. 앉아 있던 의자가 뒤로 넘어진다. 의자가 바닥에 부딪히는 소리가 요란하게 울려 퍼진다.

아, 생각난다. 그때도 그랬다.

─ 쓰레기 같은 새끼, 아예 뒈져 버려!

아찌가 악을 쓰며 내 멱살을 움켜잡았다. 또다시 나를 집어던질 거라고 생각했다. 갑자기 아찌의 손이 풀렸다. 아찌의 어깨 너머 엄마의 모습이 보였다. 내가 떨어뜨렸던 칼을 쥐고 있었다. 아

312

찌가 비틀비틀 넘어지지 않으려 식탁 의자에 몸을 기댔다. 우당
탕, 의자와 함께 아찌가 바닥에 나뒹굴었다.

그동안 싹둑 잘려 나갔던 꿈의 뒷부분이 제대로 연결된 걸까.
정말 실제로 벌어졌던 일이었을까.

할머니에게 물어보는 수밖에 없다.

〔그냥 꿈이죠? 엄마가 아찌를 어떻게 한 게 아니죠?〕

할머니가 엄마와 나를 번갈아 쳐다본다.

〔왜 그랬어요, 엄마가?〕

묻지 말 걸 그랬다. 부러진 뼈가 살을 뚫고 나왔을 때처럼 아
프다.

〔할머니, 난 나쁜 아이가 맞죠?〕

〔동동아, 넌 나쁜 아이인 적이 없었다.〕

〔하지만 엄마는 나 때문에…….〕

〔네 잘못이 아니다. 그리고 부모에게 나쁜 자식은 애초에 없단
다.〕

7.

어린왕자가 부럽다.

어린왕자는 자신의 별로 돌아갔다. 나도 해피빌라로 돌아가게
될까. 어린왕자의 별에는 장미꽃 한 송이가 있고, 해피빌라에는

내가 깨어나길 기다리는 식구들이 있다.

엄마만 안됐다.

엄마에게도 돌아가야 할 곳이 있긴 하다. 엄마를 기다리는 건 장미꽃도, 식구도 아니다. 갇혀 지내야 할 4년의 세월이다.

엄마가 힐끔 벽시계를 쳐다본다.

8시 55분.

엄마가 자신을 감옥으로 데려갈 교도관에게 사정을 해 얻어낸 시간이 빠르게 흘러가고 있다. 이미 세 차례나 연기했다. 교도관은 마지막이라며 더는 봐줄 수 없다고 했다.

어쩌자고 엄마는 계속 복어왕자 만화에 매달리는지 모르겠다. 밤새도록 침대의 내 귀에 대고 소곤소곤 읽고 또 읽었으면서도 아직 멈추질 않는다.

왕자복어가 엄마복어의 손을 잡고 마녀문어의 성을 빠져나오는 부분에서 엄마가 말한다.

"엄마를 끝까지 포기하지 않아서, 고마워."

그냥 만화다. 엄마를 잠깐잠깐 떠올리긴 했어도 내 멋대로 꾸며낸 이야기일 뿐이다.

"엄마를 구해줘서, 고마워."

만화의 장면을, 엄마는 자신에게 실제로 벌어졌던 일로 여기는 듯하다.

"이젠 엄마 차례야. 엄마가 아들을 구해줄게. 그러니까……."

엄마가 뒷말을 잇지 못하고 입술을 깨문다. 답답한지 주먹으로 가슴을 두드린다.

"그러니까 아들이 먼저 포기하면 안 돼. 엄마에게 기회를 줘."

갈라지고 터진 입술에서 피가 배어나온다. 쓰라리고 아프겠다. 내 몸이 진짜라면 손을 뻗어 닦아주고 싶다.

"오늘 병원을 옮길 거야. 우리나라에서 제일 큰 병원으로. 엄마가 무슨 수를 써서든 반드시 구해낼 테니까. 아들도 힘을 내줘. 꼭, 꼭, 꼭……."

하지만 무슨 수로?

교도관은 엄마를 감옥으로, 삐턱이할머니는 나를 하늘나라로 데려갈 것이다.

엄마가 나를 구해낼 차례도 아니다. 나는 복어왕자처럼 엄마를 구해준 적이 없었다. 오히려 감옥에 갇히게 만들었다.

〔여전히 엉뚱한 생각을 하는구나.〕

할머니가 해피빌라 시절로 착각한 듯 내 뒤통수를 쥐어박는다.

〔사실이잖아요?〕

〔참으로 그리 생각하는 게냐? 그렇다면 이제라도 엄마를 구해 봐라.〕

할머니가 나를 엄마 쪽으로 밀어붙인다.

너무 세게 밀었다. 쓰윽, 내 어깨가 엄마 가슴으로 빨려 들어간다. 얼른 몸을 뺀다. 늦었다. 뜨겁고 짜릿한 무엇이 나를 뚫고 지나간 뒤였다.

이상하다.

그동안 아무런 감각이 없었다. 가짜 몸이니 당연했다. 손을 대도 만져지지 않았고 어깨를 부닥쳐도 그냥 통과였다. 침대의 내가 조금 살아난 건지도 모른다.

엄마는 어떨까.

엄마도 내가 느껴질까.

몸을 빠져나온 후 처음으로, 나는 침대의 내 옆에 나란히 눕는다. 엄마가 나를 제대로 느낄 수 있도록 오래된 껍질 같은 몸속으로 들어가고 싶다.

저벅저벅, 교도관이 다가온다.

엄마가 5분만 더 달라고 부탁한다. 1시간에서 30분, 10분에서 다시 5분으로. 교도관은 눈을 부릅뜬 채 고개를 흔들며 엄마의 팔을 잡아 일으키려 한다.

틀렸다. 이제는 버틸 수도 없다. 6년을 기다렸고, 만난 지 겨우 이틀 만에 다시 헤어지는 셈이다.

엄마가 교도관에게 잡힌 팔을 뿌리친다. 곧장 침대에 쓰러지듯 엎드린다. 침대의 나, 엄마의 아들 가슴에 얼굴을 묻는다.

내 가슴은 금방 엄마의 눈물로 축축해진다. 이틀 내내 실컷 울었는데 어디에 아직 눈물이 남았을까.

뜨겁다. 엄마의 눈물은 달아오른 숯불처럼 뜨겁다. 너무 뜨거워 비명이라도 지르고 싶은데 입이 열리지 않는다.

엄마의 손이 내 허리를 감싸는 게 느껴진다. 흑흑, 흐느끼는 엄마의 울음소리도 분명 들린다. 느껴지고 들릴 뿐 눈에는 보이지 않는다. 온통 깜깜하다. 다시 깡패들한테 붙잡혀 차 트렁크에 갇혀버린 기분이다.

동동아, 하고 할머니가 나를 부른다.

316

〔할머니, 어딨어요? 내가 왜 이래요?〕

〔네 엄마보다 이 할미가 먼저 가게 생겼구나.〕

〔나는요?〕

〔널 기다리고 있으마. 다음에는 할민 오진 못할 게다. 그때는 나보다 더 가까운 사람이 길잡이 역할을 하겠지.〕

〔누군데요?〕

〔명심해라. 인생은 좋은 사람들을 차례로 만나기 위한 기나긴 여행이란다.〕

갑자기 폭죽이 터진 것처럼 눈앞이 하얗게 변한다. 보이지 않는 건 마찬가지다. 이번에는 너무 밝아서 아무것도 구별할 수 없다.

그렇지만 느껴진다. 분명히 알 수 있다. 할머니가 밝은 빛 속으로 빨려 들어가 아득히 멀어지고 있다.

"백이십일 번. 자꾸 이런 식으로 나올 거야."

교도관의 목소리다. 엄마가 한 차례 진저리를 치며 내 가슴에서 떨어진다.

121번.

알겠다. 봉구형처럼 번호가 엄마의 이름이다. 번호가 불리는 순간 스스로 죄인이라는 사실을 깨달아 꼼짝 못하게 되는 모양이다.

엄마 이름은 우영란예요. 내 이름은 우동동이고요.

고함을 질러도 소용없다. 입안에서만 와글와글 시끄럽다.

"엄마는 이제 가야 돼. 눈 떠서 엄마 좀 봐줘."

말해놓고 엄마가 두 손으로 내 뺨을 감싼다. 부들부들 떨면서 코에서 뺨으로, 뺨에서 입술로 옮기며 어루만진다. 마치 내 얼굴에 엄마의 흔적을 남겨놓으려는 듯이.

"엄마, 하고 불러줘. 딱 한 번만. 엄마 힘내라고……."

복어가 되어야 한다. 아무리 슬퍼도 복어가 된 아들을 보면 금방 힘이 난다던 엄마다. 그렇다. 나는 지금을 위해서 오랫동안 열심히 연습을 한 셈이다.

숨을 꾹 참았다가 한꺼번에 내뱉는다. 마음뿐이다. 나 혼자는 복어가 될 수 없다.

엄마가 도와줘야 한다. 옛날처럼 손가락으로 뺨을 양쪽으로 쭉 잡아당겨 복어를 만들어야 한다.

그러나 엄마의 손이 뺨에서 가슴으로 미끄러진다. 가슴에서 어깨를 따라 계속 아래로 내려가 마침내 축 늘어진 팔에서 사라진다.

교도관이 엄마를 잡아당기고, 엄마는 안간힘을 내며 버티는 중일까. 바닥에 끌리는 신발 소리가 들린다.

슬프다.

아프다.

복어 되기를 실패한 탓인지, 엄마가 떠나서인지 모르겠다. 슬프고 아파서, 이대로 그냥 끝장났으면 좋겠다.

"동동아!"

엄마가 나를 찾는다. 하지만 너무 멀다. 병실 안으로 들어오지도 못한 채, 닫힌 문 너머에서 나를 부르고 있는 모양이다.

"동동아, 내 아들아!"

엄마, 엄마······.

고함을 질러도 목소리가 나오지 않는다. 멈출 수 없다. 마지막 힘까지 쥐어짜 엄마에게 대답해야 한다.

내 몸이 공중으로 멋대로 떠올랐다 가라앉는다.

삑삑삑, 머리맡의 기계에서 들려오는 소리다. 사람들이 달려오는 게 느껴진다.

"씨피알, 씨피알!"

누군가 악을 쓴다. 기계는 삑삑삑, 기분 나쁘게 울어댄다.

그러거나 말거나 나는 엄마에게 대답하기 위해 소리치고 또 소리친다.

엄마, 엄마······.

쥐똥나무 울타리 너머 반짝 해가 떠올랐다.

나는 지금 301호 창가에 턱을 괴고 밖을 내다보고 있다.

울타리 안쪽은 해피빌라 식구들로 시끌벅적하다. 해피타임이 저녁에서 아침으로 바뀌기라도 한 듯하다.

어른들은 새벽부터 부지런히 계단을 오르내리며 떠날 채비를 하고 있다. 아무리 먼 길이라지만 저리 서둘 필요가 있을까. 빨리 도착해도 정해진 순서를 앞당기진 못한다. 괜히 기다리는 시간만 길어질 뿐이다.

천천히, 천천히.

어른들을 말리고 싶다. 솔직히 나 자신부터 어떻게 해야 한다. 어젯밤에 이미 준비를 끝냈다. 계속 날이 밝기를 기다려왔다. 이러다 정작 중요한 시간에 꾸벅꾸벅 졸게 될 듯해 걱정이다.

겨울의 시작에서 봄의 끝까지 병원에서 보냈다.

여러 번 입원했지만 이번처럼 길었던 적은 없었다. 그만큼 심각했다는 뜻이다.

간호사누나들은 기적이라고 말했다. 영원히 깨어나지 못할 수도 있었단다. 의사선생님들은 대놓고 말하지 않았지만 나를 향해 고개를 자주 갸웃거려 기적에 동의하는 듯했다.

해피빌라 식구들은 달랐다. 누구도 기적이라고 말하지 않았다. 내가 깨어난 걸 당연하게 여겼다. 다만 여러 번 엄마 이야기는 했다. 엄마 때문에 내가 살아났고, 처음부터 그렇게 되도록 계획된 일이었단다.

어쨌든 나는 죽었다 살아난 건 맞는 듯하다.

그동안 무슨 일이 있었는지 생각나지 않았다. 죽었으니 기억하지 못하는 건 어쩔 수 없는 노릇이었다. 그래도 느낌은 남아 있었다. 엄청나게 많은 일들이 나를 둘러싸고 벌어졌다는, 그 느낌.

엄마가 병원에 왔었다. 사흘 동안 내 곁에 있었다는데 전혀 몰랐다.

6년 만에 겨우 만나는 엄마였다. 기억조차 못하다니 두고두고 속상했다. 엄마가 떠나려는 순간, 내가 처음으로 몸을 움직였다고 했다. 손가락 하나 움찔거렸지만 그게 시작이었단다.

나는 거의 갓난아이로 깨어났다. 말을 처음 배우는 것처럼 더듬거렸다. 게다가 머릿속은 온통 뒤죽박죽 엉망진창이었다. 삐턱이할머니가 살아 있다고 우겼다. 아저누나와 미쑤노이모의 이름도 헷갈렸다. 줄줄 외우던 어린왕자의 말들도 생각해내지 못했다.

시간이 흐르면서 조금씩 나아졌다. 마구 헝클어졌던 서랍 같던 생각들은 그럭저럭 정리가 됐다. 지금은 말짱하다. 가끔씩 멍할 때가 있긴 하지만 머릿속보다 몸이 문제다. 내 손으로 밥을 먹고 화장실까지 걸어 다니는 정도다. 옛날처럼 달리기를 하려면 고생 깨나 하게 생겼다.

그제 퇴원했다.

마침내 해피빌라로 돌아왔다.

어른들은 올림픽에서 금메달이라도 딴 것처럼 나를 환영해줬다. 현수막을 만들어 입구에 매달았고, 엄청난 꽃다발을 내 품에 안겼고, 무등까지 태워 해피빌라 주위를 돌고 또 돌았다.

나는, 잠깐 훌쩍대긴 했다. 이상하리만큼 마음은 편했다. 하루나 이틀쯤 외출하고 돌아온 기분이었다. 아니, 아예 떠난 적이 없는 듯했다. 해피빌라의 공기로 줄곧 숨을 쉬고, 해피빌라의 냄새를 계속 맡으며, 해피빌라의 품에서 여전히 웃고 떠들며 지내는 중이라는 생각이 들었다.

쥐똥나무울타리를 돌아 승합차가 들어선다.

계단참에 앉아 있던 기만이형이 잰걸음으로 다가간다. 부리나케 손짓을 해 주차할 곳을 정해준다.

기만이형은 더 이상 깡패가 아니다. 나 때문에 쫓겨났는지, 스스로 그만뒀는지는 말해주지 않았다. 쌍칼 대신 기만이라고 불러달라고 했다. 방기만. 성까지는 웬만하면 붙이지 말라는 부탁과 함께.

기만이형은 장사장님의 만물고물상에서 일하고 있다. 할머니와 나처럼 동업자가 아니다. 장사장님의 조수다. 과연 조수 노릇을 잘해낼까. 장사장님은 기만이형 덕분에 장사가 두 배나 잘된다며 만족했다. 무엇보다 기만이형이 완전 딴사람이 되었다며 기뻐했다.

광수삼촌이 차에서 내린다. 이제는 이모부라고 불러야 한다. 이모부가 조수석의 문을 연다. 미쑤노이모가 불룩 솟은 배를 차 밖으로 내민다.

이모는 석 달 전에 결혼했다. 원래는 내가 퇴원한 후에 결혼식을 올릴 계획이었다. 자꾸 배가 불러와 미룰 수 없었다.

이모는 아직 201호에 살고 있다. 아기가 잘 자라는지, 병원에서 진찰을 받아야 하기 때문이다. 하지만 해피빌라를 떠날 날이 멀지 않았다. 다음 달 아기가 태어나면 고향으로 내려가 어부의 아내로 살아갈 거다.

광수삼촌이 승합차의 옆문과 뒷문을 활짝 열어둔다.

붕어빵할아버지의 지시에 따라 어른들이 보따리를 차에 싣는다. 각자 한 가지씩 음식을 마련하기로 했다. 점심 한 끼니로는 지나치게 많다. 겨울잠을 자기 직전의 곰이라도 저걸 다 먹진 못한다.

화가아저씨의 모습이 보인다.

입원해 있는 동안 상상하지도 못한 일이 벌어졌다. 아저씨는 해피빌라의 식구가 됐다. 지난달 삐턱이할머니의 302호로 이사를 왔다. 아저씨에게 이유를 물었다.

— 동동이와 더 가까워지고 싶어서. 혼자 지내는 게 힘들기도 하고.

어느 쪽이 진짜일까. 내 생각에는 해피빌라가 마음에 들었기

323

때문이다. 아저씨는 자주 문병을 왔고, 어른들과도 친한 사이가 됐고, 어느 순간 한 식구가 되기로 결심했을 것이다.

아저씨가 가방을 할아버지에게 건넨다.

"뭔가, 이건?"

"책입니다."

"웬만하면 같이 가서 직접 전해주시지. 정식으로 인사도 나누고."

"모처럼 함께하는 자리, 저까지 나서면 번거로울 겁니다. 다음에는 반드시 가겠습니다."

아저씨가 이사 온 건, 순전히 할머니의 작전이라는 생각이 든다. 아니 할머니의 선물이라고 해야 맞겠다. 해피빌라를 더욱 행복한 곳으로 만들기 위한 선물 말이다.

등 뒤에서 문이 열린다.

아저누나다. 하늘색 원피스 차림에 물방울무늬의 챙 넓은 모자를 쓰고 있다.

누나가 내 앞에서 모델이라도 된 양 빙그르 한 바퀴 돈다. 어때, 라고 묻는다.

치마를 입은 적이 있었던가. 없다. 치마를 입은 채 기절하는 건 상상만으로도 끔찍한 일이라며 늘 청바지만 입던 누나다.

"멋져. 특히 모자가 잘 어울려."

"정말?"

나는 엄지를 들어 보인다. 누나가 멋을 내기 위해 모자를 썼다는 사실에 왈칵 눈물이 쏟아질 듯하다.

324

누나의 기면증이 완전히 없어지진 않았다. 계속 약을 먹는다. 그래도 지긋지긋하게 괴롭히던 안전모나 헬멧 신세에서는 완전히 벗어난 듯하다.

누나 얼굴 위로 수애의 모습이 어른거린다.

수애는 6학년이다. 나는 결석을 너무 많이 한 탓에 5학년을 다시 다녀야 한다. 수애가 걸핏하면 누나라고 부르라며 놀려 먹는다. 놀리든 말든 신경 쓰지 않는다. 수애가 나를 위해 열심히 기도했다는 사실만 까먹지 않으면 된다.

창가로 다가가 밖을 내다본다.

손씨아저씨가 내 모습을 기다렸다는 듯 손나발을 만들어 소리친다.

"동동아, 게으름 피우면 우리끼리 간다."

마이아줌마 곁에서 난이가 나를 향해 팔랑팔랑 손을 흔든다. 난이의 품에 안긴 뭉치가 덩달아 꼬리를 까불어댄다.

손목시계를 들여다보고 있는 비온닥삼촌의 등을 할아버지가 툭 친다. 계단을 뛰어오르는 삼촌의 발자국 소리가 들려온다.

301호로 들어선 삼촌이 묻는다.

"짐몇져?"

나는 삼촌의 손목을 잡아 시간을 확인한다.

이제는 가야 한다. 7년 만에, 드디어 엄마를 만나러 가야 한다.

삼촌이 등을 보이며 허리를 굽힌다. 나는 냉큼 삼촌에게 업힌다. 으흐흐, 으흐흐 삼촌이 웃는다.

삼촌은 언제까지 나를 업어줄까. 모르겠다. 하나는 분명하다.

나도 삼촌을 업어줄 날이 올 거다. 다리에 힘이 빠진 삼촌을 업고 으흐흐, 으흐흐 웃겠다. 삼촌보다 먼저 붕어빵할아버지를, 다음에는 장사장님과 손씨아저씨, 그 다음에는 화가아저씨를 순서대로 업게 될 것이다. 그리고 엄마…….

계단을 내려서는 순간 302호를 돌아본다. 쿵쾅 쿵쾅, 당장이라도 할머니가 벽을 걸어차며 나를 부를 듯하다.

똥떵아, 이놈아!

내 이름은 동동예요. 나는요, 지금 엄마한테 가요. 부럽죠?

속말을 중얼거리며 눈을 감는다.

소중한 것은 눈으로 보는 게 아니라 마음으로 보는 법이다. 어린왕자의 말이 옳았다. 내 가슴 깊은 곳, 마음으로만 볼 수 있는 곳에서 할머니가 웃고 있다. 빙긋이 웃으며 속삭인다.

인생은 좋은 사람들을 차례로 만나기 위한 기나긴 여행이란다.

끝

작가 후기

한 사람의 존재를 결정짓는 것은, 그 사람의 읽은 책과 쓴 글이다.

도스토예프스키의 말입니다.

대문호의 의도는 짐작할 만합니다.

그럼에도 선뜻 동의하고 싶진 않습니다.

오히려 한 사람의 존재는, '더불어 함께' 세상 시름을 보듬고 나누는 이웃에 의해 드러난다고 믿습니다.

이 믿음으로, 『해피빌라』를 썼습니다.

저에겐 '해피빌라'가 있습니다.

전업작가로 나선 이후, 줄곧 응원해준 공동체입니다. '해피빌라' 안에서 우리는 이웃을 넘어 마침내 형제가 되었습니다. 선호균, 이영종, 최광원 형님께 감사의 말씀을 전합니다.

백족산 기슭 외딴집에서, 조창인

국립중앙도서관 출판예정도서목록(CIP)

해피 빌라 / 지은이: 조창인 — 고양 : 위즈덤하우스, 2017
 p. ; cm
ISBN 979-11-85688-06-0 03810 : ₩13000

한국 현대 소설 [韓國現代小說]

813.7-KDC6
895.735-DDC23   CIP2017001518

초판 1쇄 발행 2017년 2월 1일
초판 4쇄 발행 2018년 3월 14일

지은이 조창인
기획 경향신문사
펴낸이 연준혁

출판 1본부 이사 김은주
출판 1분사 분사장 한수미
기획분사 배민수

펴낸곳 ㈜위즈덤하우스 미디어그룹 출판등록 2000년 5월 23일 제13-1071호
주소 경기도 고양시 일산동구 정발산로 43-20 센트럴프라자 6층
전화 031)936-4000 팩스 031)903-3891
홈페이지 www.wisdomhouse.co.kr

값 13,000원 ⓒ 조창인, 2017
ISBN 979-11-85688-06-0 03810